当代中国生态文学读本

14

# 唯有山水话永恒

Only Landscapes Containing Eternity

远人　主编

南方出版传媒
花　城　出　版　社
中国·广州

图书在版编目（CIP）数据

唯有山水话永恒 / 远人主编. -- 广州 : 花城出版社, 2019.6
（当代中国生态文学读本）
ISBN 978-7-5360-8928-0

Ⅰ. ①唯… Ⅱ. ①远… Ⅲ. ①中国文学－当代文学－作品综合集 Ⅳ. ①I217.1

中国版本图书馆CIP数据核字(2019)第124590号

出 版 人：肖延兵
责任编辑：王　凯　王铮锴
技术编辑：薛伟民　林佳莹
封面设计：远人工作室

| | |
|---|---|
| 书　　名 | 唯有山水话永恒<br>WEI YOU SHAN SHUI HUA YONG HENG |
| 出版发行 | 花城出版社<br>（广州市环市东路水荫路 11 号） |
| 经　　销 | 全国新华书店 |
| 印　　刷 | 佛山市浩文彩色印刷有限公司<br>（广东省佛山市南海区狮山科技工业园 A 区） |
| 开　　本 | 787 毫米 × 1092 毫米　16 开 |
| 印　　张 | 18.25　2 插页 |
| 字　　数 | 237,000 字 |
| 版　　次 | 2019 年 6 月第 1 版　2019 年 6 月第 1 次印刷 |
| 定　　价 | 48.00 元 |

如发现印装质量问题，请直接与印刷厂联系调换。
购书热线：020－37604658　37602954
花城出版社网站：http://www.fcph.com.cn

人文　自然　品质

主办　深圳市光明区公共文化艺术发展中心

顾问　王晓华

主编　远　人

编委　陈　瑛　陈昌云　余巍巍

序 *Preface*

# 唯有山水话永恒

远　人

人到一定年纪，最易感慨的便是“人生短暂”了。李白早在一千多年前的唐朝就算过这笔账，“百年三万六千日，一日须倾三百杯”。说李白的诗歌狂放也好，悲观也好，没有人能否定，这行诗说出的是最冷酷的真相。事实又是，在地球不计其数的物种当中，唯有知道自身生命短暂的人类在渴求永恒，于是就有了无数帝王对长生不老的妄念追求，有了无数文人墨客争取青史垂名的创作和行为。大凡有思想的人，无不对“不朽”二字有强烈的占有欲望。

但作为生命，能做的只是繁衍，而不是个体在时光中的无穷无尽。哪怕我们今天对李白、杜甫的诗歌能倒背如流，对但丁、歌德的作品能如数家珍，那些曾经活过的个人，终究已辞别人生，所谓复活，从来没在人类或其他生命中降临过。理所当然的是，一代一代人，没理由否认那些进入不朽的作品和事迹，它们对人类思想的垒筑和发展起到至关重要的作用。人类对地球的统治，无不是因为那些绵延不绝的思想做出了有力的铺垫。

问题是，地球属于人类吗？

在地球史上，人类事实上还年轻得很。人类统治地球也不过数十万年。数字虽令我们惊异，将其放在首尾无尽的时空中来看，又真还过于短暂。就地球本身来说，不过是一块悬挂宇宙空间的石头，在它诞生之时，仅仅只有坚硬的质地。地球上出现生命，据说是被携有大量水分的彗星撞击，水释放了出来，然后才有漫长岁月后的生命成形。可以肯定地说，生命诞生于地球，就决定了生命在地球中的脆弱。人可以创造文字、创造语言、创造林林总总的思想，唯独不能创造生命在事实中的永恒。

永恒只会属于地球。从诞生之日开始，地球就是一块完整的大自然。所以说，永恒也只可能属于大自然。它的山峦与海洋，森林与植被，存在了数十亿年，也还将继续存在下去。只是，自诩为“万物之灵长”的人类总渴望与永恒进行较量。但我们看到的是，强大如拿破仑，也征服不了窄窄一线英吉利海峡；所向披靡的军队，仅仅因为大自然的寒冬，就只能得到力不从心后的溃败。人类无数次企图对大自然征服，我们能够听见，即使登上珠穆朗玛峰的人，他能说的只是征服了自己，因为珠峰永远在那里展现只属于永恒的千姿百态，人无论拥有多么强大的思想和智慧，在永恒的大自然面前，也只能感叹大自然拥有人不能拥有的磅礴和力量。

进入工业化时代以来，人开始加剧对大自然的破坏。全球气候升温、冰川融化、水土流失等令人毛骨悚然的后果，难道不是永恒给予的回击？也许，人对永恒的挑战，只是一种狂妄的愚蠢。在大自然面前，在真正的永恒面前，人应做的，该是献上自己的敬畏，献上自己由衷的珍惜。

2019年4月7日 于深圳

# 目录 Contents

## 小说



## 非虚构



## 翻译



## 艺术

特稿



光明



文本与绎读

# 小说

# 一半是地中海，一半是葡萄园

◎聂梦兮

这里所讲述的，是那些发生在路上的、在异乡的故事，构成了一张张抽象的、无参照性的手稿图。它勾勒了一些陌生的、猎奇的地方，同时寥寥几笔略过了百度上所熟悉的地方；它记录下了我曾想要去的地方和生活过的地方；或者，纯粹是我臆想出来的地方——一切真实发生过的，梦境以内的地方。

## 序

千禧年的第十八个夏天，我在法国波尔多葡萄庄园生活了一段时间，确切地说——是从春天到夏天，在离波尔多市区四十公里外的广袤乡下。初夏时节，乡下的空气中永远飘浮着一股甜得化不开的味道，那是千千万万颗紫色果实亲亲热热地挤在一只只硕大的橡木桶里发酵的味道；波尔多的乡下似乎只存在两种物质——葡萄园和酒庄，一种古老的从属关系。

在去庄园之前，我猜想自己多半会蜗居在波尔多市中心某个带阳台的顶楼公寓，想象每个洒满阳光的早晨，吃着蘸满香脆的蓝莓果酱的烤面包片，漫不经心地看着远处某栋公寓的某扇窗，阳台对面蓝白条纹麻布下面的家庭伦理剧。在每个迷人的日落时分，各色人种在五光十色的城市幻影中觥筹交错。企望、困惑、欲望，纷纷随着黑夜浮出水面，化为幽灵的泡沫，无限膨胀。直到某个下午，当我眼前出现大片大片望不到尽头的绿时，我已在一个葡萄庄园里住了下来，将两天前在罗马中央火车站旁裸奔呐喊的青年男子，以及那些升腾着某种威胁的喧闹街区统统抛在脑后。旅行中，每当在我嗅到危险气息的时候，我便向着鸽子的方向跑去——这些白色精灵和游客一样，都喜欢成群扎堆在广场的热闹景点：西班牙广场、圣彼得广场、卡比多利广场……多年来，遵循这条自然规律，四处游荡的我，从来没有真正遇到过麻烦，当然我的包里时刻准备着一支尖锐而有挑衅性的铅笔。

关于歌颂罗马的各类文艺作品实在太多，出于真心也好，奉承也罢。但现在看来，城市的混沌淹没了曾经不可一世的罗马帝国和经典至上的文艺复兴。在某些街区，它们敞开怀抱，欢迎从世界各地通过各种方式来到这儿的人——飞机、火车、偷渡、骑行、步行，这些宽容的街区迎来了背包客、大麻小贩、妓女、模特、醉汉以及那些拾荒的、失业的、自称艺术家的各色人群。一辆白色小摩托车从我身后呼啸而过，撩起了裙边。这是在意大利任何角落最常见的那款vespa小摩托。刚才在比萨店就餐时看到的午间新闻：一场常见的交通事故——正是这款最常见的小白摩托车，拦腰躺在宽不过一辆轿车的鹅卵石道路上，它的主人跌倒在一旁，右膝伤口的血像旁边围观小女孩手里握的草莓冰激凌——滴滴答答往下流。石头上滴下的血迹和冰激凌奇妙地融合在一起。在这里，尤其是南部，随处潜伏着任何擦剐和受伤的可能。但对意大利人来说，这不过是家常便饭。

还是赶紧离开为上策。

## 一　2018年4月23日，晴

两小时后，我将闹哄哄的罗马抛在了脑后。

“一半是地中海，一半是葡萄园。”从罗马飞往波尔多的上空时，旁边一位占据一个半座位的大胡子青年嘴里念念有词。

这形象的比喻让我想到了外地人飞到成都上空时对四川的调侃：听到没嘛，飞机下面都是搓麻将的声音。我实在想不出还有其他什么创新的比喻能比这句陈词滥调更为贴切。

不过，在成都的双流机场里并没有麻将或是火锅的模型，而在波尔多机场，巨型酒瓶和观光葡萄园远比法航空姐更招眼球。

## 二　1985年4月26日，晴

对于波尔多人来说，1985年是个被珍藏的年份，因为这一年的葡萄收成颇丰；而对我来说也很特别，我在这里度过了第一个夏天。庄园从来不缺故事，这座爬满藤蔓的大宅子，只是“很久以前”的故事开端。

日落时分，客人们陆续到达L庄园。说是客人，其实是赴一场家庭聚餐——M的外婆家。L庄园同那些黑白明信片上的大宅子其实并没太大差别：宅子共三层高，近一人宽的石墙在经历了四个世纪的风雨打磨后，透射出一种介于土黄与蓝灰之间的沧桑感，这样的墙体足够抗衡大西洋动不动就发火的暴脾气。庭院前的薰衣草和蔷薇们晕染出一片梦幻的粉紫，两只奶牛色的猫咪四肢舒展，趴在柔软的草地上欣赏着远处的落日。庭院西南角有一棵杏树和两株樱桃树，它们的枝叶努力向上交织，躲在褪色的绿色百叶窗前相互依偎，不离不弃。宅子面朝东南，绒毯似的草坪将这栋庞大的长方体建筑亲密环绕，山坡上星星点点的橘色郁金香悄悄合上它们娇柔的脸庞，一条田间小径伸向不远处暮色绵延的葡萄园。

波尔多布尔乡下的黄昏来得有些急促，完全不同于兰斯乡下的柔和日落。当教堂传来第七次钟声时，天空被身旁的大西洋迅速搅拌，直至被残缺吞噬；太阳仅剩的一丝余晖投射在远处教堂的弧形拱顶上，数分钟后消失了；河畔风光渐渐褪色，黑漆漆的林子终于给这座庄园罩上几分幽谧。此时，空气中混合着浓郁的迷迭香和玫瑰的味道，这样的景象恰如爱德华·霍普画下那座清寂而又热闹的宅院。

晚餐设在庄园后院的绿萝藤下，长方形的红格细麻布条纹桌布上已摆好了沙拉和冰镇粉葡萄酒，洛可可式的银盘和数十副镀银刀叉闪闪发光，细脖子、细腿儿的香槟杯和大肚子葡萄酒杯觥筹交错。这是L庄园每周一次的家庭聚会，祖孙三代欢聚一堂。大家依次入座，挨个行法国人最具仪式感的贴面礼。一只叫噜噜的大耳朵犬也从客厅里跑来，好奇地用爪子扑向我这个陌生人，还噼里啪啦地甩着尾巴。M把我介绍给大家："货真价实"的艺术家。我正纳闷这一桌子怎么坐的全是表弟表哥，M的表弟理查耸耸肩说：这是一个不知道怎么生女孩儿的家族。

席间，我们从中国的天气扯到葡萄园的收成，还有我好奇已久的史怀哲家族的故事，讲故事的人，当然是最年长的玛吉——M的外婆。"Il y a longtemps…"（很久以前……），玛吉开始讲故事，我的想象力开始飞速运转，那些只出现在书本里和黑白电影中的场景层层浮现出来，一幕接着一幕。

"那时候，没有路灯，没有电车……好多人连火车都没坐过，更别说出远门了，"玛吉把声音上扬两度，"我们史怀哲家族世世代代都和葡萄打交道。不过那时候，还在德法边境阿尔萨斯经营白葡萄酒呢……"

"噢，补充一句——这就是为什么我们姓Shweizer（史怀哲），听起来像德国人的姓。" M的舅舅阿尔贝特扬了扬两撇胡须，微笑着对我说。阿尔贝特经营着他们家族的另一座葡萄庄园，距L庄园十公里以外。我们下午刚去参观了阿尔贝特的T城堡以及他的葡萄园。阿尔贝特一改今天在葡萄园驾驶拖拉机的行头，摘下牛仔帽，换上白衬衣、黑皮鞋，那模样倒和他已故的外公阿尔贝特·史怀哲有几分相似——他的外公阿尔贝特·史怀哲在1952年获得了诺贝尔和平奖，把自己的一生都献给了非洲大地。

趁着喝香槟的当儿，M的小表弟尼古拉岔开这个从小听到大的家族史，一五一十地给我们分享他在澳大利亚的背包故事："后来呢，我围着澳大利亚走了一圈，他们的葡萄酒啊，当然不能和波尔多的相比……但阿德莱德山区的白葡萄酒还算不错……噢，我还去了姨妈艾莉森家，她在堪培拉一个野生动物园当考拉饲养员，可乐活了，看样子是不想回来了……"

来客中除了M的家人以外，还有一对是他们的邻居夫妇，做妻子的是我仰慕已久的一位女画家，画家本人看起来比她粗犷又阴郁的画面似乎更晴朗。这位女画家的家族同史怀哲家族一样，也是二战后移居到波尔多的。不同的是，她的家族来自东德，史怀哲家族来自北非。女画家说这里的庄园生活平衡了她曾经在德国的忙碌和疲惫，还奇迹般地治愈了她多年的躁郁症。她的丈夫则讲了他刚从留尼汪岛回来时，在水杯里藏着一条漂亮小鱼儿成功过关的故事。坐在一旁的佐伊也加入聊天，她上周刚和男朋友去意大利西西里岛度假，虽然对那儿的飞车党早有耳闻，只是没料到罗马竟然也是乱糟糟的。众人一阵唏嘘，又庆幸波尔多像人间天堂般从未受过污染。

赶在上主菜的间歇，M的外婆玛吉终于接上她被打断的故事：

"后来的故事你应该猜到了吧，普鲁士占领了阿尔萨斯，我们的祖父不愿屈服把国籍更改为德国，于是举家搬迁到了阿尔及利亚北部的奥兰，直到20世纪60年代阿尔及利亚独立战争前夕，我们才搬到了波尔多……我知道你想问什么——阿尔及利亚那时候还是法国的一个省，它的葡萄酒历史可不比波尔多晚，大概……噢，我算算……可以追溯到两千年前罗马帝国在北非的统治时期。”

她滔滔不绝地说起在奥兰的日子，她的狗啊，马啊，花呀……一时间竟忘记手里的刀叉在空中挥舞着。

“你经常回奥兰吗，玛吉？”我问。

她颤巍巍地端起酒杯，若有所思地望着窗外：“唉——多遗憾！真留恋在奥兰度过的日子。”

瞬间，气氛变得有些微妙，长桌上的史怀哲家族沉默了。女画家岔开了话题，邀请我们下个月六号去参加她在庄园举办画展的开幕式。

当木塞奶酪和比利牛斯山羊奶酪出现在长桌上时，晚餐已经接近尾声，半个月亮把远方的山坡映照得渐幽渐暗……关于史怀哲家族的故事还在流传，我们还有大把的时间，可以慢慢聊天。

### 三　2003年5月11日，晴

夏日的白天总是一副不紧不慢的样子，迟迟不肯离去。

在一个急转弯后，一座悬在山崖边的古堡毫无征兆地矗立在前方，M介绍说那是Thau城堡，这不是传说中搁浅在山坡上的挪亚方舟吗？一排高耸的古堡围墙从山坡上横切而过，T城堡高高伫立在山顶，汇集了所有的焦点——四周被绿色绒毯覆盖的环形城堡——近千年来，T城堡像一位圣贤智者，历经岁月变迁，始终保持着一种俯瞰纪龙德河的贵族姿态，城堡的主人也从历朝历代的王子公爵传到了闻名于世的史怀哲家族。

史怀哲家族除了世代经营葡萄酒酒庄以外，更具有划时代意义的显然是1952年获得了诺贝尔和平奖的阿尔贝特·史怀哲。动辄几百年的家族史从德国到法国，再到非洲、澳大利亚，史怀哲的家族历史如同法国剧作家马塞尔·帕尼奥笔下那般浩荡。

“转过这个弯，我们就到咯，”M对我说，“看见那一排‘卫兵’了吗？”

橙红色的落日将脑袋耷拉在不远处纪龙德河的地平线上，我们从一条没有任何标志牌的石子路驶进城堡路，两排直直地站着的卫兵模样的柏树。在这之前，车窗外的风景像是一部无限循环又略显单调的纪录片——葡萄园——城堡——葡萄园。

T城堡离Gauriac小镇不过六七公里，中间由几座高高矮矮的小山丘相连，小镇更像一座镂空的巨型城堡悬在纪龙德河上空。随便走进欧洲的一个小镇，都像是进入了一座开放式的千年博物馆。中世纪前的街巷通常幽暗曲折，怎么都走不出巫婆机关重重的掌心，而G镇恐怕比它们更加延绵阴沉。临河的一面，许多人家就是在质地坚硬的灰黑色石头山上凿洞而居，有些房屋现在还保留着烟囱，远远望去颇有甘肃麦积山石窟的错觉。后来，人们从洞屋里陆续搬到了较为平坦的小镇上，那些石窟房子也成了一道独特的民居石窟景观。

时间再往前推一步——公元一世纪，恺撒大帝征服了高卢，随着罗马大军的扩张迁移，罗马人来到波尔多培育、种下了第一批葡萄，酿出了举世闻名的波尔多葡萄酒。纪龙德河与加龙河的河水一蓝一黄在G镇脚下相遇汇合，再转个弯后滚滚向西投入到大西洋的怀抱。自然而然，G镇也就诞生了，作为重要的水陆码头兴盛了近千年，一批批的罗马人和英国人乘船而来，又载着一船一船的波尔多葡萄酒驶出码头带回意大利和大不列颠。当时波尔多产区也只是作为意大利葡萄酒的进口集散地，后来才开始大规模地种植葡萄，酿造葡萄酒。

同路的酿酒师爱丽克斯继续向我讲述红酒的前世今生，智慧的罗马人发明了许多使用至今的酿酒技术：比如采收下来的葡萄会通过压榨的方法来获取葡萄汁，直到三十年前这个酿酒程序还是人工脚踩完成。

小镇虽然没有宏伟的罗马竞技场，但同时期的大剧院、教堂，甚至浴池都完整地保留了下来……这些昔日的古罗马贵族的游乐场所仿佛还回荡着他们歇斯底里的狂欢声，他们的血液已灌入葡萄园深处。如今，镇中心的圆形剧场空空如也，只有每周日上午的古董集市和从码头停靠游览的英国游客注入一丝活力。

时间切换到九百年前：罗马帝国只剩下一堆残垣断壁，当时的法国尚未统一，四处“公国”林立，与中国的五代十国情形相似。波尔多隶属于阿基坦公国，贵族们为争夺人口、土地、权力和财宝而不断爆发战争，各地的王宫贵族想尽办法保护他们的财产和家眷的安全，于是多在地势险要、易守难攻的地方建造兼具防御和生活功能的罗马式城堡：磐石、深壕、护城河、吊桥、碉堡是标配。一时间，大大小小的城堡如雨后春笋般在那战火纷飞的年代横空出世。1152年，阿基坦公国的埃莉诺公主与英国国王亨利二世联姻，波尔多葡萄酒自然成为皇室用酒，受到英国皇室的青睐，身价倍增。而阿基坦公国也作为嫁妆并入英国领土，被英格兰统治了三百多年，直到1453年英法战争结束，阿基坦才又重返法国的怀抱。

城堡是中世纪的产物，这些中世纪前出生的城堡与想象中的“浪漫”“奢华”这些精致的字眼半点关系都攀不上。眼前这座让人望而生畏的T城堡或许就是欧洲长达700年战乱历史的微缩版。

即便如此，800多岁的T城堡依然符合一座古老城堡应该具备的一切硬件：比如一楼的一侧有配套的厅堂、居室，另一侧则是一间偌大的宴会厅，如《旧约 · 以斯帖记》所描述的那样：“城堡的另一边是客人的居室”。八个多世纪以来，城堡的主人从王公侯爵到大官显贵，他们走马观花似的来了又去，去了又来。这间宴会厅供宴饮庆典，厅堂和居室为主人们日常生活的场所。城堡一楼大厅里觥筹交错，穿着化装礼服的贵宾们正愉悦地交谈，仆人的数量一定不会少于宾客；乐队在楼梯转角处忘情地奏着；挂着波斯地毯的石墙下方摆着一条长形的白布餐桌，那是供给宾客的自助晚餐——专为快乐而设，小孩儿们在看不到头的桌底匍匐嬉戏，把食物藏在桌底的某个角落，偷看大人们的舞鞋是晚宴上最大的乐趣；管家太太站在大厅一角眼观四方，带着她的职业微笑对着一班仆人发号施令……T城堡一份久远的财产清单中列着一串数据:城堡拥有3个桶装酒酒库，里面有3三个压榨车间、11个酒窖，28个橡木桶里满载红酒，21个木桶里装满给工人的软饮。

在那遥远的时代，绅士们披着系在胸前的羊毛斗篷在白夜里行走，黑暗中带着量人度物的优雅礼仪长剑低语。他们乘船到达T城堡脚下的护城河，斜上方两座眺望纪龙德河的堡垒相视而笑。我想，如果他们从16世纪归来，一定也会远远地就看到T城堡吧，只是感到好奇当年的护城河怎么变成葡萄园了？为什么还有个黑头发的东方女孩坐在“河边”画画？

我手里拿着巴掌大的本子，坐在“护城河”边画着、嗅着。本子上用图文记录着今日特别早餐、新的发现所得和新结识的朋友肖像。我注意到工人于勒先生开着拖拉机铿铿锵锵地出没在葡萄藤之间，他时不时停下来，探个脑袋出去看看，又下车在一旁打量，来回踱步。四点一刻，太阳把草地烘出了一丝丝烤箱里的味道，工人们也相继放下手里的工具，脱掉手套，往城堡的方向走去。噢，喝一杯冰镇茴香酒的时间又到了。他们顶着棒球帽，咧着晒得棕黑的笑脸迎面向我走来，礼貌性地简单问候过后，好奇着我刚刚又画了些什么，有没有画他们正在修剪枝丫的场景？有没有画今天的日出？……我想，这从前的护城河里得藏着多少宝藏啊，想必骷髅头也有不少。于勒先生开玩笑说：“你要是八九十年前到来，还能看到满满的护城河水呢。后来，人们在干枯的河床上倒是发现了许多拿破仑时期的金币。”

暴晒了快一天后，一片片葡萄叶子疲倦地耷拉下了脑袋，一只奶牛色的胖猫躲在拖拉机下面睡懒觉。我打着光脚，拎着瑜伽垫，朝着T城堡山崖边的鸽伦堡走去，那里可是散热的好地方。鸽伦堡是一个椭圆形的空心柱体，石头墙壁上面敷着一层特殊的灰浆，堡垒顶部有两扇像阁楼的三角窗户，那是鸽子们进出的大门。堡的内壁上有大小两百个孔，这些孔是鸽子的窝，200个鸽子窝就意味着庄园主拥有200公顷土地。通俗说来，鸽伦堡象征法国旧君主专治制度统治下贵族的威望和权力，以及土地的占有权；而庄园主，是唯一拥有这一切的人，同样也是决定继承权的人。鸽伦堡作为T城堡历代的守护者，见证了几个世纪来发生在城堡的大事件：13世纪法国国王圣路易曾驾临城堡；14世纪的侯爵总督圣·洛朗、英国兰卡斯特的伯爵相继成为城堡的继承人；再到后来的波尔多国会主席路易家族成为城堡主人……

此时，远处的落日也恋恋不舍地隐退到黑云幕后。晚上7点后，整个城堡只剩下M和他舅舅一家，几个长住在庄园的工人，以及我这个遥远的东方来客。通常，大部分游客只会在白天短暂停留，参观城堡；工人们最多工作到6点就离开了，而我却要在这儿住上一段时间。在欧洲长时间四处辗转后，有点“回家”的意味。

很快，第一颗孤星出现在粉紫色的天幕，一对野兔在深色的葡萄园里舞蹈。锦缎般的玫瑰在浩瀚的天幕下贪婪地呼吸，叶脉里的红色血液正自由流淌，无限扩张。城堡只有两层（除去地下室），站在城堡外那个爬满蔷薇的露台上俯瞰整个布尔时，烦恼和不安随风散去。

在接下来很长一段时间里，我有大把的时间可以一帧一帧地仔细观摩这座古迹的每一寸沧桑。在月全食之夜，察觉到在它身上残留不多的生命迹象——投射在那口枯井中的掠影。旧日钻石般的耀眼光芒日渐衰退，且锈迹斑斑，那些遥远的光阴故事似黑白电影从我眼前晃过。我们头顶的上空，依然是八百年前城堡的那个上空，仿佛昨日重现，今日又将是明日的重现……

天，黑了。城堡更沉了。葡萄园叶子的呼吸声也变得缓慢均匀。

水流停止了，时间停止了，这里，再次陷入夜的深渊。

两只精细的酒杯发出清脆的响声，遥远的童谣从背后的橡树林里传出：

“长夜漫漫，处处险恶。白昼光明，勃勃生机。”

## 四　2018年4月5日，阴转小雨

事实上，T城堡和其他任何城堡都一样——又庞大，又阴森。

远观T城堡，虽然有卢瓦尔河畔城堡和西班牙斯科里尔宫的宏伟建筑，但走进去远不像凡尔赛宫内部那般富丽堂皇，不过古朴笨拙的风格倒更讨我的欢喜。这么说吧，如果凡尔赛宫是一位精致而挑剔的名媛，那么T城堡则更像一位傲慢而孤独的骑士。想象中，那些百年前的伯爵夫人和小姐的打扮，烦冗却是精致的：头戴饰有羽毛的宽檐帽，娇滴滴地提溜着锦缎长裙的荷叶下摆，或是醉心于塔夫绸的克利诺林长裙的层层叠叠，大泡泡袖上密密绣着银线花，头饰的银针和一串大西洋珍珠撑起一条淡金色的光环。我猜她们多半是一边抱怨着过紧的束腰带，一边要求女仆再把腰勒细两圈；她们一边对着墙上的舶来品浮世绘评头论足，一边显摆着巴黎最新的时尚潮流；无数个周末，她们伴着李斯特的钢琴曲，就着香槟和红葡萄酒，不知疲惫地旋转着华尔兹和四对舞，旋转着英格兰仕女舞和小步舞，从黎明到晌午。城堡的地下室比楼上还要宽大，蜘蛛般的地道向远方无限延伸。那些中世纪前修建的秘密通道保留至今，厚重的石墙相互虎视眈眈，粗糙的灰浆墙壁上还刻着百年前的“安德烈·亨利，到此一游”：“Andre Henri–Surdre，1889”。不久之后，我开始驾驭自己还算夸张的想象力，地下通道便成了我猎奇探险的好去处。

城堡的一天从清晨7点开始。书房里的柜式大摆钟差不多有一人高吧，一百多年前，这只钟跟随史怀哲家族的祖先从德法边境阿尔萨斯搬到了波尔多城堡，日复一日，年复一年，嘀嗒、嘀嗒、嘀嗒……俨然一位时间长河里的监工，每分每秒都在提醒光阴的流逝。咚、咚、咚……沉闷的钟声敲响第七声时，M便像上了发条一样，开始楼上楼下一个房间到一个房间地转场了：首先拉开厚厚的窗帘，让第一缕晨光洒进每一个幽深的角落。先拉开那些高大厚重的绒布窗帘，再拉起白色百叶窗的窗轴，或是把折叠式百叶窗向两侧一推一折固定到位；傍晚前，M又开始一间一间把各扇窗帘慢慢地拉上合拢。这套具有仪式感的程序是M家族每天的开始和结束。

随着百叶窗拉开的瞬间，窗外的美景毫无防备地扑面而来：城堡正前方，一排高大伟岸的柏树呈一字形有序排列开去，宛如一列皇室风范的卫兵正在俯瞰环绕护城河的大片葡萄园。城堡高高地矗立在山冈上，视线辽远开阔，有种遗世独立的孤独感，哪怕是最近的邻居也深掩在几公里开外的树林深处。

我的每一天都是在鸟儿的呢喃以及无数扇百叶窗的吱嘎声中醒来。我心里问自己这是在度假吗，每天起得和鸟儿一般早？当然，波尔多的葡萄园乡下还不同于兰斯的香槟乡下。远在东北方的兰斯乡下，我的清晨每每总是被乔丝琳熬制的果酱甜蜜唤醒。此时，我开始享用云南普洱茶和史怀哲家族的英式早餐：培根熏肉、卡芒贝尔奶酪、牛奶麦片粥、吐司、60度的半熟煎蛋和各种应季果酱。我和M各坐在长桌两端，像是法国隔着英吉利海峡同英国遥遥相望，法国电台France culture里咄咄逼人的艺术访谈，从一台20世纪70年代的松下收音机里接连蹦出。厨房里专为中国茶设了一个茶柜陈列，什么安吉白茶、金骏眉、竹叶青、云南老树茶……从东到西贯穿大半个中国，虽然这几年在法国认识的不少朋友都有喝中国茶的习惯，可相比之下，史怀哲家族显然要“内行”很多。早餐的器皿精致得千篇一律：英国瓷质茶壶，镀金印花小茶杯，细小的杯把只容得下两只纤纤玉手，还有银质的托盘和雪白的镂空桌布。M在中国的沿海城市生活了很长一段时间，对中式早餐的丰富可口更是赞不绝口。显然，他担心我会对一成不变的英式早餐感到乏味，于是便提出周一、三法式早餐，周二英式，周三墨西哥式，周末在布莱依集市上闲逛，食当日特色餐。

透过宽大的玻璃窗，葡萄园的工人们已经陆陆续续地到来了，他们在城堡后方的葡萄园里开始一天的劳作：这个季节的葡萄藤差不多有一人高了，嫩绿的叶片生机勃勃。工人们走进园地里，一人一行开始例行检查葡萄藤和叶子上有没有被害虫侵蚀，他们娴熟地修剪枝叶，培土施肥。中午时分，他们回到车间休息，或是在草坪上席地而坐。每人随身携带一个长条法棍三明治，一瓶黑啤，两支香烟……每次路过时，他们总会很热情地问："Bonjour, mademoiselle.（中午好，小姐）今天中午M的舅妈给你煮米饭了吗？吃得还习惯吗？" 在去波尔多之前，M便常跟我炫耀他的舅妈爱丽斯厨艺有多么好，英式、法式，甚至印度菜每天不重样。

通常，他们中午只有一个小时休息时间，也没有午休的传统。在他们看来，午睡是老年人的作息。M的舅妈爱丽斯始终保持着一部分英国人午睡的习惯，吃饭总是不紧不慢的，我们俩感到很开心，终于在长桌上有人陪着吃到最后。至于M和他的舅舅、表弟们总是在我和爱丽斯还在吃主菜时便已经进入奶酪环节。天气好的时候，围坐树下，那是夏日应有的模样：午餐要么是在芬芳馥郁的玫瑰园里，要么就在无花果树下吃茶点。M的舅舅阿尔贝特对玫瑰的痴迷丝毫不亚于种植葡萄，他赋予它们庄园夫人的名字，也就是他的太太——爱丽斯。在这里，即便是午餐，也少不了红酒，饮完杯中的最后一滴酒，总有种恍如梦中的感觉。我和此时大多数的波尔多人一样，徜徉在夏日的美味中。不过此时还有成千上万的游客在烈日下焦头烂额地逛着，为数不多的饭店早已人满为患，商店都挂着午休的牌子，只留下一层铁栅栏供游客窥视。

在这心满意足的午餐后，我晃晃悠悠地从藏书室里拿出一本法国画家贝尔纳在中国的游记，半躺在藏书室窗边的长椅沙发上，没翻两页，便迷迷糊糊地进入了梦乡。

顺着宽敞的旋转楼梯上二楼，右手第三间面朝城堡广场的便是我的房间：第一印象尤为深刻，像是一个被时间遗忘的房间——尤其是在午夜以后。其实它和城堡内的其他卧室并无什么不同，清一色地保留着各个年代庄园主留下的家具和装饰，看得出房间的女主人曾精心挑选并保留了每一件家具、装饰，它们彼此是那么和谐一致。我甚至能想象出她当年对着管家发号施令的样子："Je veux celui ci,celui là …"（我想要这个，还有那个……）

屋中间的一张大床看上去有一种高不可攀的样子，白色镂空帘子罩在四根木头柱子上，深褐色的木质地板可以映照出自己的影子，最近的翻新大概是墙上20世纪40年代的碎花墙纸吧。我把摇椅下方的一块红色地毯挪到床的旁侧，以防半夜万一做个噩梦摔下来。床头的正上方挂着一幅美人画像。美人侧身坐在八角客厅的沙发边上，向外望去的眼神带着一种深邃的模糊，深深的眼圈不知何故微微发红，透过布满尘埃的画框，感性而缥缈的双眸与宝蓝色的波斯地毯相映一体。这张画与同时期那些厚重华丽的油画风格稍有不同，有种被漂白的飘逸感，一股淡淡的幽闭从画布的纤维里撒泻下来；画的另一侧，一个厚重的镀金画框里放着某位公爵模样的油画肖像，公爵正若有所思地望着近旁的美人。

M信手拈来地讲起这个发生在两百年前，画中人儿过山车式的罗曼史。

一组老式梳妆镜直直对着大床，一对斑驳的金烛台直直地立在那儿。按照中国的风水来说，这可不是个理想的位置。虽然我不信风水，但一想到这面镜子里记录了几个世纪以来这张床上发生的所有红白事件，我冷不丁地抖了两下。石头墙的屋内比屋外阴冷许多，应该出去走走了。所有家具门把手上都带有一把镀金的长棍钥匙，我转动钥匙，打开衣柜，挑了一件酒红色的羊毛长睡袍披在身上。这件睡袍可能有一百年了吧，不过百年前的羊毛依然很暖和，只是羊毛已经有些硬。这是M的曾祖母从阿尔及利亚带回来的。此时，虽然已经快到五月了，正是春日正浓，万物更新的时节，但早晚还是出奇的冷，甚至阴冷。M每天傍晚从城堡旁边的小木屋里提一篮子木头上来，壁炉里冰冷的灰烬又熊熊燃烧起来，火焰里夹杂了一丝丝酒精发酵的味道，真是不可思议。直到第二天清晨，壁炉里炭火的余烬还有余温。

靠窗的墙边，有一方裱在金框背后的手写体拉丁文，我一向对无法辨识的古老字体充满好奇。后来，我在谷歌上找到了中文版，那是1544年乔凡尼·卡洛·迪·斯特洛齐留下的《夜的乐章》：

夜，是你看到含着如此香甜睡姿
被天使雕刻在这石上的雕像
而正因她睡去，她便有了生命
去唤醒她，如果你不相信，她将与你共活

——夜，Giovanni Carlo di Strozzi

希望在这间百年卧室里，我能做个好梦。

### 五　1756年12月2日，雨

我沿着这条沉睡的河流毫无目的地晃荡，它早已失去了曾经作为护城河的使命感。河道绕到城堡背面，有我手臂长度的坚实墙体留下烧灼的黑色伤疤，靠近它，便感到丝丝凉意渗入背脊，只有阁楼处的墙面能看出它最初的颜色——介于米色和浅褐色之间的斑驳。它们像一盒被遗忘的颜料，被时间一点一点地腐蚀。阁楼上小得可怜的凹形方块（实在难以称作窗户）更像是封锁了几百年，一切回到达利诡谲的画中，时间早已停止走动。烟囱里不见炊烟，头顶上方既没有太阳，也没有月亮。我似乎是这里唯一“活着”的凭证，一个来自现代社会的闯入者。我惊讶这里竟安静得连一声鸟叫也没有，就连风声也是如死神那样悄无声息地拂过，一切从容地迎接死亡。我无意间经过城堡另一头的酒窖。在瑟瑟寒风中，一位身穿黑色长夹克的独眼老先生坐在酒窖前的长椅上一动不动。我走过去同他攀谈起来。

这位老先生七十年如一日地住在这座城堡里，几乎从未离开。他迷恋城堡阴郁的特质，尤其是在他妻子死后，他便更依赖于这种晦暗的氛围，在炼狱中获得平静。时间让他的世界变得满目疮痍。

“正是因为这里郁郁寡欢，即使有阳光，也是带着朦胧的伤感。这座荒废的城堡同我的亡妻更加相称。”这位老先生悲伤的神情像是穿越了几个世纪，他左边独眼的眼白上文着大理石纹般的绿色血管。他颤巍巍地用手扶了扶帽子，继续说道：“只有生活在这种悲伤的环境中，才能让我有继续生活的动力。我的往事和苦难都埋葬在这城堡的废墟中……对了，布尔在傍晚时分更加忧郁，相信我，你也会喜欢这里的。”

我感到一阵发怵。

此刻，天色开始变得暗沉，黑夜提前到临，大雨纷飞，天空和山峦混沌一片。我注意到城堡前多了几尊古怪的雕像，石墙上结了一层坚硬的黑冰。城堡背后的树林上空窜出几只乌鸦，这更加令我感到不安。明知这个地方不宜久留，我却像是被巫婆蛊惑了一般，继续走向城堡深处，布满荆棘的铁门上搭着一条同样锈迹斑斑的铁链。我唤了两声，无人应答；像是突然间获得了一股超自然能量，梦游者般毫不畏惧地飘了进去，穿过一扇冰冷而沉重的门，一股深蓝色的冷风袭来。

月光有一种能让人产生幻觉的魔力，罗马式的拱形城堡顶在幽蓝光影的衬托下比平日里显得更加静谧、深邃。饱满的弧形房顶如风平浪静的海水，波光涟漪，无奈地掩饰着月光的凄清，一如过往。

吱—— 回声穿破长长的走廊。一片漆黑，我握紧手机，没有照明。我担心突然的灯光会打扰到什么。

左转——开门，再右转——走廊；直走——开门，再右转——

一扇扇门发出吱吱嘎嘎的协奏曲，大概是太久没人光顾，它们才这么兴奋吧。

那是我走过最长最暗的过道。从我的太阳穴一直到脚趾都灌满了一阵发麻的凉意。更不幸的是，我发现自己迷路了，这座环形城堡似乎是个旋涡状的迷宫，每扇门背后都连着一条走廊和十扇插着长钥匙的木门。

我屏住呼吸，开始浮想联翩。

也许刚才的老先生已经在这里住了一百年？五百年？也许他的妻子并没有死；也许她就住在某扇门后；也许是我跨越了某个不可解释的空间。就在我快要被恐惧压过头时，左边的木门后传来一声清脆的童声：“天黑黑，天黑黑……”

我决定去寻找这声音——再次转动钥匙，推开了门——荒芜的草地中间站了一个女孩。

惨白的月光渗在小女孩的玫红色斗篷上。她背对着我，站在空旷的院子中央唱着儿歌。我奇怪，她的歌声……好像从老式收音机里传出的一样。我犹豫着，要不要打断她。

正当我准备说话时，女孩的声音变了，变成一个沙哑的老妇声音。可她始终没转过头来，我想我也缺乏面对她的勇气。

“在月亮升到房顶之前快离开这儿吧，小姑娘。我同你一样，在两百七十年前经过这座城堡，坐在长椅上的老爷爷和我说了同样的话。”

“可是，我迷路了。这里的走廊和门——”

“是啊，我当年也一样，我走了一圈又一圈，一年又一年。我的外貌还一直停留在刚进来的时候，但我的声音、我的心早已枯萎了。就连死神也忘了把我带走。”“小女孩”转过脸来说道，“也许，你留下来陪我是个不错的主意。”

一阵诡谲的笑声响彻夜空，穿破了惨白的月亮。

我再睁眼，发现自己竟在这张画前睡着了。不远处的教堂传来十二次响亮的敲钟声（午夜12点），窗外的月亮快走到房顶上方，而我的画——画中多了一片模糊的月亮，温热的酒红色颜料洒满一地。

## 六　2018年5月6日，晴

“趁着天气不错，一会儿骑摩托车带你出去兜风吧。”M提议道。

“那好呀！”

我正有此意，对着一半荒芜的城堡遗址抹了半天颜料，也该出去溜达溜达了。城堡废墟大概也不想让我像傻子那样——整体陷入对它曾经辉煌的无限畅想中。

每天下午4点的下午茶时间往往会多几个人，有时是负责酒会的人、上了年纪的律师朋友或是顺路拜访的邻居（最近的一位邻居，也在几公里以外）。最常见到的是M的表弟理查——他住在离T城堡15公里以外的另一个庄园，每次一听到有摩托的轰鸣声便知道是他到了。M和理查是摩托车的忠实粉丝，摩托车是他们最心爱的玩具。我全副武装地把自己藏进盔甲般的机车夹克里，随时准备出发。

理查带我们走了一条通往山上的小路，小径两侧开满香气袭人的白色小花。驶过一个又一个弯道后，一百八十度角内的景色映入眼底。M和理查把摩托车停在路旁的树林，我们步行穿过一条覆满野花的罗马古道，来到山坡西侧的制高点上。

傍晚7点整，群山空旷无人。

望着前方这片开阔的山谷，纪龙德河和加龙河在此交汇，一个转弯后注入大西洋。依旧盛气凌人的阳光将平缓的山坡分割成一明一暗两个世界。一半是绚烂蓬勃的葡萄园，一半是缺乏阳光宠幸的、深不可测的幽石峭壁。一排排疏落有致、根根分明的葡萄梗像是抹了油的男士背头，新芽绿叶奋力向上攀爬，不知名的黄白色野花点缀其中，押尾桑笔下轻松愉快的夏日简谱蹦出画面。

M说要再等上四个月才到摘葡萄的时候。恍惚间，我好像看到了年迈的葡萄藤因硕果累累而不堪重负，显得更加低矮、狰狞；漫山遍野的美洛和各色野花相映成趣，乌鸦和麻雀前来贺喜。那将是一年中葡萄园最热闹的时刻。

我抬头，舒展双臂，头顶上几乎快要凝固的白云唾手可得，又似肥羊缓慢挪步。

天，蓝得沁人，河床闪耀着金色的光，流得欢快。波尔多的黄昏柔和而缓慢。我取下发带，任由山风在发丝间穿梭，这是在法国的西南角，落日总是到得更迟一点。我们天南海北地聊着，除了天边出现的第一颗星星，再没有什么能够打扰我们。

“我们好像误入了让-皮埃尔·热内的电影。”我说。

“你猜现在有多少人和我们看着同样的风景？”

“我忽然觉得那些导演不那么有天赋了，他们拍的——算是纪录片吧。”

“你看——我们现在不就置身于电影中吗？”

话说间，M开了瓶去年的新酒，我们仨对着远方的山谷，又消磨了半打时光。我看见三个年轻人脸上的光芒在山谷闪烁，如同上天赐予纪龙德河的美好祝愿。我也希望，能一直拥有这般阳光。

## 七　2016年6月7日，多云转雨

通常在每个周五下午，我们离开城堡，向南驱车50公里后，在波尔多东南面的“小瑞士”住上两天。

那天天气不太好，我印象中的天空更是被乌云蒙上一层密不透风的黑布。加龙河比平日更加浑浊，河水的颜色同我手中的牛奶咖啡相差无几。在波尔多狭窄的市中心找到一个停车位真是让人筋疲力尽，我们转了差不多20分钟后终于钻进一个空车位，那种小确幸就像是在街上捡到100欧元。

M的朋友马可在波尔多市中心经营一家颇有艺术气息的酒廊——藏在一扇看似像监狱的黑色铁栅栏背后。马可和他的伙伴吉伦特穿戴整齐地坐在两把极简黑色椅子上，像是即将上演一出舞台剧。马可穿了一身黑色西服，与之相称地别上一只酒红色蝴蝶结，一双尖头带根皮鞋使他看起来稍微不那么显矮。他看起来更像是意大利人，深褐色的瞳孔和蓬松的中分鬈发，讲起话来时眉飞色舞的大胡子。马可毫不做作，他在20世纪90年代初从意大利来到波尔多追求自己的发财梦：游刃有余地辗转在房地产、城堡、酒庄、艺术品收藏之间。相比之下，吉伦特说话声音柔和且带着一点爱尔兰口音和王尔德式的幽默。大厅左侧的石头墙贴上了黑色的海报——一个叫“Alo”的艺术展正在展出。

“啊，你们来得正是时候，最近有个艺术家在我们这儿办展。”吉伦特向我们解释道。

“纠正一下——是三个艺术家。”马可说。

“嗯，好吧，他们做的东西都一样，我的意思是——反正我都看不懂。”吉伦特夸张地抖了抖眉毛。

我们顺着马可独特的戏剧式解说词，沿着左侧的黑色铁栏杆走向地窖。在过滤掉他多余的表情和泛滥的形容词后，我大概清楚了这是他新开的“$8^1/_2$”的一家酒廊兼画廊。每周三晚上在地下酒窖里会有一场专业的红酒品鉴会；周四晚上是变着花样的主题派对；周六一般接待来自世界各地的红酒爱好者们；每个月则更新一场艺术家的展览和发布会。

马可介绍说这里的每一处设计都源于一个毫无意义的细枝末节，或是对瞬间的捕捉：对天上一抹乌云的恐惧，对色彩的某种感受，对眼神的一种推敲，对反复重复的梦境的一种焦虑和眷念。之所以取名为$8^1/_2$，也并非空穴来风，这是向他最喜欢的艺术家，也是他的同乡——意大利导演费里尼致敬。对于马可来说，在艺术酒窖里上演的一出出派对和酒会，就如同电影之于费里尼——游离在真实与幻想之间，是个“逃避”现实的好去处，也是寻找生活的落脚点。

一种特有的空灵感，从地下室的唱片机里徐徐传来：

You may say I am a dreamer, but I am not the only one. I hope someday you'll join us. And the world will live as one.

（你可能说我在做梦，但我不是唯一的一个。我希望有一天你能加入我们，到那时候世界就会大同。）

我们顺着这冰冷而光滑的石梯走进地下室，约翰·列侬的声音回荡在空气中。我注意到四周只保留了黑色铁架上方那排射灯——似乎是地下室里唯一的光源。

“啊，那是为了再现一种费里尼式的电影效果。”吉伦特补充道。

“自去年以来，我们接待了来自美国、英国、墨西哥、澳大利亚、日本，当然也有不少来自中国的游客。”

游客们很好区别：北欧人装备整齐，背着登山包、脚踩登山鞋；荷兰人最小气，走哪儿都自己带吃的；巴黎人的傲气能把这地窖给照亮；美国人最爱穿沙滩裤和沙滩鞋；中国人挎着单反，女游客则忙着给远在东方的朋友写明信片，一边嘟囔着能不能收到……

接着，我们从对艺术的分享切入到商业探讨式的聊天。

“L’art et le vin, c’est pas loin.”（艺术红酒不分家。）这是法国人常挂在嘴边的一句话。

马可从没去过中国，更从未进驻中国市场。对此，他相当感兴趣，一脸崇拜地望着M。而M最大的爱好之一，便是向别人讲述他在中国的红酒商旅。

“中国是一个非常特别的市场，和日本等其他亚洲国家还是有很大区别。总之，让我非常着迷。”

M转头看着我，蓝绿色的深眸里闪耀着一种神奇的光芒。

“哈哈，你的意思——是她让你非常着迷吧！”马可那如意大利男高音的笑声在酒窖里回荡。

接下来，我们迅速参观了隔壁酒窖里的展览——一棵没有叶子的树杈，无规律地在地上摆满“UFO”的闪光圆盘，一只来自亚洲的大黄蜂标本，他们分别陈列在三个小型酒窖中。

“大概就是这些玩意儿，总之——我看不懂，也不明白会有人蠢到愿花一万欧元去买一根塑料做的树枝。”吉伦特摆了摆头。我注意到那棵“三杈树干”标价15000欧元，材质：综合材料。

马可龇牙咧嘴地笑着对我说：“不过，我倒是愿意出15000欧元买一张你的画。”

在20世纪90年代末，马可做了很长一段时间的画商，每周穿梭于巴黎、波尔多和布鲁塞尔。他曾遇到一位他非常赏识的画家，这让他迫切地产生了一种想要彻底改变这位潦倒画家名誉和身价的雄心壮志。但因为画家错综复杂的私生活以及赌马的赖账行为让他们走向决裂。尽管马可的确大展拳脚——使画家从街头落魄到小有名气，将画家推向艺术商业化的辉煌时代。然后故事的最后，以画家抵押二十张画给马可收场，而马可的画商生涯也告一段落。

“换画商就像搬家，这个道理你明白吧？”

## 八　2017年7月11日　晴

西普里安是法国最后一批义务兵役者。“——那是九十年代初。”他补充说。

他脸上的皱纹沟壑分明，这是被大西洋经年累月、风吹日晒雕刻而成的印记，像是没有抛光的岩石。

我们在波尔多西北部一个靠海的港口小城待了一天，小城的名字已不记得了，但是酒吧的名字十分诙谐——Ch teau pas de singe（没有猴子的城堡）。

“看哪——没有猴子的城堡！”我指着酒吧招牌对M说，“也就是说，你——禁止入内，猴子先生。”

M的朋友西普里安曾经历了五年的海军生涯，最有噱头的收获之一当然是航海环球两圈，并在我心之向往的塔希提岛和马达加斯加岛各生活了一年。

“在那艘船上，有我一生中最难忘的时光——”西普里安手中握了只啤酒瓶，左手食指上有一处清晰的戒指痕迹。他正在戒酒，因为我们的到来也给他自己一次沾酒的机会，酒精的味道把他从满目疮痍的生活中拉了出来。他说话时富有节奏的大舌音和夸张的表达方式，都像是地道的马赛人，两撇高傲的胡须总是上下扇动。

夏天快到了，清静了一个冬季的港口开始了一年中最热闹的时候：商店里摆满了橡皮船、冲浪板、沙滩排球，当然，冰激凌、明信片、比基尼等也是沙滩商店里的标配，偶尔有一些年轻人讲着粗话、吹着口哨从酒吧前经过。一家酒馆下正对着港口，宽大的玻璃窗把港口的景观一览无余。这家酒馆人气很旺，好像全镇的居民和游客都聚集在此，人们玩桥牌、喝啤酒、喝咖啡，天南海北地聊天。

M和西普里安从小在海边长大，喜欢沙子里的凉凉海风。我们选了个靠窗的位置坐下。我环顾酒吧一圈，前来光顾的多半是市区和近郊的中年人，也有零散的来自美国的老年旅游团，貌似我是这里年纪最小的顾客。M介绍说这家酒吧有100多年的历史了，从1889年开业直到现在，风格从未改变：大理石圆桌子、木凳子、镶着金框的镜子……吧台后面那位心不在焉的女服务生，不就是马奈《贝热尔吧台》画里的女孩儿吗？只是邻桌那位体形敦实、胸前挂着相机、大口喝着冰镇啤酒的美国游客让我有点跳戏。当地坊间传说，这间酒吧和塞尚在艾克斯常常光顾的那家咖啡馆有着千丝万缕的关系，具体是什么故事，我也不记得了，无非是关于那些艺术家的风流韵事吧。

总的来说，今晚的主题是围绕西普里安的海军生涯。他说起在塔希提一年的生活——那里拥有全世界最迷人的落日和最隐秘的海滩，当然，更多的是高更画布上天真烂漫的塔希提少女。这样的话题总能提起我的兴趣——一切关于未知的、探险的、纯粹的故事。我想起了毛姆笔下的高更，那个血液里流淌着一种狂放不羁的流浪基因。

“那个夏天，有个女孩——她是波利尼西亚人。”两杯啤酒后，西普里安开始讲起他在航海服役中遇到的第一个女孩。

“她每天准时出现在晨曦之时，我清楚地记得——她圆圆的黑色瞳孔里总是闪着光芒，平滑的小麦色脸庞上泛着两朵红晕，右耳后别着一支蓝色小花簪，静静地散发着热带芬芳。”他一边说着，同时自酌自饮。

“你想多了，那是因为有阳光反射，眼里才反光吧。”M笑着说。

我指着酒吧的牌子（没有猴子的城堡）对M说：“再打断我听故事，我就举报你——猴子先生。”

大门的黑板上写着今日的特色菜单，选择并不多，但食物却非常新鲜。我们点了一大盘海鲜沙拉，就着炸薯条和鲜酿的黑加仑啤酒。侍者向我们推荐了当地布莱伊产区的一瓶新酒。这款酒并非出自什么名门酒庄，但甜美的口感却出乎意料，我们很高兴在夏日来临之际找到了心仪的用餐酒。

酒吧的乐队演出尚未开始，悬挂在横梁上的电视滚动播放国际新闻：叙利亚局势升级，特朗普会晤日本首相安倍晋三，英国哈里王子即将迎娶梅根的世纪婚礼。我暗自庆幸，法国媒体暂时没有胡乱嚷嚷北京的空气质量如何糟糕，中国人民多么没有民主自由，等等。因为这几年关于类似的话题，在与法国朋友聚会时总是一场既费口舌又费精力的辩论。我数年如一日地向法国人解释法国媒体对中国不负责任的报道。他们多少会因为我是中国人，觉得我所有的解释都是在庇护自己的国家。当然也有很多对中国持有友好态度并能客观评价中国国情的人士，比如我的几个房东，比如M和他身边的朋友对中国市场经济的考察和了解。M对中国北广一线城市足够了解，总是抢先替我向他满脸迷惑、充满求知欲的朋友们解释——现在中国的发展真的很棒。每每这时总让我感到十分欣慰，长长吸口气，释然了。

此时，港口的蓝紫色雾气逐渐散尽，贪吃的海鸥们在路边觅食那些比石头还硬的法棍面包碎。几个手拿外放音响的阿拉伯少年搔首弄姿，惊扰了正在夜宵的海鸥——它们大声鸣叫，乍然飞去。

多年以来，西普里安始终记得塔希提岛空气中那股甜甜的味道，那是花香混合着热带水果的奇异芬芳。日落时分，塔希提女孩儿们头戴花冠、身穿草裙伴着当地传统的鼓在沙滩上翩翩起舞，西普里安的感情故事也从大洋洲的塔希提岛讲到了太平洋东岸的越南岘港，故事女主也从圆润的小麦色少女摇身一变成了身穿白色奥黛的纤瘦少妇。

几个小时后，一轮身披金色霞光的太阳将从港口对面的海岸线上照常升起，海面上那群海鸥欢呼起来，开启它们狂欢的一天。

西普里安开始着手写他前半生的回忆录了——90年代初的环球航海日记。M在一旁泼冷水，他认为这类题材实在太多了，甚至有些泛滥。

除非——日记中发生了一些足够惊天动地的故事。不过，我并不这么看，我觉得西普里安就是众多非虚构小说家苦苦寻找的男主。

码头旁还剩下几家酒吧兼餐馆在不温不火地经营着，自此后港口再没有当年的喧哗，那水军巡逻艇上帅气的海魂衫们已渐行渐远，岸上年轻的卖花女也已老去，关于罗曼蒂克的结局只是一个中西方共有的传说。

我问西普里安："你还会再次破浪而去，对吧？"

"为什么不呢？"

## 九　1999年5月2日，阵雨

四月下旬，伴着春风洋溢的明媚日子倏然而过，紧接着淌下三天大雨，结束了我每天叫嚷风干物燥的狂乱。M说我一定是被保湿的成都惯坏了，比这儿的葡萄还娇气。

好吧，我承认。但总的来说，波尔多的气候还是比较宜人的，这里没有法国东部望不到尽头的漫长冬季；同样是左靠大西洋，但并没有布列塔尼那样喜怒无常的咆哮；同样属于法国南部，阳光却比普罗旺斯的暴晒温柔几分。

窗外的雨并没有停下的意思，又哭哭泣泣了大半天。

"啊！又是它——"

不幸地，我再一次邂逅了它——正当我关窗户的时候，一只用尽所有黏液正奋力向上挪动的鼻涕虫，头顶前的一对触角随着身体的蠕动规律地颤动着。唉，一到下雨季节，这些小软体总会在突然之间粘连在窗户上不肯离去。

我对于软体动物的反感远甚于老鼠或者蜘蛛。唯一一次吃蜗牛餐的遭遇还是几年前在贝桑松房东家的圣诞节，那是在经过视觉和味蕾的一番挣扎，以及一桌法国人民的热情鼓舞下，最终，我扭过头去，囫囵吞下了一只绿色的奶酪焗蜗牛。现在想想，焗蜗牛的味道还是挺香的，柔软的肉体在蒜蓉汁的衬托下入口即化。在法国美食中，拥有重要地位的特色蜗牛大餐在人们心中难以替代，平等换算后，就像麻辣兔头于成都——让外国人难以下口。

在我看来，蜗牛是一只有房子的鼻涕虫，蜗牛和鼻涕虫就像一对软体兄弟。下雨天，兄弟俩总是相约结伴出行。我对着倾盆大雨的窗户发呆，确切地说，是处在一种纠结自虐的感观下，观察这对软体兄弟在窗户上雨中漫步，匍行经过处，还慷慨地留下一团白色黏液。然而对这种越是柔软，越是肉麻的动物，我越是难以转移自己的视线。忽然想起住在汝拉山上时，一到阴天或者下雨也是鼻涕虫和蜗牛泛滥的时候。邻居米歇尔曾告诉我说，区区一把盐巴就可以彻底消灭鼻涕虫，因为盐的浓度大于它体内水分的浓度，一把盐撒下去，便会像吸尘器一样把它身体里的水分全都吸出来（它就死了），顿时，肉乎乎的身体化作一摊稀水。

一只鼻涕虫沿着蜗牛兄留在玻璃上的足迹，亦步亦趋，缓慢扭行。

M的家人已经准备好晚餐，我还是难以转移软体兄弟的话题。

“请问猴子先生，为什么你们喜欢吃蜗牛却不吃它的兄弟鼻涕虫呢？”我补充道，“这样还更方便，不用剥壳啊！”

“这个嘛……那是我吃过的最恶心的东西。”M喉头哽了一下，眉头一皱。

“什么——你吃过鼻涕虫？”

“那是在一家农家餐馆，沙拉的叶子里裹了只鼻涕虫，它不幸——”M清了清嗓子一字一顿道，“非常——不幸——被我生吃了。相比之下，我宁愿吃你们成都的兔头。啊——”

M从椅子上弹了起来。那声惨叫，震得窗户上的软体兄弟一颤。

正如你想象的那样，一只慵懒的鼻涕虫从沙拉盘子中探了半个身子出来，好奇地张望。雨哗啦啦地下，我看到窗户上又多了一只缓慢而奋力向上攀爬的蜗牛先生。

**聂梦兮**

聂梦兮，出生于1994年3月，四川成都人。曾就读于布列塔尼欧洲高等美术学院、法国尼姆美术学院（当代艺术专业）。近年在欧洲版图上行走了十四个国家和地区，在法式甜点店当过学徒，在波尔多的古老酒庄一边创作、一边翻译，读一些书，拍一些片，教教中文，涂鸦上百幅作品。另创作有散文、随笔、小说十万余字，已发表在《深圳日报》《当代中国生态文学读本》《湖南文学》《华西都市报》等国内各大报刊。

# 一瓶红酒引出的故事

◎陈　武

## 1

“老陈，帮个忙，邀请我去你家聊会儿，十点前打我手机，千万千万！”

老阳在电话里的音量很低，低到我只能勉强听到，而且有点急切和气喘吁吁。老阳就是夏阳。老阳并不老，可二十年前我们就叫他老阳了。朋友们都喜欢这么称呼他，他自己也喜欢这个称呼。他突然让我邀请他来我家聊会儿，我就知道，他遇到事了，需要搭救了。只有我们这些关系密切的朋友，才能懂他。

我看一眼墙上的电子钟，九点五十六了——这事干的，马上就得邀请啊。

我立即拨通了老阳的手机。

“喂——”老阳拖长声调，又装腔作势地惊讶道，“老陈？是你啊？啥事？”

“忙啥呢？”我也像煞有介事地说，“好久没见你啦，朋友从山上拿来二两好茶，还有慧心泉的水，第一个就想到你了，有空吗？过来品茶聊天啊！”

“改喝茶啦？你有好茶想到我，就像我有好酒就想到你一样。对了，多多也在家，听说你家书多，二楼书房像个图书馆，正好参观参观。”

多多是老阳的老婆，上海一所初级中学的优秀班主任，天天跟学生斗智斗勇，对付老阳这样的艺术家绰绰有余。她要随老阳一起上我家来，我估摸着，这就是老阳让我邀请他来我家的缘由了，或者呢，和他要送我的那瓶红酒有关。那瓶红酒肯定来路不明（或有特别的深意），只有说是送给我的，才能自圆其说。

这些年，我一直宅在家里，写一些我愿意写的文章，过一种清闲的好日子。老阳就曾羡慕过我，认为我的状态极佳，不像他，一心追求太多的钱，然后用这么多钱过烂日子。但朋友们都说，他的话过于矫情，他的日子不是什么烂日子。难道不是吗？老阳是那种在我们这个俗气的世界里难得见到的真正的雅人，他画油画，画具有莫奈风格的印象派油画；他收藏吉他，据说还有一把李宗盛的手工吉他，有一把罗大佑弹奏过《光阴的故事》的吉他；他写诗、作曲、填词，自弹自唱，无所不能。关键是，他还有钱。他有钱得益于早期承包了一家五星级酒店的桑拿中心，因为酒店老板只是想靠桑拿中心招揽人气，几乎白菜价包给了他，一包就是六年。谁都没想到21世纪最初的六年中国经济突飞猛进，六年里他赚得盆满钵满，又恰到好处地抽身而退，紧接着在新开发的东部城区买了几间门面房，没想到又赶上房价猛涨，又翻手一连炒了几套，如此妙手经营几年之后，坐收门面房的租金，一年就是四五十万的收入。他便潇洒转向，回归到艺术家的队列里了。大约是在四五年前吧，多多以特级教师的身份，被上海某区的一所初级中学引进，老阳也随多多成了新上海人。但他的朋友圈还在本市，在上海待不了多久就要回来玩几天。可能正是他不断回来，才引起多多对他行踪的怀疑吧？多多也会和他一起趁着双休日回来，反正开车也就三四个小时，周五晚些到家，周六周日住两天，周日晚上再回上海。多多说是陪他，实际上带有监督的意思。但有时候，他也会不随多多回上海，而是单独留下来，玩个一周半周的（那多多的监督还有意思吗？那就是警示吧）。我们在一起喝酒或参加某个读诗会时，常听他接到多多的电话，催促他回上海。他都会把手机给我，让我和多多说两句。说两句，意思是证明和我在一起，好让多多放心。

根据我对老阳的了解，他昨天回来，晚上肯定出去见朋友了，喝酒了，而且，出了点小状况，否则，不会出现这种局面——我家有什么好参观的？多多是老师，什么样的图书馆没见过？我觉得我的责任挺重大的。回味一下老阳的电话内容，有两个关键词：红酒，邀请。我邀请他，很自然就实现了。红酒是他带一瓶来，这是要证明红酒确实是为我买的，为了让这个理由充分，我也赶快把我储藏的红酒放几瓶在书房的酒柜里了。

半小时之后，有人敲门了。

果然是老阳和多多。

这真是一对神仙夫妻，老阳瘦高、英俊、长发飘飘，多多微胖、白皙、神采奕奕。我简单欢迎他们到来之后，便领他们到楼上的书房坐下了。我尽量少说话（怕言多必失），只顾烧水泡茶，悄悄观察他俩的一举一动。我已经发现老阳的神情是尴尬的，多多的微笑也不太自然，更主要的是，一向讲究的多多，既没有化妆，也没有带包。多多是老师，平时虽然不是浓妆艳抹，但也都是要精心修饰的，脸部保养、手部护理一样不差，这回太素了。太素了说明什么？心情不佳呗。心情不佳到什么程度呢？连包都懒得拿了。

老阳拿过随身带的背包，哗地拉开链子，取出一支盒装的葡萄酒。

不等老阳开口，我抢先说："你看，又给我带酒。知道我好这口啊？我这儿有法国波尔多AOC，原瓶原装，来一杯？”

“不不不……”老阳连忙说，“我已经对红酒无所谓了，这是专门给你带的。”

我接过酒，一看包装，全是外国文字。生产日期我认得，1993。我一边假装拼读包装上的字母，一边思忖着刚才的话有没有漏洞，一边想着这瓶好酒是不是小猫送他的？我的话应该没有漏洞，至于红酒是不是老阳的初恋女友小猫所送，我也只能猜测到这儿了。而我话里的用词也是有含义的，我强调了“又”字，说明老阳给我带过酒，我要请他喝一杯，说明我平时确实好这一口。老阳的话呢，更是表明了他的态度。看来我们一唱一和，配合得还算天衣无缝，因为我眼角的余光，发现多多掠一下长发，还扶一扶眼镜，神情不那么绷着了。

我这才放松下来。我和老阳合演的这出戏成功了。

我开始烧水泡茶，讲了这个茶是山民采制的野生茶，水是有名的慧心泉的水，也是今天刚灌装的。我们又聊了些上海方面的话题——这也是我的一个小策略，因为我并不知道昨天晚上老阳干了什么，一瓶1993年的红酒又意味着什么，适时地把战场开拓到上海，岔开话题便于顺畅交流。我还尽量多问多多学校里的事。最后，是老阳忍不住把话题又引到自己身上的，他说他最近很勤奋，画了一批画，感觉不错，大约有三十幅。我便怂恿他，可以搞个画展嘛。老阳眼睛突然放亮，又瞬间黯淡，表示三十幅中，有不少是重复的风景画，要搞展览，还得再精炼精炼，淘汰几幅，再增加十来幅。

话说了不少，茶也喝淡了，我提出要请他俩吃饭。

多多听说要吃饭，赶紧说：“不了不了，老爸老妈准备半天了，全是好吃的……陈老师你这茶太高级了，现在才四月下旬，就有新茶，而且是野生的，真是奢侈。其实我更喜欢你的书房，这么多书，真馋人啊，下次来要好好参观参观。”

我把他们送到门口时，老阳趁多多不注意，跟我挤了下眼睛，表示我们配合得不错。

## 2

半个月后，老阳从上海给我打来电话："老陈，好久不见啦？想念兄弟们啊……再帮我个忙，今天晚上七点至八点之间，给我打个电话，邀请我到你那边搞个画展，拜托啦！"

画展的事，此前也说过。现在再说，也是水到渠成。

何况，老阳的事，我是不能不办的。当年他做桑拿的时候，我没少去他那里蹭澡、蹭饭、蹭茶、蹭酒。他早期的画，被他制作成精美的明信片，十二张一函，函套是绸缎封腰的，特精，作为桑拿中心的年票的赠品，很受朋友和客户的欢迎。那时候还没有文创产品一说，他的这套赠品，就是用现在的眼光来看，也是新潮的。如前所述，老阳不仅有多种爱好，还会时不时地组织一些很雅的小活动，比如在酒场开始前，他会把他带来的十二张一函的明信片每人分发一套，在大家的赞许声中，跟服务生一举手，就有身穿旗袍的高挑女生给他送上一把吉他，自弹自唱起来。老阳的很多歌都是忧郁的，或带有民谣色彩的。这些歌很好听，但又不知是谁写的（只有我们少数几个朋友知道是他自己的词曲），给听众带来不小惊讶。他很享受这种惊讶。在这些活动中，更会吸引许多女文青（我们有不少交叉的朋友圈），其中就有小猫，她是一个画家兼诗人。一开始我们不知道她和老阳的关系，以为她和老阳不过是画友或诗友，或两者兼具，后来才知道他们是曲友，更没想到是，他们居然是师生兼初恋。老阳当过两年多的大学老师，这是大家都知道的——20世纪90年代初，老阳从北师大毕业后，分配到海州师范学院，主讲《思想品德》和《马克思主义哲学》，小猫就是他班上的好学生。这两门课，据说最难讲，却被老阳讲成了海师的名课，学生都爱听。小猫就是被他的讲课深深吸引的优秀学生。后来，他们之间便产生了令人唏嘘的爱情。但他们的师生恋，被比小猫高一班的一个女生扼杀了，这个女生就是老阳现在的老婆多多。多多稍用手腕，邀请老阳利用五一小长假去苏州旅行一趟，就彻底把他捕获了。这个故事被老阳一个作家朋友写成小说，题目叫《夏阳和多多的假日旅行》，发表后引起了较大的反响。后来老阳从教师岗位上辞职，去承包大酒店的桑拿房，不知道和这场恋情有无关系。我知道的剧情是，小猫在这场恋情失败之后，埋头苦学，考取了南师大艺术类研究生，专攻美术教学，终于在学业上压过多多一头，这才心平气和地到一所学校任美术老师去了。小猫师承老阳爱好多样的传统，除了在教学之余画画山水小品外，也喜欢写诗和作曲。另外，她又把自己培养成葡萄酒发烧友了。小猫偶尔参加我们饭局的时候，都喝自带的葡萄酒，据说是外国的什么品牌。但饭局上不谈酒，不是谈诗就是谈画，也会唱一首歌，是她自己作曲的歌。开始我们不知道，后来才发现小猫使用的歌词，竟然是老阳的诗。小猫自己也写歌，不唱自己作词作曲的歌，却唱老阳的诗，这让老阳感动的同时也让我们感动。小猫在酒桌上唱老阳的诗，不知怎么被多多听到了风声，便勒令老阳不许再和小猫来往了。老阳究竟执行得怎么样，不是太知道，至少我们再和老阳一起参加的公开活动（包括饭局）上，不再有小猫的身影了。接下来的几年，老阳成为一个不自由的自由艺术家时，反而和我来往较少了，和朋友们也不像做桑拿时那么频繁相聚了。在这几年间，老阳完成了不少艺术作品，印象派油画、先锋汉诗、具有浓郁美国西部民谣风格的歌曲，还收藏了很多吉他。但女人的敏感和多疑永远是无穷大的，或许多多对老阳依旧不放心，这才有她应聘上海一所小学并把老阳也顺便带走的果敢决定。

老阳要回来搞画展，我自然再一次想到小猫了。关于小猫后来的故事，随着老阳一家到上海定居，我也所知甚少了。小猫也便从我的朋友圈里消失了。她还画画吗？还作曲吗？还写诗吗？还发烧葡萄酒吗？我就是想知道这些，也是无从知晓了。

遵照老阳的指示，我按时打去了电话。我还给他找了个画展的地方——久畹兰。老阳对我的“邀请”表示感谢，对能到久畹兰搞画展，也表示开心。久畹兰是个茶社，也兼做茶艺培训，除了几间茶室，还有一间很大的教室，把教室的桌椅茶器并一并（或临时搬走），就是个理想的展厅了，很适合搞尺幅较小和规模不大的油画展。我知道老阳的画是小画，五六十厘米见方，数量也不多，和久畹兰真的很匹配。何况久畹兰的女老板胡云不仅是我的朋友，也是个崇尚艺术的文化人呢。我便和胡老板联系。胡老板对我的创意非常欣赏，不仅愿意提供场地搞画展，开幕式那天的司仪和嘉宾的茶水都由她负责。更让我感动的是，她正在进行中的三个茶艺班、近四十名学员，也全体出动，捧个人场，烘托气氛。我听了之后，把胡老板的决定，结合我的创意，写成正式的邀请函和创意策划书，通过微信发给了老阳。邀请函上，连画展具体的时间都敲定了。老阳及时回复了“谢谢”。老阳的谢谢从字面上看虽然平淡，但我能感觉到他内心的激动。有了这个邀请函，我私底里认为，他可以名正言顺地多回来几次了，能名正言顺地多待几天了，更能够名正言顺地和朋友们喝喝酒、谈谈艺术了。

接下来的几天里，通过微信和电话，我知道老阳都在紧张地画画，装画框，定制摆放油画的架子。在这些工作收尾之前，老阳又给我来电话了，大致还是请我在某个时间段，打电话请他提前两三天过来，因为虽然画展是在周六周日两天，布展啊、请嘉宾啊等都要提前做准备。所以我又适时地把电话打过去了。我能猜到，他在接电话的时候，身边的（或隔壁某个房间里），多多一定是听到了。然后，他再和多多知会一声。多多就是有一千个、一万个不情愿，也不会扼杀老阳对艺术的追求的。毕竟，一个画展，对于一个艺术家来说，其意义是非同寻常的。

## 3

老阳从上海回来的第二天，他托运的油画也按时到达了。

还是在昨天，老阳自驾车来到久畹兰——因为事先约好，我在久畹兰喝茶等他。他一进来，我看他一点也不是风尘仆仆的样子，也没有刚刚经历舟车劳顿的辛苦，不像开了三四个小时的车，仿佛刚从外边散步回来，飘逸的长发，有破洞的牛仔裤，一双高帮的黑色休闲皮鞋和露出来的蓝灰色袜桩，一件不知是时尚还是洗旧了的白色T恤，T恤上是一个正在演唱的吉他手——仅从装束和形态上看，老阳不像一个年近五十的中年人，倒像是个更年轻的、从本地某个艺术工作室出来的新派艺术家，旁若无人，目空一切，自命不凡。我跳起来招呼他。他迎着我狠狠给了我一拳，使了个只有我能会意的眼神。

胡老板正要征询他喝什么茶时，他竟然要喝葡萄酒，并说，反正不用开车了。我正担心胡老板为难，没想到茶社还真有——胡老板变戏法一样地拿出一瓶葡萄酒，优雅地给他倒了一杯。接下来，我们开始聊正题，又参观了已经腾空的大教室。整个过程，从布展到开幕式的流程说下来，也就几分钟，感觉他也没认真听，总是一副心事重重的样子。但他似乎很满意。可能是为了感谢胡老板和我吧，他晚上要请客。我看他心里有事，就婉言谢绝了。他说好，等开幕那天再聚。然后，把杯中的葡萄酒一饮而尽，匆匆告辞了。

但是，画到了的时候，老阳却迟迟不肯露面。胡老板打我电话，挺急的，因为明天就是周六了，周六上午10点，就是开幕式了，如果不及时布展，时间上怕是很紧张了。胡老板在电话里跟我说，在画刚一到时，就联系了老阳，可他就是不接电话，联系多次都不接，让我再联系一下。我正准备给老阳打电话时，手机就响了，是老阳！真是心有灵犀啊，我赶快接通。只听老阳说：“喂，老陈，麻烦你个事……帮我布个展。另外，如果多多打你电话，就说我刚和你在一起布展……反正你知道怎么好就怎么说，明白吧？先这样啊。”老阳果断地掐断了电话。

这家伙，这事做的，也太大条了吧？看来搞画展，也不过是他的一个借口。但是，什么事比画展更重要呢？什么事能让他丢下画展的布置而去忙别的呢？我来不及多想，赶快赶到久畹兰，我得替他救这个场子。

现在，我的感觉不仅是在帮老阳的忙了，也是在帮胡老板的忙了。对于胡老板和久畹兰来说，画展是一件大事，因为她已经在自己的公众号上推送了一篇文采华丽的预告，她的朋友圈都知道了这场规模虽然不大、艺术水准却相当高的小众油画展了，点赞的人很多，而且很多朋友都转发了。我也转了，老阳和多多也点了赞。现在，在布展的节骨眼上，老阳却玩起了失踪。

我和胡老板及久畹兰的工作人员，把一个个画架组装起来，再把老阳的作品一件件摆放到架子上，又核实了卡片。在做完这些工作的时候，已经是晚上7点多了，就是说，我们忙了整整一个下午。而在这个过程中，老阳一个电话都没有打来。但我还是松了口气，胡老板同样也像完成了一桩大事样露出了笑容。我还拍了几张展厅的全景和两三幅代表作，发在了朋友圈，并且在文字说明上，让人感觉是老阳和我一起布的展。

在翻看朋友圈时，我发现很少露面的多多也发了篇微文。

多多在朋友圈的这篇微文引起了我的兴趣。她只发了一张图片，我一眼就看出来是老阳的画，这幅画截取的是我转发胡老板公众号里的一幅，画面上是一个夸张的人脸。老阳喜欢画人脸，这是我们都知道的。好朋友他都画过，他画的一张我在吃早餐时的造型，虽然有点形似，但变异得太厉害，感觉并不好。老阳准备参展的这组画里，也有几幅人脸，我当然辨别不出是谁了。而多多发的这张，同样变异得厉害，不仅五官不清，连脸形也模糊，仅从色彩上能感觉到应该是个女性。再看多多的文字，我觉得有点意思了："某人邀请我周末回故园搞画展，被我无情拒绝。我冷漠地说：我得回家带猫撸猫。某人立刻受到一万点暴击：宁愿陪猫也不陪我！猫重要还是我画展重要！天哪，问我这样一个显而易见的问题！亲爱的某人，你辛辛苦苦管理家产事业，挣钱养家，早起晚睡拼命写诗画画，还作词作曲弹吉他会朋友，而我的猫呢？它们只会吃了睡，睡了吃，偶尔打个呼噜卖个萌而已。所以，当然……猫更重要啊！因为你有你的三妻四妾、狐朋狗友，而我的猫，只有我啊！拿自己和我的猫相提并论，是多么不自量力啊！"

什么情况？多多的这段文字看似风趣幽默，云山雾罩、无厘头，让人不知所以然，实则又暗含多重意味，特别是这里的猫，和小猫有无关联？真不知道他们又在玩什么斗智斗勇的游戏了。

## 4

老阳还是露面了。老阳在周六画展开幕的凌晨，给我来了电话，要我在7点之前赶到久畹兰，他要换几幅画。

这家伙，不是添乱吗？

这次老阳倒是守信，我赶到久畹兰时，他已经到了，他从车上卸下来的画就靠在久畹兰的电梯间。我们聊了几句，主要是我问他这两天怎么失踪了。他倒是轻描淡写，说没失踪，说画画了。我知道他在本市还有一套住宅，也是他的工作室。但我不相信他这时候还能画画。可他又确实带来了不少幅画，共十五幅呢，肯定不是这两三天里画的。

等胡老板开门后，我们赶在8点半工作人员上班前，把画换上去了。老阳一副胸有成竹的样子，换哪幅画，直接就把原画撤下，把新画摆上。对于他新换上去的画，老实讲，确实更好，不仅是画的色彩更为准确，构图也有穿透力，和他一贯的画风不太一样。老阳对新换上去的画很满意，一连拍了不少照片。

9点以后，陆续有观众来了，有不少是老阳和我共同的朋友。在画展简短的前言上，我和胡云的名字都出现在上面，是以策展人的身份出现的。所以，我们三人一起在门厅里迎接、招呼各路来宾，向他们寒暄问好。让我和老阳都非常吃惊和没有想到的是，混在来宾行列里、穿一身考究裙装的、很出挑的，居然有一张我们非常熟悉的面孔——哈，这不是多多吗？

多多在没有任何预兆的情况下，来了个突然袭击。看她一脸狡黠的笑，我就知道她有多得意了。

但是，我和老阳的吃惊也是不一样的。我的吃惊里，更多的是伴着惊喜。而老阳的吃惊很快就被更大的吃惊取代了。当然，他的更大的吃惊，别人很难察觉——完全被他强装的喜悦掩盖了。只有我能看出他喜悦背后的惊慌和错乱。我觉得我要帮帮老阳，同时还要让多多感受到我的热情——在我的暗示下，多多被工作人员引导到贵宾室了，那里备有茶点、水果和各种饮料。

多多刚脱离我们的视线，或者说，我们刚脱离多多的视线，老阳就快速走到我身边，小声而急切地说："你去和多多聊会儿，稳住她，我要把早上换上去的画再换回来。"

这家伙，又在搞什么鬼？

我顾不得那么多了，因为老阳在我愣神的时候，猛地在我腰眼里抵了一下，示意我赶快去办。

我走进贵宾休息室，对多多哈哈笑道："老阳看到你来了，牙都喜掉了，怎么样？路上还顺利吧？"

"就你会说话——他的牙不是喜掉的吧，是吓掉的吧？路上有什么顺不顺的，到了就是顺的，要是不顺，就到不了了。"

我听出来，多多的话是故意找碴儿，或者不大想跟我讨论这个事。

我问她喝点什么，她说她车子里有水。我要给她来杯咖啡，她说不用。我要给她泡杯云雾茶，她说不喝。我要给她来杯果汁，她更是摇头。我就知道了，她不是不用，不是不喝，是不想用、不想喝。我知道我不能再继续热情下去了，这会让她产生怀疑的。

“还没回家吧？”我还是没话找话地说。

“没有，我妈不知道我来。也不知道夏阳都回来几天了。”多多的后一句是对老阳的不满。

我替老阳遮掩说：“这几天都忙布展了。”

“是啊，也辛苦你啦……我看看画展去，咱家老阳不得了啊，闹这么大动静！”

“那是啊……为老阳骄傲吧。”我一边说一边想着，才几分钟，老阳不会还没有换好画吧？为了确保起见，我又劝她吃个点心，还推荐了一款桃花糕，说这是以一个月前的新鲜桃花为主要原料配制的。

“是吗？桃花糕？我等会儿再吃。”

多多还是到展厅来了。

还好，早上新换下去的画，又被老阳换回来了。现在，在展厅的三十八幅画，又都变成从上海托运来的那批了。而换下来的画，转眼不知存放到哪个房间了。

多多一幅一幅欣赏画去了。老阳也在准备接受电视台的采访了。我突然有种冲动，想知道那十五幅画，究竟是谁画的，其实，我已经猜到了，那应该是小猫的作品。老阳想在自己的画展上，在展出的作品中，掺杂十五幅小猫的画，这又是什么目的呢？如果真是这样，对于老阳这几天的失踪，我似乎又找到了注脚。对于多多的驱车几百里赶来出席开幕式，赶来看画，也就有了一个合理的解释了。

## 5

半年之后，已经是秋末冬初了，我还是有一搭没一搭地和老阳保持着见面和联系，一月一次或两次，不算频繁，不算密集，也不算疏淡，喝喝酒，品品茶，谈谈闲话——总有说不完的闲话，也会聊聊他新画的作品（微信朋友圈他也经常发）。说到画，他依然是热情不减，兴致盎然。偶尔的时候，我会故意提到小猫，说她的音乐和绘画，甚至她的诗，他会突然停顿一会儿，就像打了一个嗝，眼睛亮一下，神情跟着就黯淡了，然后说："小猫是天才。"就转到别的话题了。

有一天，老阳来电话，请我给他作一首歌词。他是诗人，写了无数首诗，也写了无数首歌词。他的诗，有时候就是歌词。或者说，他是把诗当作歌词来写的，他在很多场合唱诗。如果谁有兴趣，到酷狗音乐、虾米音乐、网易云或QQ音乐搜一下，他的歌会跳出来几十首。这些歌，词、曲、唱都是他一个人。了解他的朋友们都知道，这只不过是他大量音乐作品的九牛一毛而已，就像我们并不知道他画了多少幅画一样，展览出来的，不过是冰山一角。一个专业人士，突然让我给他写词，有点说不过去啊。但是他的理由也充分，让我写一首纪念我们二十多年友情的诗（词），名字都给我起好了，《我家住在新浦街》。一听这名字，我就知道什么调调了。我脑子里迅速出现二十多年来我们相处的点点滴滴，创作的冲动油然而生，一首三四十行的歌词一挥而就，我得意地通过微信发给了他。他的反应和我一样，觉得写得很到位，是他想要的东西。第二天，他就打我电话了，要我邀请他参加读诗会，以读我的诗为主的读诗会，还要在读诗会上唱诗，就唱《我家住在新浦街》。并且，和以往一样，让我在某个时段里电话邀请他从上海回来。

我照他的指示，电话打了，邀请函发了，时间就定在本周四。

老阳提前一天到了。照例，跟我们照个面，打几句哈哈，他又忙别的去了。

参加周末读诗会的诗人没有几个，就一桌（十二人），而且人选都是老阳确定的。我到得比较早。但，在比我到得更早的人当中，不仅有老阳，还有多年不见的小猫。

这也算是惊喜了，能在这种场合见到小猫，是我没有想到的。

老阳经常给我们带来惊喜，也偶尔给我们带来小麻烦。小猫今天能在，我首先想到的是小麻烦——老阳就不怕多多再像上次画展那样搞个突然袭击吗？看来老阳是考虑周全的。因为这个诗会不是放在公共场所，比如久畹兰这样的地方，而是一个私人的小型会所，比较隐秘，这是其一。其二，在时间的选定上，是在周四。周四不是周末，多多就是有心要搞突然袭击，也得专门请假了。

小猫也看到我了。她跟我举了下手，幅度不大，只是个简单的示意。我却发现小猫的精神特别不好，脸色苍黄，眼神无光。还好，她脸上露出的笑意（尽管是强装的），还能看出以前的风姿。我走到小猫身边，试图和她打个招呼，毕竟，很多年不见了。但，距离越近，越让我心里意识到小猫确实不是以前的小猫了，她憔悴多了，像一朵枯萎的花。

“你好！”她说，仰着脸看我，并没有站起来的意思。

“你也好啊，好久不见啦！”我说。

“是啊，好久了……”

老阳也过来了。老阳对小猫说：“这是老陈。”

“知道的……”

老阳说：“能请到小猫，不容易的，等会儿你主持，我拍拍照片，请小猫第一个读诗。”

“不呀，我是来听你唱诗的，听你唱老陈的诗。”小猫声音很低微。

待我们都坐下后，我收到老阳发的一条微信：“小猫身体不好。不是一般的不好，可能活不过这个冬天了。你知道就行了。开始吧。气氛由你掌握。别提小猫的病，也别让她多说话。”

老阳的微信里，传达许多重要的信息，我能感受得到。我悄悄看一眼小猫，看看她的神色。她很平静。即使岁月在她脸上留有痕迹，也会在眼睛里和神态上做下记号，但此时，她很平静。

读诗会开始了。我简单介绍了来宾。在介绍小猫时，我特意强调了她不仅是诗人、作曲家，还是画家。我注意到在我介绍她还是画家时，她的眉毛跳动了一下。按照我和老阳设定好的程序，先由老阳唱一首歌，就是我写词的《我家住在新浦街》。老阳显然做足了充分的准备，他在摆好的麦克风前坐好，抱起了吉他，没有别的辅助音乐。只见他酝酿一下情绪，开始弹奏，在并不复杂却异常忧郁和怀旧的一段前奏之后，老阳用带有磁性的、略沙哑的男中音唱了起来：

那夜已近十点
我骑车在海连路上
经过当年的麻纺厂
只是早就看不见
那些雪白的姑娘

我家住在盐河东
华联后边的河南庄
那些年时常来喝酒的兄弟啊
你们如今在何方

谁还会在民主路上
静静地等待一场雪
谁还在曾经的大转盘
唱着轮回的歌

谁还会在陇海线上
聆听遥远的汽笛声
谁还在空旷的蔷薇河
仰望最初的星空

我家住在盐河东
华联后边的河南庄
那些年时常来喝酒的兄弟啊
你们如今在何方

老阳深情地唱着，所有人都保持音乐响起时的姿势，托腮的，歪头的，耸肩的，一只手支着下巴的，端着茶杯做喝水状的，像雕塑一样，生怕动一下，产生一点点动静——哪怕是细微的风，也担心惊扰这好听的歌。是的，真是太好听了。我不止一次地听老阳唱歌，唱别人的歌，唱自己的歌，应该说，这一次，或这一首，最让我动情，不仅是因为我写的词，实在是音乐、声调和他的全情投入触动了我心底最柔弱的部分。我禁不住热泪盈眶了。我看到小猫也眼含泪水，鼻翼在微微抽搐。有一个女诗人，竟然两手掩面，饮泣起来。大家都沉浸在对遥远往事的回忆中，仿佛回到旧日的时光里，那骚动的青春，无序的情感，不可名状的忧伤，还有街头酷酷的哼唱，全部蜂拥而至。

老阳演唱后，是读诗。我临时改变了计划，别读我的诗了，读小猫的诗。

小猫推辞不过，要发表感谢的话，她用微弱的声音说了几句，主要是感谢生活，感谢朋友们，感谢父母把她带到这个温暖的人世上，还感谢老阳和我，能在一个特别的场合展出她的画，虽然不是她的个人展，能以这样的形式亮相，也弥补了她人生的遗憾……

## 6

当今年的第一场寒流光临小城的时候，老阳的电话不期而至，他声音低缓而沉痛地说：“老陈，小猫走了……我要回一趟新浦……明天就回，我要为她唱诗……请你……请你随便找个理由，邀请我回去一趟，晚上六点后都可以打我手机……”

我听到老阳哽咽着，没有说下去。但，我听明白了。挂断了电话，我看一眼时间，已经是下午五点十分了，想个什么理由呢？我脑子里突然出现了空白，啊……难受吗？还真的很难受，邀请多年的好友回一趟故乡参加朋友的葬礼，居然要用这样的形式。

电话打完不久，我又想起一个事来，给老阳发了条微信：“那瓶红酒，我替你保存着了，那是1993年的酒。我知道，那一年对于你们一定有着特别的意义。”

2019年3月23日定稿于北京草房荷边小筑

**陈武**

陈武，男，1963年生。作家，曾在《花城》《作家》《钟山》《人民文学》《十月》《小说月报·原创版》等杂志发表文学作品，多篇小说被《小说选刊》《小说月报》《中篇小说选刊》《中华文学选刊》《北京文学·中篇小说月报》等选载。系中国作家协会会员，一级作家。

# 在深圳捡钱

◎王国华

太阳每天都那么热。下雨的时候，太阳就躲走。不下雨的时候，它立刻挂出来。下雨的日子少一些，不下雨的日子多一些，所以太阳挂在天上的日子居多。

阳光洋洋洒洒地飘落，砸在密密的树叶上，四处乱溅，掉在地上，就成了钱。

走在深圳街头的茂子，总能捡到钱。

刚到深圳那一个月，一汇入密密麻麻的人群，茂子就感觉上不来气。不知道从哪里来的这么多人，随便一条街道都比家乡那个小县城的人多得多。所有人形成一条河流，又卷着所有的人往前走。

他们忙忙碌碌的脚步里，踩踏着各种想法。有人在想中午吃什么；有人想着明年该买辆车了，但摇号太难；有人在猜测客户的心理预期；有人为孩子的上学问题焦躁；有人盼着来一场雨，让天气凉快一些。

把这些思路理清，茂子就不那么紧张了。茫茫人海，各司其职。他们挣钱，我捡钱。和谐社会。

第一次捡钱是什么时候？茂子想不起了。她的微信朋友圈里直接从第五次记起。“今天我捡了五角钱硬币。一种新的生活开始了。”此前她几次在路边，在租住的农民房的楼梯上看到零钱，像其他路人一样，无视地走过去了。现在谁还肯为一两角钱的钢镚儿弯腰。

但看见纸币她心里还是会犹疑一下。在她的概念里，纸币比钢镚儿稍微尊贵些。钢镚儿好像是送快递的，纸币好像是收银员，一个风里来雨里去，一个傲娇站在柜台后面，风吹不着、雨淋不着。虽然它们都是打工的。

那些丢掉的钱币如同突兀的野草，一次次闯入眼睛，茂子有了想法。为什么人们都视而不见呢？钱丢了，得有人捡才对啊。如果没人捡，就像垃圾没人清理，这个世界得脏成什么样子？

茂子去过一些景点，经常看到水池里的硬币，很厚的一层。一定有人策划了这件事，并定期捡拾。若真的任硬币积累起来，很快就把水池淹没了。那些零散的硬币仿佛是对游客的一个个召唤，来呀，别人都丢进来了，你也该丢一个才对。

景点里的硬币是勾引游客的噱头。而街头的钱币是实实在在丢掉了，任其风吹日晒，简直是对劳动者的漠视。矿工辛辛苦苦把矿石从地底下挖出来，造币厂的工人辛辛苦苦将其打磨成精巧的模样，银行又把它们送到一个又一个消费者手中。它带着那么多人的体温，收藏了那么多人的酸甜苦辣。一朝丢进水坑和绿化带旁边，它就会渐渐腐烂，成为一块毫无用处的金属。别看它显得很硬，腐烂起来也很快。一个硬币不想活了，说死就会死，远比我们人类死得快。哀莫大于心死。茂子在路边就捡过一个已烂了一半的硬币。这得经过多大的打击，心里有多么难言的悲伤，才会如此义无反顾！

从那时开始，茂子决定把它们捡起来，见一个捡一个。有个鸡汤故事说，一个孩子在海边捡起被潮水冲上岸的鱼，一条条扔进大海里。有人劝他停止这种犯傻行为。你捡不完的，九牛一毛。孩子说，起码被扔进海里的那条鱼在乎。

茂子想，深圳就像一个大海，我在海边捡鱼。那么多没有犯错的钱，被无辜地抛弃，掉进生活的阴影里。自己捡起来的这一个，被清洗成一个崭新的硬币，重新流入市场，从一只手中递给另一只手中。它将获得新的生命。从前一任主人身上掉下来时，相当于在生命的悬崖边上晃了一下，被茂子拉了一把，再次回到了阳光下。它将会更加珍惜接下来的日子，一次次完成自己的使命，无论当成买水果的零钱还是买白菜的零钱都无怨无悔。

茂子忘记了是从哪本书上读到的，说一个人一辈子似乎做了很多事，但能留下的，让人记住的，也就一两件。这一两件事就成了某人的符号。匆匆忙忙，奔波劳碌，最终贴上这个标签，这一辈子就可以完结了。有人一辈子的符号是种稻子的农民，有的人开收割机，有人是电工。村东边那个姓黄的人死了，大家就说黄电工死了。他这一辈子干的所有事，被“电工”两个字简单粗暴地概括。有人更惨，一辈子连个标签都没有，死的时候和蚂蚁一样平庸、落寞。

茂子想，将来被人说起来，我捡了一辈子钱，是不是大不同?

捡钱没什么技术含量，只要时常低头看一下地面就行了。行人走路的时候，基本都是看前方的空气和空气中的事物，没人看天和地。天上除了蓝色，只有太阳和云彩。云彩太浮，太阳太燥，看久了心里发慌。还有偶尔掠过的一只飞鸟，坏坏地扔下来一摊鸟粪。

地面却是一个相当复杂的世界，它会强烈吸引你的注意力。小孩子低着头走路，一头撞在树上。年轻的妈妈气得数落孩子，她哪里知道孩子已经沉迷于脚下那来来往往的蚂蚁群，几片无缘无故落下来的绿叶，一条急于拱出地面的树根，一块小小的石子，和石子旁边的一个硬币。一声怒喝，被妈妈打断思路的孩子，噔噔噔地跑开了。硬币叹了一口气，继续等待。

直到另一个低头刻意寻觅钱币的人，一个四十多岁，清清爽爽，白白净净，留着齐耳短发的女人远远地走来。她是深圳的闯入者，如今已是深圳浸入骨髓的一分子。她的身影渐渐笼罩了它。它用尽力气，闪了一下光。

移动支付，持一个手机万事皆休，身上带现金的人越来越少。再过些年，人们都不知道为什么还要带钱，零钱用处就更少。好在这会儿人们还有一点惯性。

“今天捡到一元钱，第三十八次捡钱。”茂子把这些记下来，按次序发在朋友圈里。一角，五角，一元。越往后，她的态度越认真。有时还发点小感慨：“一角钱价值不大，然而捡钱的感觉真的很好。我开心，我记录。”

茂子一直大大咧咧，甚至是没心没肺。当年她从师范学校毕业，等待分配的那几个月，住在县城的哥哥家。做完饭忘记了把燃气关掉。新婚的嫂子发现的时候，燃气塑料管已经烧糊了半边。哥哥和嫂子吓出一身冷汗。还有一次，她发现自己的存折不见了，没敢告诉嫂子，自己到银行悄悄挂了失。嫂子翻找资料，在一本书中看到她的存折，递给她时她也没敢说出真相，怕哥哥嫂子笑她马虎。

到深圳后，她的神经更大条了。

深圳人缺少浓烈的情感。在老家的时候，她经常听到这种评价。现在渐渐明白了原因。深圳人太多了，即使你是棵孤独的树，每天也有各种各样的事找上你。一个朋友没有，起码房产中介和小额贷款的人会打推介电话。有人说这是骚扰电话，但时间长了，也就成了生活的一部分。无穷无尽的事，连续不断的事把你的时空塞得满满当当，密不透风。你在一个个乐观和失望中颠簸。

浓烈的情感像酒一样需要酝酿，需要时间，需要白天和黑夜的轮回。但你醒来，新鲜的事已经眼巴巴地等着你了。昨天的情绪还没来得及消化，就被新的事物挤掉，排泄出去了。

她在这个城市找到了和自己契合的气质。原来，这个城市的性格就是我的性格，我可不愿意做个忧伤的人。

茂子看上去什么都不在乎，但认准一件事，就会把它当成和吃喝拉撒一样的必然，驴子拉磨一样竭力前行。

万念系于一处，一件小事成了一件无比重要的事。

一段时间内，她捡到的基本都是一角的钢镚儿，像中邪一样。

雨说来就来，说走就走。叶子上没来得及滑下的水珠，雨停以后还在慢慢悠悠地滴落。路边一个一个的小水洼，亮晶晶的，很浅，盛满了阳光。她远远看到一点不同的亮光。那个硬币就在积水旁边成了装饰品。

今天肯定是一角钱。低头细看，果然是一角钱。

茂子不会为一角还是两角纠结。捡钱多少没有规律，今天一角，明天递增成两角，后天五角。真实的生活都不敢这样运行，何况这种侥幸。但她内心里更喜欢五角的硬币，质地坚实，金光闪闪，她觉得这才是宝安的颜色。

宝安是深圳的一个区，最早的深圳特区却是从宝安县划分出去的。

宝安是什么颜色呢？有一年四季的绿，有各个季节鲜花的粉红、深红、嫩黄、紫色，有广阔的天空的蓝。但这里聚集了大量的人，都是为改变生活而来的，很多人心里都充满了向往。他们集体凸显了一种颜色。金色没那么俗气，它恰恰是雅俗之间的一个临界点，不红不灰，不艳不颓。

偶尔捡到一个五角的，茂子就把自己的开心扩大一倍。她或许不能控制自己不开心，却能控制开心的额度。捡到钱，有时暗笑一分钟，有时暗笑两分钟，暗笑五分钟就算是极度开心了。

纸币也有一些，一角、五角、一元的都有。但基本上五元就是极限了，五元以上的从没捡到过。也许是面额稍微大一点的，主人都比较在意了，不会轻易让它们丢失。从这个角度讲，失主最终把那些丢不丢失无所谓的东西给丢失了。只要他们不打算丢失的，都会坚定地留在自己的兜里。

这样茂子心里就踏实了，真要捡到一百元的，自己心里一定会嘀咕，觉得自己做了错事。一百元钱还是能办一点事的，起码够两个人吃顿快餐。捡钱应该是不痛不痒的事，无伤大雅，对谁都没什么损伤。失主一笑了之，捡拾者却似捡个大便宜。此种情形类似于小赌怡情，既有乐趣，又没有受害者，两全其美。

一百元摆在面前，捡还是不捡？即使丢失者无所谓，那也非茂子所愿。她捡了人家的东西像偷了人家的东西，这就背离了初衷。

茂子等公交大巴的时候，一辆洒水车沿街开过来。深圳雨多，街路很干净，平时也少见洒水车。一次蒙蒙细雨中见一辆洒水车正一丝不苟地沿路狂喷。心想，这司机是个奇葩吧。后来同事告诉她，司机收了人家的钱，就要按期完成任务，洒水是他的任务。下雨天，没人叫他停，他就不敢停。

真的很无奈啊。应该叫停司机的人干什么去了？

雾蒙蒙的水从天而降，路人纷纷躲闪。

茂子躲到一棵榕树后面，榕树深褐色的气根笔直地垂下来，扫着了她的头发。她一偏头，看见那里有一个硬币。

她脑子里闪过一个念头，这不就是缘分吗？

有一次她和朋友开车出去玩，脑子里也闪过这样的念头。前面的车开得很慢，不用问都知道，司机要么在看手机，要么在打电话。她们只好跟着慢慢向前挪动。忽然，前车很快地开走了，可是红灯也亮起了。朋友踩住刹车，等待绿灯。

等她们再开走的时候，外面的世界已经发生变化。那辆拐弯时和茂子擦肩而过的电单车，本来不会和她遇见。如果她们按部就班地过了那个红灯，茂子经过拐弯处两分钟后，电单车才会出现。

所以她们也不会看到一个老人牵着一个小女孩。也要等她们经过两分钟后，他们才会站在路边。

她们也不会差点压倒一条突然闯出来的狗，也许两分钟前，正好楼下的一辆奥迪开走。过了一分钟，一辆比亚迪开进空位。如果茂子她们早来两分钟，那个车位就是她们的了。

有个同事拿着昨天买的彩票痛心疾首地在办公室里说，你们看啊，开奖号码是1234567，我的号码是2345671，就差一点。另一个同事看了一下说，你这是一个号码都没对上好吗？

错开一个数码，整个世界都错开了。

茂子捡到这个硬币的时候又错过了什么呢？

有一次茂子远远看到一个闪闪放光的东西，直觉那应该不是一个硬币，虽然非常像。

确实不是。那是一枚薄薄的、圆圆的钢片。

摸索的硬币多了，茂子就会留心这些钱。一个一角的钢镚儿和另一个一角的钢镚儿有什么区别呢？似乎没区别。它们都遭到遗弃，都要在一个接一个不同的日子里等待另一个机会。但一角钱和两角钱的手感的确不一样，和一元钱更不一样。两角的硬币非常少见，据说市面上已经不流通了。茂子曾把偶尔捡到的这个两角钱出示给朋友们看，一个朋友说这种硬币能卖好几百块钱呢。茂子着实惊喜了半天。她决定将其单独存放。一元钱手感最不舒服，有点重，有点压力。

很多人一眼可以认出那些硬币，但把硬币拿开，让他说出硬币正面是什么，背面是什么，他说不出来。人也是这样。某个场合认识了一个人，还互相在微信上点赞。真正有急事联系他的时候，却发现连他的电话都没有。

掉在地上的金属，如果是游戏币，倒还说得过去。起码是个有用的东西。这么一个钢片有什么意义？制作它的人目的是什么？又为何将其丢弃在路上？它们到这个世界上走一遭，就是准备被抛弃的吗？它们也有过梦想和摩拳擦掌准备大干一番的生活吧？连专门捡拾硬币的茂子都不准备给它第二次机会，它这一生所为何来？

茂子通常手比脑快，正犹疑它是不是硬币，伸手就捡了起来，若有所思地打量了一下，然后顺手扔进了身边的垃圾桶。她仿佛听到砰的一声。

直觉很有意思。有时候感觉这一天要出事，尽管眼皮不跳，心里不慌，但还是不怎么踏实，结果不小心摔了一跤。摔完以后，心里就平静了。

有时感觉有好事，但茂子行云流水般过完这一天，根本没发生什么好事，生活一如既往地前行。没有加薪，没人示爱，没有接到别人的饭局邀请。但总得发生点什么吧？下班时在单位门口的彩票店试着买了一张彩票，晚上开奖中了二十元。她的石头落了地，又是砰的一声。

这天清晨，在炒米粉和及第汤的香味中，在背着书包、低头猛吃早餐的小学生们的缝隙里翩然走来的茂子，又远远看到一个直觉不是硬币的亮光。

走近，低头。茂子笑了，原来是一个两元的港币。

港币在深圳不容易花掉，只能去香港花。宝安离香港很近，跟一个城市一样。茂子的老板有不少香港朋友，上午过来和老板吃早茶，然后抽烟泡茶聊天，吃了晚饭再回去。有些本来就是内地人，后来在香港定居了。

茂子的同事和朋友们周末也经常去香港逛街。茂子跟着去逛过，但几次后就再也不想去了。香港人的服务态度太差，经常不耐烦，这边厢饭还没吃完，他就站在你旁边等着收拾桌子。说句不好听的话，仿佛人还没死，另一个人站在旁边等着收尸。这跟台湾人差远了。她随团去过一次台湾，虽然被驱赶着走马观花地看了一些滥俗的景点，但人家那是真客气，做事慢条斯理，讲话温柔，嗲嗲的语气，好像个个都是林志玲。连男的都像林志玲。

人民币和港币在香港都可以用，但找回来的，基本都是港币。也可以刷卡，很方便。在一些小店，买饮料时，还是要用到硬币。内地硬币是一分两分五分、一角两角五角、一元，形状由小到大递增，香港硬币不循此规。最大的是五元，一元次之，十元的最小，二元和五元的一般大，但二元硬币边缘不圆润，呈齿轮状，摸上去有些硌手。一角钱不叫一角钱，叫“一毫”，两角是“两毫”。两毫也是不规则的齿轮状。

两元港币既不是人民币，也是不规则的圆形。直觉它不是硬币，当然合理。

将其捡起来，茂子都有些佩服自己，直觉这么好，真应该去买彩票。

但为什么当初选夫婿的时候，直觉不对呢？似乎可以地老天荒的姻缘，最后还是两分离。

想到这里，茂子马上停住，不往下想了。

一杯牛奶掉到了地上，杯子已经破碎。她就不会再回头看一眼。

那过去的二十年，二十多岁到四十多岁，一转眼就过去。

这么美好的深圳，这么多的可能性，自己还年轻。在这样的城市里，有什么理由不年轻？

茂子已经把捡钱变成了和失主的默契。如果某一天没有捡到，她会认为对方失约了。那个丢钱的人对不起她。

而生活中的点点不如意，各种小小的酸甜苦辣，都被捡钱这种事消解了。捡钱的那一刻，和此后好长时间，她都感觉像刚刚充完了电，要适当释放一下能量。

她也有了一套自己的流水作业：发现、捡起、打量、撕下半边餐巾纸，将其包起来，紧紧攥在手心里。回家后用洗衣液清洗那些硬币，擦干净，再丢进扑满中。纸币则丢进另外一个扑满。

她忽然想，那些在工厂里像煞有介事做工的人，不也是这样干活吗？深圳有无数产业工人。茂子租住的农民房里，住着好多女工。下班的时候，洪水一样涌出来，淹没了她。她仰泳、潜泳、狗刨，都拗不过这股洪流。那些穿着统一工装的人，在流水线上同一个动作重复几千遍、几万遍，要说技术含量，和捡钱这种事估计也差不多吧。

但她不敢跟那些产业工人这样讲。她会被认为小瞧她们。何况自己跟她们也没什么交集，没机会推心置腹地交谈。

其他看上去复杂的、高大上的工作，其实跟捡钱没什么区别。那些人是自己把自己神化了。要说真正的辛苦，还是农民辛苦。茂子小时候住在镇上，去乡下的亲戚家，帮着收割稻子，手持镰刀，在太阳底下弯腰、抬起，再弯腰，再抬起。一个下午时间，身体都被山脚下不大的那块土地累垮了。那时她终于发现，土地太深邃了，任何一块土地都能轻松埋掉一个人。农民的劳动简单而痛苦。每天都要被这些土地埋进去一点，他们拼命挣扎，却怎么都挣不脱。一个人在土地面前是多么渺小。

捡钱也算是一种劳动。茂子付出了劳动，这些钱应该属于她的了。但她还是有时产生受之有愧的感觉。她可不像有些人一样认为凡我之物都是天赐。

如果按照小学歌谣里唱的那样交给“警察叔叔”，警察是否以为茂子在给他们出难题。警察到哪里去找失主？他们有可能一怒之下替茂子捐给公益组织。与其那样，还不如自己直接捐。

日积月累买个房子呢？想到这里，茂子忍不住笑起来。以现在的收入看，一辈子都别想在深圳买房了。深圳地盘虽然不大，但密密麻麻“种满”了房子，没事的时候她曾经计算过，按官方公布的房子数量除以人口数量，其实是可以做到每家一套房子的。凡事只要一平均，世界就是美好的人间。

可以去助人啊。对。虽然茂子不是很喜欢助人这个词。“助”字一说出口，人心里就先存了善恶。人分善恶，情分深浅，人为地制造了一个界限。她希望受助者知道：我不是帮助你，而是你应该得到的。

她蹲下身，把几个一元硬币送给路边一个面容枯槁的老头。浓密得显得低矮的榕树下，老人半躺半坐着，低头打瞌睡。那么热的天，他还穿着一个长袖的黑色外套，面前摆放一个搪瓷缸子。他应该得到茂子至少几元钱的关心。

上川路和前进路交会处，经常出现一对卖艺的老年夫妇。上下班高峰期，男的拉二胡，女的坐在旁边，偶尔整理一下家当：音箱、坐垫、水盆。也不知他们为何每天都大包小裹地上街。

茂子也时不时想给他们一个钢镚儿。但那老头拉得太难听了，经常跑调，一首《好日子》硬是和《敖包相会》串调。从那里经过时，茂子很想给他纠正一下。一个人只要随便拉一拉都能拉得比他好听。何况他拉了这么长时间，自己边拉边修正，也应该十分娴熟了。音调优雅一些，不为讨好别人，起码可以取悦一下自己。但他执着于自己的跑调，乐声飘荡在交警和行人的头顶，又半死不活地砸在黄昏的地面，一点美感没有。可见老头毫无进取心。茂子看见老年人就会本能地心软，但一想到要绕过人群特意走到他们面前去，就打了退堂鼓。

倒可以给那个弹吉他的小伙子。

那是一个认真卖唱的人。周末的傍晚，风稍微凉爽了一些。榕树的阴影越来越浓。一座挨着一座的握手楼似乎活跃起来，兴味盎然地打量着脚下的蚂蚁群。在流塘路路口，小伙子身后拽着长长的电线，怀抱吉他弹唱自己创作的歌曲。心事重重的行人目不斜视地从他身边走过，他也目不斜视地盯着前方。

深圳这种地方难得冒出这么一个文艺青年，这里IT男和金融男居多。其实深圳还是很关照文青的。各行各业的艺人都可以在市政府前面的中心广场上摆摊、卖唱。官方还给一些街头艺人颁发了证书，证明其合法性。正是这种包容，才让深圳显得生机勃勃。据茂子观察，她身边来自四面八方的人，几乎都有自己的特长。这些特长到底有多长，她说不清楚。她想，如果在家乡混得特别好，躺在功劳簿上，谁还愿意出来？人总是有惰性的。但这些人的特长在深圳这个地方得以蓬勃发展，就像野地里没人管没人问的稗草，最后也可能长得很高很大。

于是，一天下班后，她特意在那个男孩儿面前放了两个硬币。男孩边唱边转回头来温柔地看了她一眼。茂子心里轻轻热了一下。

茂子业余捡钱的事成了同事们的话题。同事们都说，不错不错，以后我们帮你捡，看到零钱也捡给你。这就是茂子喜欢深圳的地方，无论做什么稀奇古怪的事，大家都不会觉得稀奇，都会有人支持。

已经离异多年的她在那个小县城里其实过得也不错。她是个美术教师，收入中上等，再找一个般配的人也不是什么大问题。但春节时一个多年不见的同学找她玩，说深圳多么多么好，你应该去那里。那里适合你。她的家乡离深圳并不远，自驾也就三四个小时的路程，但在一个地方浸润长了，就把这个地方的一草一木长在身体里了，离开它就像撕开了身上的皮肤。茂子没有那么多愁善感，向来想起来就做，她一激动，辞了二十多年的教职，懵懵懂懂地乘车到了深圳这个被称为宝安区的地方。

茂子租好房子，先是认真投了几个简历，均没回音。四十多岁，心态已相对从容，再加手头还有点积蓄，便也不着急了。有空就出去逛逛，在大街小巷走一走。地名和建筑越熟悉，越会产生“我在此地”的归属感。有一天在小区里看到一个敞开的店面，几个人在那里喝茶聊天。其中一个和茂子在社区文化中心闲聊过几句，算是熟人，便请她坐下来。原来这是一个刚成立不久的文化公司，几个股东正在物色员工，了解了她的情况，说，我们缺个跑腿的人，你来我们这里干吧？她就答应下来，后来居然还做了办公室主任。在深圳待了几年后，茂子发现自己的“奇遇”并不稀奇，每天都会遇到各种各样的陌生人，有什么事，几个人一商量，马上开干。干不好，散伙。什么事都好说，没那么多啰唆话。

茂子总结了一个规律。超市和公交站点最容易捡到钱，公园里次之，小区再次之，其他随机。菜市场本应是捡钱最多的地方，但其实不是。那里老年人频繁出没，一些老人也喜欢捡钱，捡到以后也是欢天喜地的样子。这样茂子就捡不到了。但她想，谁捡不是捡？谁高兴不是高兴？老人们高兴，自己也会高兴的。

夹杂在人潮中随波逐流的时候，茂子忍不住猜测，丢钱的到底是哪些人？他们都是做什么的呢？是年轻人，是老人，还是小孩子？是男是女？是聪明的人还是个二愣子？人这一辈子，来来往往要和多少人擦肩而过。其中一个丢了一块钱，另一个捡到了，这是多么奇妙的关系。本以为从此再不相见，岂不知回到家拿出钱来却映出另一个人的身影。

那个人是怎么丢的这一块钱，掏兜时不小心掉的，还是裤兜（钱包）漏了一个洞，一元钱趁其不备，悄悄逃了出来？

那个丢钱的人，是否知道自己丢了一块钱，他会不会有一丝的懊恼？当然，绝大多数人可能连知道都不知道。谁还在乎这一块钱！

有几次她发现一个老太太总坐在665站点附近的台阶上。黑色的裙子，头发花白，梳理得服服帖帖，整整齐齐，一阵风过，树叶子哗啦啦直响，她却没有一根头发站起来跟风打招呼。深圳年轻人多，无论乘公交巴士还是坐地铁，茂子总会发现自己是车厢里最老的人。一个个稚嫩的面孔里，倒映出她二十年前的日日夜夜。自己也忙过，也爱过和哭过。如今再打量，却发现是那么遥远。二十年到底有多远？怎么测量？

老太太在人潮中像一块石头一样岿然不动。她让茂子看到了自己的二十年后。

那块地盘好像天生就是老太太的，谁趁她不注意，先坐到那里去，就是对她的侵犯。

而茂子在那个地方捡到过三次硬币。她确定老太太就是丢钱的人。

如果不是怎么办呢？茂子问自己。

一定是。她给了自己明确答案。她自己也不知道为什么敢这么肯定。

是她又怎么样？……故事到此就结束了。茂子不能走过去问她是否丢了钱。即使丢了，你还能还给她三块钱？老太太能记起来吗？

即使，老太太接受了，又怎么样？

她和她，只有丢钱和捡钱的关系，不会再有其他。其他的故事只能由其他人来和茂子演绎。如果一生所有的故事系于一人，岂不是太恐怖？城市里还要这么多人干什么？两个人就够了。

于是茂子心安理得地在那里捡钱。此后，她又在665站点捡到过三次。有一角的，五角的，还有一块的。有一次老太太在场，有两次不在场。她更确认这跟老太太有关。不在场的那两次，一定是她丢完之后，看茂子没来，悻悻然地走了。茂子觉得挺对不起老太太的。那么一个优雅的老太太，自己怎么可以失约?

日复一日， 茂子已经把老太太当成天然的存在。让她安静地坐在那里就好了。茂子不会贸然打扰她。在心里想她想得深入一下，都会搅扰了老人的安宁。茂子也不敢凑近去细细打量老人，那样就搅扰了自己的安宁。这个世界，本来是安宁的，不要轻易往池塘里丢石子。石子丢下去，谁知道会惊出什么东西来?

此后连续两个月，她都没在站点捡到钱。她觉得老太太有点小心眼。自己只是错过了两次，老太太就不丢钱了。这可不好。

转眼冬天来了，665站台那里还是花红柳绿的，异木棉和紫荆花香气扑鼻，被风吹落的紫红、粉红色花瓣儿，偶尔会飘到头发上。路人有的舍不得掸掉，就顶着花香前行。但天气凉爽了许多，茂子在厚裙子外面套了一个绿色的外套，这样看上去显眼一些。她希望老太太能注意到自己来了，丢钱会更积极一些。

在冬至那天，茂子终于又捡到一个五角的硬币。

老太太最终还是释然了。

其实老太太自始至终都背对着她，茂子从没见过其正脸。

茂子不知道自己会捡到什么时候。四十多岁，她感觉自己的日子才刚刚开始。深圳的日子，于她是另一种生活。

## 王国华

王国华，河北阜城人，现居深圳。中国作协会员、《读者》杂志签约作家，深圳市杂文学会副会长。已出版《街巷志》《谁比动物更凄凉》《书中风骨》等十八部作品。曾获深圳青年文学奖、冰心散文奖。

# 非虚构

# 光阴纪二题

◎聂作平

## 1. 元通，清明的光阴

光阴催逼，岁月如蹄，在它从不停息的闪跳腾挪中，红了樱桃，绿了芭蕉。大地青了又白，白了又青。从前，寒暑转换，四季分明，人类在二十四节气的循环往复中，从容缓慢地安排营生。如今，在城市腹心，炎凉难辨，全年如春。幸好，尚有一些难以察觉的小细节，告诉我们冬天如何撤退，春天如何叩门。

许多年过去了，放蜂人已成为南方唯一的游牧民。他们从南而北，一路追逐鲜花和春天。他们暂住的若干个节点中，成都平原无疑是最重要的一个。在这里，他们大多会停留一个月左右，为的是平原上热烈而喧嚣的油菜花。在崇州，有一条名为重庆路的乡村公路，汶川大地震后，因重庆援建而得名。这条近百里的公路，起于白头，止于安龙，因为油菜花，被称为最美乡村公路。

我犹记得，每年春节之后，大地回暖，油菜花金黄如酥。重庆路两侧，除了交错纵横的油菜花，还有隔三岔五的樱花、杏花、梨花、桃花点缀其间，加以长年葱绿的竹类和白墙青瓦的民居，大地像一方巨型调色板。斯时，城里人呼啸而至，如同在地下压抑已久的岩浆，渴望一次恣意的喷发。重庆路两旁幽暗的油菜花田里，临时搭起若干色彩鲜艳的帐篷，提供茶水、小吃、简餐，当然还有成都人不可三日无此君的麻将。于是，油菜花淡淡的药香里，响起了稀里哗啦的麻将声。踏青就是把麻将桌从城里搬到乡下，从茶坊搬到田野。这使我想起刚看过的江苏兴化千垛的水乡油菜花。花是好花，水也是好水。更妙的是，它的水乡油菜花与全国他处的油菜花——诸如著名的罗平、婺源、青海湖、汉中——都绝不相同，它是全国唯一大面积种在大小不等的水中土垛上的油菜；然而整个景区却甚少服务业。设若在成都，油菜花深处的河汊中，一定会有酒帘茶引，烧烤雀戏。

我们要去元通。导航出了点小问题，提前把我们导下了高速。下高速的地方有一个熟悉的名字：白头。也就是重庆路的起点。从崇州到白头，相当于重庆路的序篇或延长线，短短几公里路途，便看到三顶放蜂人的人字形窝棚。窝棚旁边，摆放着若干深暗色的蜂箱，一大群蜜蜂飞来飞去，它们是阳光下的劳动模范，从事着甜蜜的事业。

油菜花几乎全都凋谢了，结出沉甸甸的籽实，油菜秆被籽实所压，一律弯着腰，从远处看，密如淡绿色的地毯。少量还没全谢的小黄花，像是趴在地毯上的虫子，风一吹，虫子就在地毯上蠕动起来。有时候，地毯忽然被剪出一个奇形怪状的洞，不用问，那是油菜地里，深陷的一个小小的池塘。蛙声淋漓，和着一阵阵鸽鹏的脆鸣，有如二重奏。早樱已谢，枝头缀满小小的果实，晚樱却还在抓住最后的机会热烈开放，吐出粉白、浅红的花。生命的凋零与盛开就在咫尺之间首尾相继，此伏彼起。

白头这个地方，我曾来过数次，我一个朋友的老家就在镇尾。我记得，他家的房子外面便是无边无际的油菜地。地里，间或生长一两棵高大的树，树名桤木，老杜在他的诗里写过的：“桤林碍日吟风叶，笼竹和烟滴露梢”；又说，“饱闻桤木三年大，与致溪边十亩阴”。总之，桤木这东西，滥贱易长，才不堪用，却有另一大好处。那就是大凡被高大树木所遮蔽的庄稼，往往长势不佳，唯独桤木不然，它的叶子落入泥中迅速腐朽，如同旧社会；且具有比农家肥更良好的肥力。川西坝子上的农人，大抵爱在田间地头种几棵。苏东坡流放到黄州，思念蜀中风物，其中念念不忘的就有桤木。为此，他专门书写了杜甫那首七律，在笔墨的浓淡涂抹中，寄托对家山故国的眷恋之情。

那也是一个春天，我和这个姓何的朋友从西门出城，下了高速后，进入白头的乡间小路，两旁不时可见高大的桤木，一副要碍日吟风的样子。后来，我们穿过两根田埂来到何朋友老家的院子，他八十岁的老娘刚从白头街上打了牌回家，热情地沏茶点烟。我们就坐在何朋友家的院坝里，院坝前的空地上，有一株橘子树和两株桤木。橘子树上，去年没有采摘的红橘大多掉落在地上腐烂了，空气中有一股甜蜜而腐朽的滋味，像是人生的某种隐喻。

白头本是被农田包围的一个极小的乡场，街道短狭，平日人甚稀少，土狗见了生人生车，也要追上去狺狺而吠。这天，却出奇地热闹。街道上挤满了人和车，土狗夹尾远遁，危立于一座小土堆上恨恨地张望。甚至，还有几个歪戴帽子的协警在维持交通。他们背后的墙上，写着红字标语：远离艾滋有良方，出门不沾毒和娼。转角处，又看见一张厚大的纸板，上面写着几个极大的字：白头春台会。

刹那间明白了何以平日人少车稀的白头，今天却人潮如堵。原来都是赶春台会的。春台会，其实就是庙会，又称清明会。农耕年代，最重要的是不误农时。春耕夏耘，秋收冬藏，一切井然有序。二十四节气里，清明是重要的：“万物生长此时，皆清洁而明净，故谓之清明。”换言之，清明是一个生长的季节，一个拔节的季节，一个充满蓬勃的野性力量的季节。清明前后，农人们便以清明会的方式作为农资交易会，大凡种子、农具、耕牛，都是清明会上的重要交易物。

如今，当农耕越来越式微，清明会便成了乡村旅游的号召和由头。我见过都江堰的清明会安排，几十个乡镇轮流办转转会，从正月初七，一直排到清明。严格讲来，这种由政府主导的办会，已经与乡村自发的清明会相去甚远了。

与元通相比，白头的清明会虽然也热闹非凡，其实要差老远一截。

从地图上看，同为崇州市下辖镇，元通在白头西北。这意味着元通比白头更处于平原边缘地带。事实上，当我们费力地穿过了正在举办清明会的白头街道，重又回到绿色的包围中——无边的绿色中，只有一条灰色的公路在挣扎——远远地，已经能看到山的轮廓了。那是邛崃山余脉。即至抵达元通，山已近在咫尺。

邛崃山发源了难以计数的沟涧溪流，那些在地下埋没了千年万年的好水，一旦有机会出头，都迫不及待地流出山峦。在山地与平原的交会地带，形成了岷江上游一系列长长短短的支流。其中，文井江流出层层叠叠的大山后，在元通附近吸纳了五里河、味江河、泊江河和沙沟河等支流，众水归一，始成一条初具规模的大江，称为西河。西河在成都平原腹地以西北—东南走向斜斜滑过，于新津注入岷江干流。

西河风平浪静，江阔水深，昔年，那些从新津，甚至更为遥远的眉山、乐山出发的船只，一直溯流而上，它能抵达的最后一个码头就是元通。元通的重要与繁华也就是板上钉钉的事：毕竟，这个水陆码头，它背靠邛崃山的众多镇子，它们出产的山货与粮食，都得通过元通运出去；本地不产的食盐、布匹和洋货，也得通过元通运进来。运出去与运进来之间，海量的吞吐喂壮了镇子。

元通的清明会远近闻名。这里地处多个乡镇的结合部，是中心，是历史成就的集散地。白头只有盲肠似的一条小街，元通却街巷纵横，沿着西河冲积而成的小平原，方方正正地布局在河畔。甚至，清明会期间的元通，就连满是卵石的河滩，也成为商业区，细心地划分出摊点和人行道。

在清明会的元通主街行走，需要力气和技巧。人来人往，摩肩擦背，各种声音交织在一起。尽管只有一点昏黄的太阳吊在头上，只走了半条街，我的背上竟渗出了汗水。

元通的民居，大多是保存还算完好的老屋，从色彩上说，原本是灰色和黑色为主。春天的小雨来时，这样的色彩和建筑原本最容易让人生出冷清、寂寥的伤感，但临时布置的彩球、灯笼，以及年轻女子鲜艳的服饰，当然更重要的是来来往往的人流，它们让清明时节的元通与它的任何一个时节都迥然不同。这是它回光返照的青春。

我在镇上闲走，打量着近在咫尺的生活。

最能体现元通地处山麓特点的，是几家卖竹器和木器的商铺。竹编的锅盖、筲箕、笆篓、蒸笼，木做的水桶、长椅、矮凳，整齐地码放。竹器带着竹子的青色，木器也没上油漆，全是木头的暗黄，都是一些原生态的东西。一个卖菜墩的中年人，大概来迟了，没找到摊位，拉着一车暗黄色的菜墩在街上艰难地迂回而行。菜墩比一只脸盆还大，分明是用原木锯成的。也只有更远更深的大山中，还能找到这么粗大的树墩了。

一个走乡串镇的江湖医生，他面前的地摊上，陈列的东西让人吓一大跳：蛇、蜥蜴、穿山甲、乌龟、壁虎——幸好都是标本。一个老头坐在江湖医生面前的小马扎上，高高地挽起裤腿，江湖医生用一种气味古怪的药酒为他缓慢而又用力地擦拭，像在处理一件脆弱的出土瓷器。

一个中年妇女在卖气球，气球均是各种卡通形象，熊大熊二光头强，天线宝宝喜羊羊。儿子大叫着一样来一个。中年妇女不小心没抓紧系气球的线，几只气球竟然平地飞升，她急忙去抓，却又将另外两只气球也放掉了。熊大熊二光头强慢慢高过人头，高过灰色的民居，路人一齐抬头仰望，发出幸灾乐祸的嬉笑。中年妇女涨红了脸。

剃头匠戴个眼镜，他手里捏着锋利的剃刀，是用来剃光头和刮胡须的。剃刀在阴郁的阳光下，偶尔会反射一道光芒，就像沉默寡言的人，突然暴喝一声，让人悚然一惊。剃头匠正在给一个老人刮胡须，人声鼎沸中，似乎能听到剃刀刮去长长的胡须时发出的哗哗声。它让我想起元通郊外那些长势良好的麦子，大约再过一个多月，它们也会在农人镰刀的飞舞中，发出同样的哗哗声。那时候的元通，将会被小麦的清香结结实实地包裹。

剃头匠隔壁是卖肉的。大多数杀猪匠都肥胖而油腻，像我的朋友蒋雪峰。但这个杀猪匠却瘦弱，文静，似乎还有某种程度的羞涩。肉是他在卖，钱却是他的女人在收。一个老太婆挤到肉摊前买肉，忧郁的杀猪匠操起一柄修长的尖刀，轻轻划进猪肉，厚厚的猪肉如一匹丝绸，整齐地裂开，露出红的骨、白的膘。

一个留着山羊胡的老头儿蹲在河滩上，他的面前，蹲着另一个老头儿，也留着胡须，但不是山羊胡，而是络腮胡。山羊胡仔细地掐着手指头，好像他的指尖正好抓住了一只为非作歹的跳蚤。他在为络腮胡算命。络腮胡表情紧张、严肃，如同即将听到法官判决的罪犯。

随着手指的掐来掐去，山羊胡闭上了眼睛。半晌，他睁开眼，对络腮胡滔滔不绝地说话——我听不清楚他的话，我只能看到，络腮胡的表情渐渐松弛，终于露出一朵苍老的笑。阳光移过来，落在他脸上，他的笑似乎也染上了菜墩一样的暗黄。

若是航拍元通，便能看到一片片青瓦的屋顶在阳光下闪烁不易察觉的黝黑之光，如同岁月让皮肤变得粗糙。倘是雨后，这些青瓦的屋顶又另有一种盎然的古意。被雨水湿透的青瓦，它们的黝黑之光终于为雨水所擦亮，但亮得小心，亮得谨慎。如同元通镇从前那些大户人家，纵使家财万贯，依然布衣蔬食，遇见最穷的邻居也要含着笑，打着躬。

这些青瓦的屋顶属于会馆。会馆是一种很传统很中国的东西。农耕时代，家乡观念浓厚，跨省跨区做生意讨生计的人，大多会修一座会馆，作为款叙乡情之所在。从前的元通，商贾云集，五方杂处，本地人外，外省前来经商的，势力最雄厚、人数也最多的当数广东和江西。广东和江西商人，便在镇上修建了精美的会馆。人们把它叫广东会馆、江西会馆。

其中一家会馆已经变身民宿，幽静的院子，点以花草，顿时老院子也焕发了生机。一个年轻的服务员坐在一树茶花下打瞌睡。是的，春天的下午总会有一种莫名其妙的惆怅，需要用漫长的睡眠来对冲。

我在一张椅子上坐下来。被雨淋湿过的围墙青砖，长出了细小的青苔。一只蜗牛托举着沉重的壳，如同一个凡人托举着沉重的肉身，在青砖之下的角落里，小心而执着地爬行。两只黑头蚂蚁，发现了一条死去的青虫，它们快活地用触须交换意见。然后，一只蚂蚁快速地超越了蜗牛钻进墙边的小洞。一会儿工夫，一只、两只、三只，几十只蚂蚁从洞里钻出来，排成纵队，兴冲冲地朝青虫爬去。肥大的青虫终于被几十只蚂蚁拖起来。而蜗牛，还在不知疲倦地爬行。是的，在最偏远的古镇上，哪怕最卑微的生命也有自己的目标。

四川多茶馆，水陆码头这样的交通要津，尤其多。元通即是。当年，当元通还是舟船能够抵达的西河最上游，还是邛崃山中若干乡镇的出口与通道时，星星点点的茶馆里，南来北往的商人在热烈而谨慎地交流，以便达成买卖协议；闯江湖的好汉在这里向当地袍哥大爷打招呼拿言语。白天，它是人声鼎沸的会所；夜晚，在结束了川剧座唱或是评书表演后，它又是供人歇息的客栈。

但现在，元通的茶馆只有喝茶休闲的功能。我穿过黄氏公馆，走进邻近一家深暗的大院，庭院里长满杂草，空无一人，一只燕子斜飞过屋顶，颇有几分空梁落燕泥的孤寂。就在这时，我听到外面传来喧哗的人声，走过一道月形的门，原来，门外是河边的茶馆，坐满了茶客。

河边茶馆的茶客，多是游人，一眼就能看出来。他们总爱掏出手机，自拍，他拍，互相拍。即便在喝茶，其实喝茶也只是个名义，是为了有一把椅子，坐下来，背朝流淌的西河或是凝固的街道，留几张到此一游的片子。发在朋友圈，表明自己也是一个懂生活且热爱生活的达人。

本地茶客却有他们的去处。那也是一座老旧的公馆，公馆的主人，曾是赫赫有名的大人物——至少，比那些聚在他的故居喝茶打牌的所有茶客的名头加在一起还要大。主人名叫王国英。青年时，应举子业，屡次不中，愤而弃文从武，后来得中武举。与王国英同时代的崇州人中，有一个名气和影响都在他之上的人物，那就是曾任陕甘总督，进封一等昭勇侯的杨遇春。王国英中武举后，跟随杨遇春进兵回疆，平定了张格尔叛乱。鸦片战争爆发，王国英主动请缨，授为参将，率军守宁波。然而，宁波之战却遭遇滑铁卢，王国英兵败被俘，终至为英军所害。凶讯传至京师，道光追封他为忠勇公，并题词称颂：马革裹尸才算死，麟编载笔俨如生。

王将军的府第很低调，从外形看，远不如元通其他几位要人的官邸。保存完好的四合院，小小的，一个天井，漏下了正午的阳光。歪着头，还能看到这方窄窄的天空中，一朵云在追逐另一朵云。

王将军故居现在是一家茶馆。里面喝茶的，一望而知都是本地人。他们几乎不掏手机，不自拍，不他拍，更不互拍。他们安静地喝茶，聊天，带着浓重的方言口音。也有一两桌打麻将，打麻将的人也不出声，只能听见麻将牌放到桌子上发出的脆响，以及十来分钟才会响起一次的哗哗啦啦的洗牌声。四围的墙上悬了几幅字画，均已破旧不堪。有两幅，中间裂了洞，我极疑心是夜半时分老鼠咬坏的。一只肥胖的黄猫伏在竹椅上，旁若无人地睡大觉。有不称职的猫，才有肆无忌惮的鼠。

夜晚的元通，不多的游人早已四散离去，元通又回到了原住民的元通，农业的元通。宽阔的街道空荡凄清，有一种从繁华突归荒芜的猝不及防。这里仍保持着农耕时代的习惯：早睡早起。9点钟，除了三两家茶馆还有人作方城之戏，就只有生意清淡的消夜摊子，在苦苦等待前来觅食的夜猫子。路灯昏黄如草纸，一群自怜自爱的蛾子在灯光下飞，而捕捉蛾子的蝙蝠快速地盘旋，像是移动在空中的一块块小小的黑布。古镇沉入梦乡。偶有起夜的人，把木楼踩得吱吱作响，其间伴随着小儿的夜啼声和年轻母亲带着倦意的安抚声。清凉的河风从河堤下吹来，成为这些人间声音的天籁背景。寒影孤灯，呆坐在小旅馆的窗前，我似乎听到了一座镇子和一种生命存在方式的空寂与无穷无尽……

第二天一早，我们穿过古老的街道返程。大多数商铺还未开门，除了老茶馆的老虎灶正冒着腾腾的热气，空气中弥漫着因靠近大山而必备的春天的寒意。

路过某座深宅大院，大门洞开，空无一人，我看到一株高大的香椿在风中呆立，枝条上都是近几天才站上去的嫩芽。这样的嫩芽是用来炒蛋的绝佳食材，几乎每个川西平原上的家庭，春天的餐桌上都会有这相同的一道菜：椿尖炒蛋。但这株深院里的香椿，它的嫩叶居然无人采摘。被遗忘的美味挂在梢头，像被埋没的才子隐身市井。

我想起那年去何朋友家，他的母亲在让过茶让过烟之后，又灵巧地闪进厨房，一会儿工夫，竟端出一大盘椿尖炒蛋。何朋友说，我们要回城吃饭，不在家里吃。他的母亲慈祥地笑着，脸上的皱纹拥挤着，迅速向两眼靠近。她说，我晓得的。这是上午刚刚摘的椿芽，你最爱吃，尝几口吧。于是我们就坐在那方小小的院坝里，吃椿叶，说闲话，听一只无聊的黄鹂，站在院坝外最高的那棵楠竹树梢，轻一声重一声地叫。

又一个春天到来时，我又一次来到何朋友的老家。这一次，当然没有椿芽炒蛋。这一次，是上一年春天为我们做椿芽炒蛋的老人，在一个春雨如注的黎明驾鹤西去。

八十多岁的高龄，乃是民间所谓的喜丧。但其实，哪怕一百岁的老人去世，无论如何，也称不上喜。所谓喜，是为了安慰活着的人。因为只有活着的人活着，死去的人也才活着。

依旧是春天，依旧是原野上大片盛开的油菜花，依旧能看到生机勃勃的香椿和桤木。甚至，站在楠竹梢头那只黄鹂，我猜，多半也是去年的那一只。去年那首曲子，我们没听完，此刻，它再次登台表演。

我们在何朋友家行礼如仪，之后，告别了何朋友回城。走过那条两百米长的田埂，春天的雨水洋洋洒洒，几只蜜蜂像是慌着回家避雨，与我们匆匆地擦身而过。春天总是这么忙碌。生与死，荣与枯，艳与寂。以阴以雨的清明，开花开朵的清明，就那么匆匆而过。那些无人采摘的椿芽，它们会在两三场春雨过后，以一种令人难以置信的速度老去。

## 2. 巷子里的唐昌

唐昌是一座巷子里的镇。当然，这是错觉。唐昌也有宽阔的大街，也有精心护理的公园，也有成片的商品房和热闹的商业区。总而言之，虽小，毕竟也还像座城，至少县城。但是，我总感觉它深深地陷在巷子里。我知道这是错觉，是以偏概全的错觉。

可很多时候，不仅对一座镇子，对一个人也是一样，我们习惯于以偏概全。以偏概全就是放弃表象直指内核——至少是我们自以为是的内核。比如我的朋友蒋雪峰，想起他，眼前浮出的最深刻的印记就是他那部灰白的胡子，至于矮胖的身躯，硕大的脑袋，虽然也是他的组成部分，但我只记得灰白的胡子，让他看上去像个慈祥的圣诞老人。当然，这是一个喝得醉醺醺的圣诞老人。再比如我的朋友远人，想起他，我的第一印象就是他的背包，那只如同长在他背上的背包，我甚至疑心他睡觉时是不是也不会解下来。至于他剃得发青的胡须，潦草如怀素书法的长发，都已经忽略不计了。那只巨大的背包，使他总显出风尘仆仆的样子。其实，他可能只是从宿舍走到办公室，或是刚到办公室楼下吃了一碗热腾腾的桂林米粉。

有关唐昌，我的感受却从两个朋友开始。这似乎有点对不起这座有一千多年历史的古镇。不过，更对不起的是，尽管它就坐落在成都平原上，尽管它离我的居所大概也就不到四十公里的样子，尽管我很多年前就知道它，但直到2017年岁末，一个寒风把太阳也刮得灰白（它让我再一次想起蒋雪峰的胡子）的下午，我才第一次走进唐昌。巷子里的唐昌。

唐昌这个名字风雅而又古意盎然。之前我就猜想，它可能和唐朝有关。查了查地方史料，果然。史料说，唐朝仪凤二年，也就是公元677年，唐政府下令从九陇、导江和郫县三地各析出一部分地盘，新设一县，命名唐昌，取唐朝昌盛之意。

唐昌的出笼，有一个背景，那就是唐朝与吐蕃的战争。其时，吐蕃国力雄健，唐蕃在四川的分界线距成都只有一百余公里。在成都以西设唐昌，是为了给成都增加一道屏障。

设唐昌那年，吐蕃攻打了位于今天九寨沟附近的临河镇，镇守此地的唐将杜孝升被俘。吐蕃命他写信招降松州都督，杜孝升坚决不从。

这个有气节的将领的结局，刚读到这段史料时，我的想法是，他一定被生气的吐蕃人咔嚓了。出人意料的是，吐蕃人居然把他放了。做过俘虏，唐政府不但没处分杜孝升，反而提拔他为游击将军。唐人的气度与识见，这大约也算一个小小的例证吧。

熟悉成都历史的人大概都知道“温郫崇新灌”这个说法。那是指成都平原上的五个县，它们被称为上五县，也就是成都平原的精华所在。具体来说，又分为金温江、银郫县、贵崇宁、古新繁、水灌县。这个被定位为“贵”的崇宁，也就是唐昌。宋朝末年，宋徽宗的年号叫崇宁，叫了几百年的唐昌，也就此改为崇宁。一直到1958年，已有850多年历史的崇宁被肢解，划入邻近的郫县、彭县和灌县。

一个行政区的命运也许就像一个人的命运，有它不可预知的起承转合。它们从产生到发展，从花样年华到垂垂老去，再到种种原因被拆并，相当于它们的死亡。以成都平原为例，先后消失了的县份至少也有十多个，包括曾析地建唐昌县的导江、九陇，以及火井、华阳，就连温郫崇新灌这五个上县，其中消失了的也有两个，一个是新繁，一个自然就是崇宁——也就是唐昌。一个前后存续了上千年的古县消失了，只留下了作为县城的镇子，镇子还沿袭着它古老的名字，仿佛在延续它的香火。虽然其时连半点唐代的蛛丝马迹也寻觅不到了。

因为旅游，当然说到底是因为政府要拉动GDP，官员要政绩，而老百姓要挣银子，这些年，中国大地上如雨后春笋一般，出笼了不少古城和古镇。这些古城和古镇那么新、那么亮，让人觉得它的炮制者就像一个肆无忌惮的赝品生产商。这些古城和古镇又是那么千篇一律。似曾相识的街；似曾相识的祠堂、庙宇、香火、菩萨；似曾相识的商品、碑刻；甚至，大概最早出名的古城丽江有无处不在的流水，那些原本没有溪沟渠涧的古城古镇，也要煞费苦心地挖一条出来，用机器把水抽到高处，再放下来。是故，我对古城和古镇一直抱着足够的警惕。我想走进的是一种原装的生活和生活场景，而不是一种还原或虚拟的表演。

巷子里的唐昌显然也修葺过，但不过分，我对比了它几十年前的照片，发现它基本还是几十年前的老样子。在这个寻新求异的年代，能坚持这份初版的身体，这，很不容易。

我只遗憾自己来得稍晚了些。如果再早些，我走进的，或许就是照片里的唐昌了，黑白的唐昌，像一幅时光凝固的画，粗糙中有着精细，精细中又透出粗糙。有时候，粗糙与精细的界限是模糊的。比如唐昌。

如前所述，曾经做过县城的唐昌，比一般的镇子要大，要繁华。但我对它的全部印象却是几条巷子，如果一定要说有其他的话，那就外加一座文庙。

文庙的存在，使得哪怕一个不熟悉唐昌的外人，只要具备基本的中国文化常识，也一下子就判断得出：这地方至少曾是个县城。因为，祭祀那位毕生不得志的老夫子的文庙，它在明清时期，每一府、州、县治所在地，都是必须修建的。它既是纪念和祭祀之地，也是府学、州学和县学的办学之地。像成都这座城市，曾经有三座文庙。一座是成都府的，一座是成都县的，还有一座是同城而治的华阳县的。总而言之，这种国家行动之下，全国的文庙共有1600多座，目前保存完好的还有300多座。

我不知道唐昌这座文庙是否属于保存完好的300多座，因为它过于完好、完整、完善，一望而知就是当代重建。但到底重建占了多大比重，一时间却看不出来，更无从计算。

唐昌文庙看上去很宽阔，原因是人少。进门后，泮池之侧，一左一右有两树蜡梅，淡黄色的小花和还没开放的花苞缀满铁丝般的枝条，倘不是花的色彩和隐隐飘散在空气中的暗香，它更像是从《芥子园画谱》里扯下来的某一页的放大。

这些年，我至少进过几十座文庙，大的足有几百亩，小的仅余三两堵残垣断壁。唐昌文庙却有些与众不同。一是它显眼的新，新得像昨天才完工。更重要的是，其他文庙，不论大的小的，无不力图表现它的庄严与肃穆，因而常常有森森的高大乔木，以及光线黯淡的大殿和呆板的塑像。唐昌文庙固然也有大殿，但从它的布局和陈设来看，它更像是这座镇子一个过于简陋的展览馆，一个为数不多的老年人休闲地。前者，在东西两庑，就布置了一些展板，展示唐昌的历史与文脉。后者，在泮池里进的回廊上，两个老人在下棋，四五个老人在围观，声息全无，好像是为了呼应那句“观棋不语真君子”的古话。东西庑之间宽阔的院子中间，另有几个老人在健身。一个舞剑，一个打太极，还有几个什么也不干，干脆坐在回廊的长条椅上发呆。

这样的格局和这样的人群，让唐昌文庙比其他文庙多了一分人间烟火的滋味。正这么想着，又看到另一个更有力的证据：大成殿前的台阶上，有几根铁丝，铁丝上，拴着一些红线，红线下面，吊着一个个色彩缤纷的心愿牌，用记号笔写着一些文字——这些文字，把唐昌文庙的人间烟火重又加浓了八分。

我走到大成殿的台阶前，慢慢读心愿牌上的文字：

“税少年，希望你能够学业有成，万事胜意，要努力啊，一起考上一中。”这是务实派的。

“不管你喜不喜欢我，等风等雨，等一场梦，等一颗星星和你。”这是诗意派的。

“敌军已到达战场。”这是不知所云派的。

“我若在你心上，情敌三千又何妨；你若在我身边，负了天下又怎样。不负天下不负卿。”这是豪放派的。

“他们要你站得高看得远，我要你平安。”这是婉约派的。

“陈小春，我爱你。”这是直抒胸臆派的。

“每朵花代表爱情，玫瑰最勇敢。”这是欲说还休派的。

唐昌文庙的东西两庑，一边是市民国学课堂，想必文化站之类的部门，偶尔会请人在这里做些讲座？一边是介绍唐昌镇的展板。

就像每个地方在介绍自己时，总要强调出过哪些著名人物一样，唐昌自然也不能免俗。展览前言里，介绍完唐昌沿革后，介绍者赶紧说："走出了逸圣朱张，西汉易学大师严君平，禅师圆悟克勤，明代郡王朱悦燇，清代一镇六翰林，三峡工程的设计领导者成昆煌……星光熠熠的人文历史绵延千年，厚重悠远。"

老实说，上面提及的这些人中，除了严君平，我一个也不曾听说过。所谓乡贤，其实就是这样，他们在一定的地理范围和时间范围内，曾经有过影响，但如果超过这个范围，我们却不一定知道他。这并不影响被他影响过的地方的人民把它挂在嘴边，并自信地认为，全天下的人可能都知道，也应该都知道。举个例来说，晚清学者宋育仁是我的富顺老乡，我曾经以为他的名气一定很大，结果问过好多人，人家却问我，你说的是宋教仁吧？

似乎是为了给文庙展板上的说法一个铁的证据，与文庙一墙之隔的，便是一镇六翰林中的罗翰林的故居。

罗翰林自然姓罗，名锦文，介绍上说他自幼家贫，同治年间中了进士，选为翰林院庶吉士，后来做到了山东河道以及兵备道。介绍上说他是二品衔，这弄错了。在清代，从二品衔在地方为巡抚一级，在中央，则是尚书级。河道和兵备道，套用今天的话来说，至多也就副省级，在清代，为三品或四品而已。

出身清贫的罗翰林留下了一座故居，就在文庙隔壁，这自然是要前往凭吊的。

穿斗结构的老房子，面朝大街，很不起眼。门前立一石碑，注明："郫县县级文物保护单位　罗翰林住宅"。朱漆大门边，挂一吊牌，白底黑字：成都市郫都区唐昌房产管理所。入了大门，是一过厅，挂有中英文对照的说明（我敢打赌，这些英文很可能从来就没派上过用场）：罗翰林住宅是清同治甲戌进士、翰林院编修罗锦文的宅第，建于清代，为木构复式四合院附以厢房，总面积1245平方米。全院皆为悬山式屋顶，除大门为抬梁式梁架外，皆为穿斗式梁架。大门两侧有浮雕花墙，全院房柱均有空雕。

整个翰林故宅已经毁坏得不成样子了。过门厅，是一个院子，两旁原本应是老建筑，但一边的建筑已全毁，一边却是后来搭建的小平房。只有正房，还残存一片青瓦立料。院子很杂乱，堆了些木头、青瓦、石条，停了一辆红色的三轮车。它们之间的空隙处，一株朴树见缝插针地生长。逼仄的空间，让人感觉它似乎踮着脚。已是冬天，朴树还残存青色的枝叶。院子的地面大部分已硬化——中间是条石铺出的路，两边因堆放东西而压得平整。靠墙的地方土质稍软，有人就因陋就简地种了些菜。是油菜，一棵棵都生长得甚是艰难，灰着头脸，像是被生活的重担压得无法喘气。

再往里走，是一排低矮的房屋。按理，在罗翰林时代，这些位置应该是罗翰林及家人起居的地方，应该是书房、卧室、后花园和小姐的绣楼，但如今这些低矮破旧的屋子，很难让人相信气宇轩昂的罗翰林竟然会低下头从乌黑的屋檐下来来往往。

里面还住了几户人家，亲亲热热地挤在一起，是典型的大杂院。一家在炒菜，蒜苗回锅肉，整个翰林院都飘浮着浓郁的香味。一个七十来岁的老太太，在另一道低矮的房门前，端着碗吃饭，却没有回锅肉，只有几匹可怜巴巴的青菜。她一边吃，一边抽鼻子，似乎要用邻居的香味送饭。

和老太太说了几句，她说这房子嘛，以前就是这样子了。以前是什么时候？她说二十年前。至于二十年前什么样，她就茫然地摇头。“我就是二十年前搬来的，之前的事，没听说过。”罗翰林是谁，你知道吗？“知道啊，”她说，“就是一个当大官的。”扒了口饭，又补充说，“在北京当大官的。”

看到吃饭的老太太，再闻闻老太太邻居家飘出来的回锅肉香味，才发现已到中午十二点半，我们也该吃午饭了。

之前就听人说过，唐昌的牛肉是好吃的。那是一家坐落在巷子深处的小餐馆，去时，十来张长条桌都坐满了食客。等了半天，才有人满意地打着嗝剔着牙站起身，懒洋洋地招呼老板算账。我们急忙坐下去，一会儿，小二端上几样菜：粉蒸牛肉，笋子烧牛肉，青椒牛肉丝，牛肉汤，以及一大钵米饭。

吃完牛肉，起身四处走走。我们看到一片破旧不堪的院子，像是被时光的泥土埋了半截。而在几座破院子之间，似乎曾经有过一条小巷，只是如今人迹罕至，地上满是黑色的泥泞和青苔。从立料的墙壁缝隙里，竟生长出几株构树。构树是一种喜欢在废墟上生长的植物，甚至，它就是作为废墟的标志而存在的。转过身，却看到一面斑驳的墙，墙上用粉笔整齐地书写着几行字，字迹清晰，字体优雅：

郑重声明
省级文物保护区，
防火防盗防破坏。
危急时刻先报警，
拨打电话110。
抓住罪犯不放弃，
依法拘留要判刑。
铁门铁窗铁索链，
梁家大院看门锁。

心中一惊，我急忙四下打望，才看见小巷另一侧立了一块石碑，碑上是红色的字：

四川省省级文物保护单位 唐昌梁家大院

石碑背后几米远的地方，果然立着一栋气度不凡的老建筑，与那些被构树包围的院子相比，隐隐透出鹤立鸡群的骄傲。

打算进院子看看，大门却紧锁着。透过大门缝隙，能看到院子的局部。一片泥地，几株老树，一面雕刻着繁复花纹的窗棂，一面陈旧的墙。从另一道门缝里看进去，里面似乎还住着人，能看到挂在院子里的衣服。只是，站在紧闭的门前，却听不到从里面传来人声。良久，离去。

我说过，唐昌是属于巷子的，而巷子则是属于院子的。若干气势不如梁家大院的深院浅院，它们围合形成一条条细若鸡肠的小巷，唐昌就是这些大院和小巷的集合。

与孔庙差不多，南方还多出另一种祠庙，那就是文昌宫。文昌宫，它供奉的是文昌帝君，即民间所说的文曲星，是天上主管士人功名禄位的神。文昌宫的本身，源于梓潼县七曲山张亚子。张献忠统治四川时，四处烧杀，文庙城隍庙均不放过，独有七曲山的文昌宫，张献忠秋毫不犯，还派兵保护。这个陕北大老粗说，你姓张，俺也姓张，咱们联宗吧。是故，如今的七曲山大庙里，还有一尊张献忠像，极小，极凶恶。文昌帝君要是听到张献忠的话，想必不会太开心的。

唐昌的一条小巷，就叫文昌宫巷。不过文昌宫已经不复存在。或者说，这个供奉过文昌帝君，希望他在科考时保佑唐昌士子金榜题名的祠庙，千帆过尽，只余下地名。

文昌宫巷也是近年重修的，不过，与别处大动干戈，把一条条古街古巷修得宛如刚从流水线上放出来不同，唐昌的文昌宫巷还保留着几分古意。尤其是两边的老墙，没有翻新，而是罩上玻璃。相应地，周边也做了一定的修饰和清理，以便协调。

更重要的原因，我以为，还在于文昌宫巷只是夹在闹市中间的一条小巷，游人甚少，至多几个本地人匆匆而过。它不像旅游地，更像生活区，有一种真实人间的恬淡与安稳，是小巷的本意与初心。与之相比，像锦里、宽窄巷子那种游人如织的古街，只能是商业区，是小巷的变异品种。

与文昌宫巷相通的另一条小巷，叫大椿巷。大椿，就是椿树。椿树有香椿和臭椿之分。香椿，古人称为杶。这是一种南北方都很常见的高大乔木，春天来时，吐出满树嫩嫩的芽，摘下来炒鸡蛋，是一道名菜，成都叫它椿尖炒蛋。苏童的很多小说里，都有同一条街，那条街和唐昌这条巷的名字差不多，叫香椿树街。臭椿，古人称为樗，看上去和香椿几乎没有两样，但有一种古怪的味道，嫩芽也不能食用，因而古人又以樗、栎来代指无用之人。

然而，大椿树巷已没了椿树，不管香椿还是臭椿。尽管走在这条曲折而窄的小巷里，看看一人多高的院墙，想象院子里如果有一株高大的香椿——甚至臭椿也好——把绿色的枝条铺过巷来，当会平添一分宁静与阴柔，但是，我来晚了差不多一百年。一百年前，大椿树巷才有一棵巨大的椿树。

在大椿树巷和文昌宫巷里，深藏着不少幽深的院落，这些清末民初的四合院，都是当年唐昌官宦或是富商的居所。大椿树巷里，有一座院子的主人叫易象乾，光绪年间的举人。庚子事变时，慈禧、光绪逃亡西安，易象乾曾随行，后来做过知府。辛亥革命后，回到唐昌做遗老，埋头著述。他的故居门口，悬了一块紫红色的匾，上面录的是一首诗，题曰《大椿树歌》，作者即易象乾，歌吟的对象就是那株曾经的椿树。

资料说，大椿树巷在明代，曾是一个姓姚的进士的宅院。甲申之变，天下骚乱，大椿树巷毁于兵火，只留下了那株地标般的大椿树。年年春来，都要发出寂寞而绿的叶子。一直要等到两百年后的清朝中叶，大椿树巷才从一片废墟上重新投生，相继建起一座座院子。易象乾就生于大椿树遮掩的院子里，他早年在树下用功，直到金榜题名——他一定去过一墙之隔的文昌宫，请求文昌帝君给予他更多的眷顾。然后，他的晚年，重又回到大椿树下，吟诗，作赋，浇花，饮酒。但就在他退隐林泉五年之后，夏日里的一场大风，竟然把大椿树吹折了。从此，大椿树巷不再有椿树，它只是一个沿用了数百年的地名。大概为了弥补，不知是什么年代，有人在院子前种了一株榕树，榕树的气根吊在空中，像是一缕乱七八糟的胡须。

除了门脸和门脸外墙，易象乾的院子已改造得不成样子，原本应该宽阔的院子，歪歪斜斜地建了些低矮的平房，房前绳索上，晾着花花绿绿的衣服。一株橘子树，果实早已摘尽，几片叶子独自萧索在冬天的风里。

从大椿树巷出来，一道城墙突兀在院子尽头。这城墙，也足以说明唐昌曾经的重要：它既是成都平原上五县之一的县治，同时，在明代，它还是蜀王朱椿之子朱悦燇的封地，朱悦燇的爵位即为崇宁王。不过，曾经四四方方，把巷子里的唐昌牢牢守护在臂弯中的城墙，20世纪50年代已拆除，只留下一些照片。现在我看到的这一段城墙，其实是按当年的照片仿建的。难怪，脚下的青条石新得有点难以理解。站在城墙上看时，几条古意盎然的小巷，和形成小巷的几十座院子，它们簇拥在一起，像是一些怕冷的小动物，拥挤着，发出小声尖叫。在房屋与房屋之间，一些树木的树冠冒了出来，或青，或黄，或全是狂草般的枝条，把天空刺得生疼。比较有意思的是，沿着城墙根儿，是一家火锅店。十来张长条桌一字排开，每张桌子上都竖一顶帐篷，然后，还细心地用摆了花的花架把桌子与桌子、桌子与小巷隔开。无疑，在唐昌，时间是慢的，恋爱的年轻人或是失恋的年轻人，到这样的小巷烫烫火锅，喝几杯本地出产的高粱酒，幸福的人将更加幸福，不幸的人或许暂时忘记不幸。

我们当然没吃火锅。对历史悠久的唐昌，和唐昌那些曲折幽深的巷子来说，我们只是过客，是旁观者和记录者。我们始终无法真正走进它。真正走进一座古老的镇子，需要的是十年八年的鸟落民间。

当我们又一次穿过巷子时，在巷子深处，遇到一个女老师带了一群孩子放学回家。孩子们在巷子里也排着队，好奇地打量我们。女老师有雀斑的脸，显得生动而真实。青春是不需要过多粉饰的。就像这些生意盎然的古老巷子，其实，它们也是不需要过多粉饰的。它们疲倦地站在那里，已经有几十年几百年，如果不出意外，它们还将继续这样站立下去。走过巷子的人，从青春到年迈，一代又一代，走着走着就老了。老得比一座院子一条深巷更甚，更无岁月可回头。

**聂作平**

聂作平，1969年10月生于四川富顺，现居成都。中国作家协会会员，《精英荟》总策划。已出版著作30余部，主要有长篇小说《自由落体》《长大不成人》；随笔《历史的B面》《历史的耻部》《1644：帝国的疼痛》《画布上的声音》《天朝1793—1901》《皇帝不可爱，国家怎么办》《一路钟情》，诗集《灵魂的钥匙》等。主编有《中国第四代诗人诗选》。

# 甲 胄

◎沙 爽

## 潮与蟹

### 一

许多年前，通常是在暑假或者周末，我和虹莉手拉着手，悄然穿过一所中学寂静的校园。我们脚下的甬路由红砖铺就，头顶古槐如盖，两旁是一排排精致而庄重的红砖瓦房（直到成年以后，我才知晓这些校舍的前身，竟是当年的海口检疫医院，建成于20世纪20年代初期，由当时著名的医学专家、中华医学会会长伍连德博士亲任院长）。拐过一幢哥特式红砖小楼，从它旁边的围墙破洞里钻出去，一片广阔的黝黑河床便呈现在我们面前。不远处帆樯林立，虽正值潮水落尽，河水仍浩浩汤汤，不时有机动渔船突突突从河面上开过去。

与中国的大部分入海河流不同，这条河的流向是从东往西。中学的围墙一直延伸到河床上，而在距离围墙十几米远的西侧，有一条深而陡峭的潮沟，刚好把这块河滩分割成独立领土。如今你若问起这条河潮水涨落的时间，我唯有茫然；但在那时候，潮涨潮落的气息明显迥异，埋伏在我体内的生物钟会随之发出奏鸣。

我和虹莉各自带着一根小木棍，很快你就会知道它的用途。在潮湿平缓的河滩上，密密麻麻布满手指粗细的小洞，将小木棍自洞口一侧斜斜插入，藏在洞里的小螃蟹受了惊，当即逃窜出来。但是有的洞穴是空的；有时候深浅拿捏有误，小螃蟹会爬往洞穴的更深处。每天供我们狩猎的时间并不长，很快天色向晚，浊浪翻滚，大河急于收回它的地盘。

有一次挖得忘形，不提防脚下一滑，我整个人沿着陡峭的潮沟直溜下去，幸亏被虹莉一把揪住衣领。两个人在原地僵了好一会儿，才手脚并用，浑身泥浆地爬回到岸上。

冒着生命危险捕获的战利品其实并无所用。虽然两家的大人偶尔都会惋惜地说一句：等把泥吐干净了，和面炸着吃很好呢。但也不过说说而已。我们的收获总是不够多；而凭票供应的白面和豆油，怎么能为不值一文的小螃蟹肆意挥霍？

那些个傍晚，我和虹莉坐在她家门前的院子里——其实并没有“院”，只有一个用碎砖头垒起来的小小圆形花坛，里面常年种着几株彩色的地雷花（后来我才知道它的学名叫紫茉莉），喇叭状的花朵只在傍晚时分盛开。我们白天用来囚禁小螃蟹的海螺壳还留在花坛边上，而螃蟹们早已踪迹杳然。旧年的竹椅吱呀作响，我和虹莉开始探讨小螃蟹到底去了哪儿。我说它们会不会趁着夜色沿着来路爬回去，反正全程也不过几百米；虹莉说它们也许正在花坛的下面挖洞，一直挖到河边。这个想法把我们迷住了，开始反复设想它们在地下可能遭遇的困境和传奇。

至今我仍不知道，那些指甲盖大的小螃蟹会不会长大，它们长大以后又去了哪里。海洋距此不过两公里，中间隔着大片的沼泽。或许这片河滩正是螃蟹们的育婴场，一旦长成少年，小螃蟹们便分道扬镳，一部分迁入沼泽定居，而另一部分，则奔往海洋。

## 二

黄昏时分，海退到几百米开外。夕阳将水面镀亮，成为远方天际处金光闪烁的一线。夕光也沿着潮湿的滩涂蔓延而来，它细如针尖的脚掌，在黝黑松软的淤泥中一路沉陷。

这是螃蟹们的晚餐时间，大大小小形态不一的蟹正挥舞大螯，在淤泥间挑拣出它们的食物——草籽，来历不明的蛋白质残渣，以及极小的单细胞海藻……我想起许多年前，在两公里外的河滩上，我曾经一再打断它们的晚餐。

薄暮的柔光笼罩着它们，细腻厚重的淤泥滤去了尘世的一些声响，也将制造声响的人类阻挡在岸上。几个幼童突破了泥滩的边界，他们努力向前伸出沾满泥浆的小手，试图抓住距离最近的几只小蟹。他们的父母陪在一旁，脸上挂着温存的笑容，而蟹们则埋首就餐，对孩子和他们的家长皆视而不见。它们之中，有的外形与多年前被我捉到的小蟹一模一样，通体灰黑，大小只及成人的指甲盖；有的却已大如鸽卵，看上去威风凛凛，仿佛步兵队列中昂然而立的骠骑将军。我以为它们会将身形娇小的同类一口吞下，但是错了，它们之间相安无事——蟹族中以强凌弱的故事想必存在，但这些小蟹，却并非大蟹们的美食。

与装甲车式的外形极不相称，它们爬行时几近悄无声息。但是这片灰黑的世界里间或有白光闪动，那是雄性招潮蟹正在秀出它的美男风姿。在招潮蟹家族中，雌雄两性的外表迥然有异。雄蟹拥有钢蓝色的背甲，除了一只进食必需的小蟹钳，还配备一只巨大的战斗螯，色泽通常红白相间。虽然这位战士的整个身宽不会超过六厘米，但当它的招牌武器伸展开来，尺寸之巨令人惊叹。夸张的比例绝非仅限于装饰功能，很快我们就会知道，这只巨掌将如何替它的主人俘获爱情。在泥土色的雌蟹们中间，这些美男子一边来回走动，一边将鲜艳的巨钳举过头顶，然后放下，如此反复。白光在钢蓝色的底调上不断滑过，像火焰之光自淬火后的冷兵刃上哗然流泻，足以引起周遭每一位异性的注意。这只巨大的蟹钳同时为它们赢得了提琴手的美名，随着琴身的跌宕起伏，隐形的琴声荡漾流溢，诱惑之舞随之进入高潮时分。

但是性感的琴舞往往伴随危险，因为白光同时也会吸引掠食者的视线。很多海鸟都热衷于品尝新鲜蟹肉，比如燕鸥、翠鸟、三趾鹬和鸢。燕鸥和鸢会从蟹群的上空掠过，瞅准时机疾冲而下，抓住任意一只来不及找到庇护所的蟹。鸟羽投下的锐利剪影拉响了空袭警报，蟹们四下逃窜，一头扎进距离自己最近的某个巢穴。尽管这些防空洞在地下蜿蜒得幽深曲折，但并不足以保证避难者的安全——千万年来，为了追索这些擅长土遁的猎物，海鸟们进化出了长而弯曲的喙。

因此，在招潮蟹的世界里，住宅的价值评判系统与人类异常相似——位于城市中心的楼盘往往最为珍贵——无论空袭从哪个方向上来临，无数只蟹脚惊惶杂沓，危险警报总能迅速传递到蟹城的中心。而鸟们栖息的树木伫立在海滨的外缘，即使靠近大树的洞穴可以享受到遮蔽和阴凉，但同生死相比，这一点点收益完全可以忽略不计。

每年四月，大批从北方南迁的水鸟途经这一片海滨，休憩捕食，汇集成阵。近岸处的海面上一时鸟浪翻滚，场面极是壮观。但是鸟潮很快散尽，在这个夏日的黄昏，海鸟们的身影并没有出现。

晚餐安恬。但海水就要涨潮了，留给蟹们的时间实在有限。

## 三

雌性招潮蟹的两只蟹钳都可以用于进食，同时用两只刀叉将食物交替送入口中，使得它们的用餐时间比雄蟹们少了一半。但雄蟹的时间之所以紧迫，还在于它们除了要喂饱自己，还有更为重要的事业——与人类一样，它们需要整饬住房以迎娶新娘。这些邋遢的单身汉在平日里往往得过且过，结婚前夕才突然变得异常勤谨，开始清理和修补洞穴。先用大钳丈量一番洞穴的大小，然后用脚拨走多余的泥沙。它们需要加固洞穴的边缘，还要将球状的营养沉积物搬进洞内，作为食物储备。

并非每一位雄性都长得高大健美。倘若不幸外貌平平，它们就需要在住房上花费更多的心血，以期在接下来的爱情竞争中以此换取加分。你看它们恭候在整饬一新的洞穴旁边，竖起两只酷似火柴棍的眼睛，向着雌蟹群中翘首张望。一旦视线中出现了意中人，它就开始加速挥舞自己的招牌蟹钳，频率由原来的每分钟五次，陡然提高到两秒多一次，然后一面频频打着爱情旗语，一面直奔意中人而去。它会将自己的背甲展示给所爱，并且高举巨钳抖动身体，像健美选手秀出鼓凸的背肌，同时推着对方前往自己的洞穴。如果它的这一系列动作有失鲁莽，或者它有什么地方让雌蟹感到不满意，这场求婚仪式会遭到严词拒绝。但如果它的爱情表达得恰到好处，同时展现出优雅、力量和风度，雌蟹会半推半就，顺从地被拥往洞房。但变故随时可能发生，在拥着爱侣进入洞房之前，有可能会斜刺里杀出来一个程咬金，试图横刀夺爱。一场战争由此启幕，双方斗得如火如荼，被撇在一边的新娘等得不耐烦，于是悻悻走开。直到战斗分出胜负，两只雄蟹回过头来，才发现伊人已消失在茫茫蟹海。

而旗语也会招来竞争者的注意。看到别人的婚房整饬一新，又处于比自家更好的位置，不仅有利于自身的安全，还可以吸引到更多的意中人——一念及此，这个小强盗会跑来抢房子。这场住房争夺战往往比争夺新娘更为惨烈，双方均会以命相搏。两只巨大的蟹钳直指对方的要害，这当儿，螯钳大小的重要性就彰显出来，蟹钳较小的一方会选择退让。但如果双方势均力敌，那么激战开始，这场相扑较量可能会持续数分钟，多数时候，洞穴的主人占据了有利地形，牢牢据守在洞口，而挑战者失去平衡被扳倒在地，只得俯首认输。

总之，情场上总是战火频仍，从蟹族到人类，皆不能免俗。

历尽曲折之后，雌蟹终于应邀踏进求婚者的家中，如果对新房的食宿条件感到满意，它就会留在里面。直到此时，候在洞口的新郎才会庆祝胜利，再一次挥舞它的战斗钳。随后，它将身体一侧的四条腿钩成篮子的形状，把早就准备停当的一堆泥土铲进篮中，仅用另一侧的腿爬行，用泥土封住洞穴的入口。

眼下，这个密闭的小天地暂时远离了人世。在这里，新娘和新郎共同完成属于它们的受精卵，这些卵看起来就像一串串迷你的紫葡萄，藏在雌蟹腹部围裙状的肚脐下面。接下来的十天里，这些卵会在母亲的脐下孵化，在成熟时，转变为丰腴的灰色卵块。而身怀六甲的母亲行动缓慢，无法迅速地躲避敌人，只能终日待在洞穴的深处。直到某天夜里，海潮再一次来临，雌蟹走出洞穴，费力地爬上浅滩，将身体浸入清凉的海水里。它们前前后后地摆动着身体，每摆动一下，就会有许多卵壳应声开裂，成团的幼蟹投身入海。这一切进行得如此安静，没有谁觉察到，以千万计的新生命正在此间诞生——这些幼年的蟹，身体极为细小，肉眼完全难以辨别。

当潮水再次回落，将无数只幼年之蟹带往外海……这些比针眼还要细小的蟹，它们是否也有对世界的认知和感觉？在海洋这个偌大的宇宙里，它们中的大多数会很快死去，而幸存者经过数周的历险和漂泊，会于某个遥远的海岸，幸运地登上陆地。在那儿，它们将延续祖辈们的生活，在沙质或泥质的海滩上建起家园，等待一波又一波的海潮带来盛宴。新一轮的竞争，也将再一次展开。

而在它们诞生的那天夜里，月光镀亮了寂静的海滨。那是农历十五的月亮，形状几近正圆。在黎明到来之前，月亮退回到大海的深处，只留下海面上的一道银光，闪动着，仿佛直达世界的尽头。

## 甲胄

### 一

1990年夏天，日本奥姆真理教创始人麻原彰晃带着他的教徒，来到中国北戴河。

麻原彰晃此行负有使命——寻找女神燕母（Yehn Mother）的踪迹。在四百年的日本民间，燕母崇拜如同昙花一现，但据说极为灵验。有日本学者考证，该崇拜源自中国燕山脚下，渤海沿岸。麻原彰晃将目标设定在北戴河一带，希望寻求并获得女神的佑助，以完成他的“大业”。

在北戴河，麻原彰晃虽然未能如愿找到燕母，却意外见识到一种奇异的当地文化。这种文化同时体现在饮食上，让麻原彰晃和他的教徒们尤感惊诧。一位随行的教徒撰文描述他当年的见闻：“每当想起那些情景，我就会颤抖。当地人酷爱食用一种诡异的海洋生物，长约十五厘米。竹节状、有硬壳、多邪恶的倒刺……像是螳螂、龙虾和蜈蚣的变异结合体，通体透着肉欲的赤色……当地人男女老少都在海边疯狂地食用这种生物，把那锐利的壳堆成小山，像是一种崇拜……”

一秒钟的错愕之后，我不禁哑然失笑。

我熟谙这种生物，因为我的家族中流传着有关它的另一则轶事。

20世纪60年代初，作为县城下放的干部，我外祖父响应国家号召，带领全家老少到农村安家落户。那个叫郑屯的小村与大海之间，只隔着一道山梁。骑自行车沿山脚绕行到海滩，只需要十几分钟。

以上是事件发生的背景。

我外祖父的父亲，也就是我的曾外祖父，一个世代蜗居于沈阳新民县的倔强老头儿（当然那时候他还不算太老，也就六十岁出头），千里迢迢赶来看望他迁居乡下的儿孙。时值四月，北方仍是早春时节，他看到的是一幅可怕的荒年惨景：他的长子、长媳连同他们的四个儿女（我最小的舅舅当时还未出生），把一种形状怪诞可怖的巨大昆虫用盐水腌渍，以此充作下饭菜。他们还一再力邀他同享美味，把剥好的青白色虫肉摊放在他的面前。

老人温和而坚定地拒绝了。他极力掩饰起伤感和心酸，在长子家中住了半个月，仔细整饬了房前屋后那一小片有限的自留地，祈祷他的骨肉们能够早日吃上像样的菜蔬。半个月后，他踏上漫长的归途，车马劳顿返回新民。送走前来嘘寒问暖的族中亲眷，他对老妻吐露了实情。他说：“玉奎（我外祖父的名字）家里孩子多，家境难啊，孩子们把大虫子用盐水渍一渍就吃得那么香……”

多年以后，我母亲向我转述这个故事，仍然笑得前仰后合。

麻原彰晃和他的教徒们所见到的，是这种生物烹熟之后呈现的肉红色。而我的曾外祖父，他目睹经盐水腌渍的硕大爬虫，周身披覆青灰色的软猬甲，宛如来自外星。

## 二

看见它们的第一眼，我愣住了。

在水中，它们竟然是半透明的。周身锋利的甲胄看上去如此温柔，甚至让观看者生出霓裳羽衣的错觉。浅淡的青蓝色底调上面，隐约闪烁缤纷的华彩：橘黄、草绿、孔雀蓝，还有各种无以描述的过渡色晕染。在身体的中轴线那儿，贯穿着一抹娇柔的鹅黄色。而在尾甲的尖端，色彩尤其浓艳，展开的扇面起伏出微妙的弧度，像群山缓慢攀升，一圈靛蓝色的宝石镶嵌在山巅上……这生物，随身携带一顶高科技打造的华丽“王冠”。

第一次，我见到它们真正的样子。

它们是皮皮虾。但它们真的是皮皮虾吗？这种学名虾蛄的甲壳类动物，东北人叫它虾爬子。堆叠在菜市场上的竹篓或铁皮箱里，比较鲜活的，色泽青灰；死去之后，体色转为灰白。懂行的买主捏起一只，翻转过来瞧一眼胸节，便知道是公是母。在繁殖季，雌性皮皮虾的卵巢是这世间难得的美味，罕有其他海鲜能够匹敌。

我记起那一天，我正在海滨泳场消夏。腋窝下套着一只黑胶救生圈，身体随海浪时而浮起，时而下沉。海水温热，如同前世的羊水，让我昏昏欲睡……但是突然，有什么东西撞上了我的小臂，无以言喻的奇异质感，非软非硬，如同死亡之吻。我登时惊跳起来，手臂向外疾甩，纠缠在腕上的物体于空中划出一道弧线，又软耷耷地落回海里。心脏仍在狂跳不止，但是在弧线中，我看清了：那是一只皮皮虾。看样子它已经死去了一段时间，原本严整的盔甲变得松散，像一小段七扭八歪的栅栏，破败、凋敝，让人心生哀怜。正值休渔期，它的死亡因而显得不合情理——除了人类，它们一向罕有天敌。

我想起幼年的餐桌上，那些吃剩下的皮皮虾残骸，被我们拼装成玩具——保留完整的螳螂臂插入尾甲的空壳，就变成了一只鹅。附着在尾甲上的尾肢向两侧张开，像两只笨拙的翅膀。这微型的假想鹅会被摆放在外面的窗台上，一只或者几只，风和阳光渐渐把它们漂成惨白，尔后，奇怪地不知去向。

## 三

身体宛如一块长条形的翡翠，其间穿插着鲜艳的红、黄、蓝和橙色，头部两侧还点缀着乳白边的墨绿色豹纹，连触角的基底部分，也勾勒出红白相间的美丽纹理。尾部的两对侧翼如孔雀般展开，顶部像孔雀翎一样各镶嵌一只水滴状独眼。尤其是那一对探照灯般的大眼睛，灯罩和灯座是宝蓝色的，珠光闪耀；一对大大的复眼是半透明的本白色，里面共有六排数量众多的小眼，这样的一双眼睛不仅能区分颜色，其色觉范围还覆盖了人眼能够看见的全部光谱。它们像蝙蝠一样能看到偏振光；甚至还能看见紫外线和红外线。仿照它的眼睛，科学家制造出了一种医用摄像机——因为癌细胞与普通健康细胞的偏振光是不同的，摄像机利用这一原理，检测出早期癌症。

这个闪闪发光的半透明生命体，看上去宛如一只传说中的硅基生物。据澳大利亚科学家得出的结论，这些色彩鲜艳的荧光，不仅用于恐吓敌人，同时还能够在繁殖期吸引异性。海洋中竟会有如此先进的荧光应用技术？可真让人大跌眼镜。

它是雀尾螳螂虾，学名蝉形齿指虾蛄，虾族中最漂亮的一个。甲壳大家族里的异类分子，讨人喜欢的萌物。但它更重要的身份是：海底世界真正的冷血杀手。

它的武器直接长在头部两侧，经过数千万年的进化，已经成了一对威力巨大的杀伤性武器。还记得中学语文课本里的侠客“大铁锤”吗？来无影去无踪，一对铁锤所向披靡。属于雀尾螳螂虾的这对铁锤，可以在十万分之一秒内弹射出去，产生高达60千克的冲击力。这位小小拳击手，臂力达到自己体重的2500倍——如果人类拥有这等神力，足以把一只棒球扔到地球轨道上去。在拳击手发动攻击的瞬间，撞击产生的高温甚至让周围的水冒出电火花。它一次击打产生的加速度，比得上一颗0.22口径手枪子弹的威力，曾经打裂过实验室中的强化玻璃水族箱。想要养它当宠物？那你首先需要配备一只防弹玻璃鱼缸。

然而，这两只超级铁拳，实际直径还不到一厘米，能够重复使用五万次。如果有所损坏，只需依靠自身的周期性蜕皮，就可以将它们修补如新。这武器有三层不同的结构，其间藏着雀尾螳螂虾最大的秘密：最外层高度钙化，足够坚硬致密；内里为周期性人字形结构，纤维以螺旋方向排列，通过旋转和伸缩，可以很好地分散所受到的冲击力。至于材质，则与坦克的复合装甲材料相差无几。

这些天生的杀手喜欢吃螃蟹、海螺、蚌、蛤以及寄居蟹。尽管这些猎物为了自保，全都进化出了坚硬的壳，但在这双铁锤面前，所有的抵抗都是徒劳的。当当当，当当当，海底的铁匠铺日日开张，人类视为珍宝的美丽贝壳，就这样碎成一地瓦砾。

铁匠生涯实在过于消耗体力，因而需要不断地钻研击打技巧。杀手们会时不时停下来观察一番，思考下一个打击点该落在哪里，才能获得最大收益。身为效率强迫症患者，它们瞧不起枪虾们的虚张声势，只要可以选择，面对同样大小的两只螺壳，它们会谨慎地选择里面有原住民的那一个——螺的肉要比寄居蟹多得多了。如果是螃蟹，铁匠喜欢从后面下手，先敲断螃蟹的几条腿，让它动弹不得，然后再好整以暇地敲碎那只坚硬的背壳。

这样的学习型杀手，会在成长中不断积累起实战经验——应该庆幸，它们一直待在大海中，并且最多只能长到20多厘米。如果它们也像椰子蟹那样登上陆地，长到几十公斤重，身披铠甲，无坚不摧，还有哪一种动物能够抵挡住它们的袭击？

在学术划分中，携带重兵器的雀尾螳螂虾属于掌节虾蛄；与之相比，镰足虾蛄只算得杀手中的轻量级。长臂尖端是一柄刺刀，每只刺刀上布有十三根尖锐的锯齿，齿尖向上、内收，可以轻易地钩住猎物，送到口中。这一点很像陆地上的螳螂，“螳螂虾”的绰号就是这样来的。

这些彪悍的杀手保持着冷兵器时代的骑士风度。它们之间的同类对决充满仪式感——战斗的一方会先卷曲起尾部，这也是全身甲壳最坚实的部位，承受对方的击打。待对方出手，柔韧弯曲的腹节随之后弹，化解击来的猛烈力道，然后迎向对手，而对方也会马上卷起尾部，以尾节接受攻击。这单调的一攻一守会周而复始，直到一方认为自己的力量有所不及，认输者从容而去，并不会有哪一方陡起杀心，以重锤偷袭对手的其他部位。然而一旦有一方受伤流血，另一方就会毫不犹豫地将它杀死。从彬彬有礼到痛下杀手，虾蛄们遵循着它们世代相传的古老法则——残疾者将被同类无情地剿灭，以此保证整个族群的优秀。

## 四

属于孤独者的夜色是加倍的。

没有警报，也没有后援。比夜色更致命的，是夜色中隐伏的危险。

对孤独者而言，因为没有退路，畏缩就会丧失所有。哪怕犯境者是难缠的章鱼，体形比自己大出十倍不止，虾蛄也会毫不犹豫地跳出洞穴，身体急遽弹跳，周身锐利的铠甲噼啪作响，两对触角根根怒竖，大颚偾张，时刻准备拼死一击。在这样的对手面前，章鱼往往只能认㞞。因为即使将虾蛄抓住，咬在嘴里，这家伙也绝不会服输，在急遽的弹跳中，甲胄锋利的边缘有如舞动的刀片，尾甲上的锯齿则善于制造更大的创口，刺刀或铁锤皆招招出手狠毒……哪个掠食者胆敢咽下这样的猎物？

即使处于蜕壳时期，体甲尚未钙化，战斗力约等于无，虾蛄也不会像其他的甲壳纲亲戚，在脆弱的蜕皮阶段谨慎地将自己藏于暗处。气势强硬，有时可不战屈人之兵，这是常用的心理战术之一。但万一对方是个经验丰富的老手，一眼看穿了对手的真实处境，孤立无援的虾蛄，注定九死一生。

或许，是甲胄隔离出一个孤立的世界，一个独立运行的宇宙？这世间的众多族类习惯于彼此依偎，前提是，柔软的肉身能够给予对方温存。而如果身披坚硬，有棘刺与铠甲，独自生活才是明智的。对某些生物来说，欢聚只是短暂的过渡，孤独才是永久的伴侣——只有在繁殖期间，一对雌性和雄性虾蛄才会短暂共居，协力孵化后代。

比起大多数鱼类，虾蛄们对待后代的方式要高级多了。鱼们通常把卵托付给大海，而虾蛄会一直怀抱着自己的孩子，直到它们离开。

做母亲的一次产出三万到五万粒卵，它用一对颚足把这个龙眼大小的卵团抱在口器前面，只要它不破碎，就这样一连抱上几小时，甚至长达数日。而这样的抱卵方式，做母亲的势必完全无法进食。它就那么小心翼翼地抱着它的孩子，一颗颗细小的珍珠，表面呈现金黄或者粉红；它一定在对着它们喃喃细语，要不然，为什么不采取一种更为省力的姿势？这样一直等到小虾蛄孵化出来，母亲已经筋疲力尽——这时节大抵是在七月份，沿海的人们都知道，在这个月份，虾蛄们骨瘦如柴，毫无捕捞价值。

孵出来的小虾蛄细如针鼻，但母亲给它的每一个孩子都准备了富有营养的卵黄，足以供养它们生活一段时日。及至长到将近一厘米左右，小虾蛄才开始它们的浮游生活，以吃海藻为生。之后经过十几次蜕皮，身长才能再增长一厘米，学会自由泳和仰泳，在浩渺的大海之中，获得最初的自由。

这是艰难的成长。大海如此神秘，并且永远危机四伏。掠食者四下出没，这一刻的生命，下一刻可能沦为食物。必须小心翼翼，必须快一点长大，长出坚硬的、满是利刺的甲壳，长出尖利的刺刀或者有力的铁锤，以及最最重要的——长出孤独者坚韧的心。

**沙爽**

沙爽，作品散见《诗刊》《散文》《钟山》《天涯》《大家》等刊。出版有散文集《手语》《春天的自行车》《逆时光》《拈花》，长篇历史人物传记《桃花庵主——唐寅传》，历史随笔集《味道东坡》等。

# 唯有山水话永恒

◎吉布鹰升

## 隐者

柳下，草坪上的蒲公英开放了金灿灿的花朵。它们时不我待，赶着晴日幻化为白色的、毛茸茸的冠毛。然后，那一根根针细的绒毛，如降落伞，带着针眼小的、褐色的种子乘风飞翔。

杜鹃鸟如约而至，在远处啼鸣。此前已飘下几场细雨，除了紫薇依旧不动声色地耐心等待着，我所见的草木都露出了嫩绿、鹅黄、绿绿的叶芽。

一只黄嘴黑羽的乌鸫鸟，扑棱棱一声，从草坪起飞，停歇在一棵雪松上。每年春天，乌鸫鸟都会来造访。它是去年的那只吗？它寂然无声，是怕暴露自己吗？这个时候，潜伏在树木，是最好的谋生。

云南松已抽出褐红色的花穗。水杉树鼓出点点叶芽，似乎蠕动着，又日渐幻化为羽状绿叶。这些羽叶，仿佛真想扑棱飞起来。雨点落下，每一枚绿叶，欣欣然，仿佛那里跳动着绿色音符。

四月初，珙桐树吐露着绿绿的叶芽。瞧，枝上点点绿叶芽，状如子弹头。再过十几天，也许只要几天，它们就会绽放出一枚枚洁白的花。

置身于空旷的山地，清风送来阵阵凉爽新鲜的空气。没有烦扰，心底是无比坦然。

村子里，一只羽毛紫红间杂的公鸡，不时骄傲地振着翅膀，围着一只母鸡转着。那只刨土的母鸡，却对公鸡无动于衷。一棵李子树，孤零零地立在村头，繁花怒放，香气浓郁、袭人。

地里，苦荞点点的、绿绿的茎叶，那样纤细、柔弱，却充满生机；洋芋吐露的茎叶，如可爱的绿头巾。

地畔，几棵桤木树上栖息着几只小鸟，啁啾啼鸣，不时起飞又落下，仿佛那样欢愉。一头母牛，旁边跟着小牛犊，寂静、悠然地啃着草。草稀稀疏疏的，才生长出来几日，在山冈上，在树林下，点点的、绿绿的。然而，过些日子会洇染一大片。

小溪涓涓流淌。岸边，一丛丛灌木杜鹃蹿出白的、粉红的花，远远地招摇着。

山，是寂静的；树林，是寂静的；人们聚集一起，是吵闹的。山下的城市，只会生长欲望，哪有这里那样单纯、清醒、自在呢！

我坐于石上，山望着我，我望着山。山倾听着我，我倾听着山。山包容着我，我仰慕着山。

鸟语啁啾，有的是留鸟，有的是候鸟。有的喜欢与人为邻，造访村子树林；有的喜欢山谷，倾听潺潺的溪流；有的喜欢地畔沟边，巡游土地；有的喜欢树林，过着隐士生活。它们习性不一，可此刻，山林是它们的乐园。

忽然，几声哆哆响来，是什么鸟呢？那是报春鸟的一种，前些日子才听见。

每一种鸟儿，似乎都是漫游者。也许，它是我曾在郊外听见的那只？或许，它从远处望着我，想“这个人也喜欢漫游”。

忽然，对岸的树林里，有人伐倒树木，响声惊动四周。我走过去，有人在默默然远望着我。

我往山上爬去，沿着一条林间小径。一丛丛灌木杜鹃，那粉色、白色的花朵，灿烂绚丽，是在招摇着风、鸟、蝴蝶、蚂蚁。一只蜜蜂落在花朵上，忘我地吮吸花蜜，似乎迷醉了。

远处飘来一阵阵淡淡的清香气息，仿佛是党参的气味。你屏息去嗅闻的时候，那清香味消失了，过一会儿，又隐约飘来。

忽然，有人从灌丛林里现出。他四十多岁，脸黝黑，低着头朝我走来，半路又改变方向，翻过了山梁，轻咳几声。过了一会儿，他的轻咳声又响起，遁入树林里。

从前，传说树林里山贼出没，然而我的担心似乎是多余的。在我们下方，可以看见几个村落。

榛子树上开着几枝花，那金色花瓣，温润如玉，令人怜爱。小叶杜鹃花一簇簇，盛开在松林下，在路边。

忽然，有人在说话，是跟刚才那个男人传话吗？站在林间小径，我朝北望去，有一女人在放牧牛羊。

仰躺在一块草地，我沐浴着暖阳，四周一片寂静。然而，山下人语声打扰了我。

我起身，沿着山脊走上去，坐在一块黑色的石上。一只黑头苍蝇在另一块石上，时而叫嚷，时而起飞又落下。它如此欢愉，那叫嚷声，那振翅声，简直是陶醉不已。

我和苍蝇有何区别呢？我们都为自己喜欢的事物而自在欢愉。我所追求的，一定会比它的高尚吗？

想到此，我忽然有些悲凉。一只灰蜘蛛，从我面前的石上无声无息地爬行。

山林里，苍蝇是隐者，蜘蛛是隐者，花朵是隐者，鸟儿是隐者，牧人是隐者，那个神秘男人是隐者。

那个神秘男人忽然就出现了，他从一块黑色的巨石上起身，默默地低着头走着，手里点着的纸烟，一缕蓝色的烟雾升腾。

我走上沙坡，又走入树林。松林下，杜鹃灿烂。路边，一种多肉植物，莲花状，精致夺目。一种矮小的植物，如鹿角，绿绿的，往四处蔓延。

每一朵花，都在珍惜时光。瞧，树根下，几乎是光不能照射下来的地方，一枝杜鹃花开放了。它是奇迹！我捡拾了一根枯枝，轻轻地帮它从枯叶下露出来，好让阳光有机会照亮它。

扑棱棱的一声，一只黑灰的鸟，形体如杜鹃，从前面起飞，落在了一棵高高的云南松上。它那长长的喙不时敲击树干，是啄木鸟吗？

它伸出头来偷窥我，然后又躲在树干后。我蹲下，仔细瞧着、听着。它栖息的那棵树，距离我几十米远。忽然，它不见了。于是，我起身，朝着那棵树走去。扑棱棱，这只黑灰的鸟，闪入了我下方的树林里。

太阳躲在云后，林鸮躲在远处低吟。天边，云朵和蓝天制造了一个蓝色的湖泊。

我坐在石上，前方有一块巨大的山崖，一条路通向那里。此刻，有人在开凿条石，路边停放着一辆挖掘机。

山崖下，一条溪流蜿蜒流去。溪流岸边，散落着几座房屋。那几家人是从高山搬迁来的。很多高寒山地，人们早已离弃，久而久之，村子成了废墟。

人始于自然，终归于自然。然而，城市不断诱惑着山里人的脚步，最终，人们都远离了自然。

我准备下山了，刚走了一截路，哆哆的鸟鸣声在我下方传来。我循声望去，不见踪迹。又走了十几步远，那只鸟的声音又停在我身后的树林里。

那几个牧人，已经走下树林。黄昏来袭，林间小径的光线变暗了。我举目四望，杜鹃花却仿佛点亮了树林，松脂散发着清香。

我来到溪畔的时候，众鸟开始啼鸣。我蹲下聆听，一只鸟发出银铃般的声音，一只鸟在对岸的树林里高声呼叫，一只灰色林莺在鸣啭，一只柳莺低声细语……

忽然，传来一只雉鸡的啼鸣。那声音是从我对面的那座山里传来的。它整整鸣叫了四五分钟，无不显示那是它的领地。它似乎在呼唤伴侣，希望得到青睐。

我翻过山梁时，那只雉鸡又开始啼鸣。此时，已是晚上七点半了。

树林里，草坡上，归鸟准备夜宿。

## 山梁

那条河流裹着泥沙滚滚而下，响声不绝于耳。

几个人坐在公路边，似乎在等着车。

我朝着河东岸的山谷爬去。空气湿润清新，路湿湿的，却不滑。晨曦照耀下，白杨、桤木、核桃等树木绿意盎然。鸟儿在树林里啼鸣，其声悠远，但不见踪影。

溪水从悬崖上涓涓流淌而下，落在地上水沫四溅，却无端消失了，难道流入了地下暗河？

我举目望去，太阳已经从山崖上空升起，明晃晃刺眼。

我翻过一道坡，又迎来一条溪流，溪水已变为极为张扬了。这场雨没有下错，草木又拔高一截，无声地争着绿。一个老人赶着一头牛慢慢往上走去，不时吆喝着，不一会儿，已经消失在前方的山林里。

草木说："给我雨水和阳光，我会献出绿意葱茏。"瞧，溪流岸边，蕨草一派鲜绿，好养眼呀！一个多月前，那里还是光秃秃的。它们在春天里的生命，着实让人吃惊。岸边、山坡、树下，这种蕨草叶缘有齿，像生了一对对翅膀，仿佛随时从地上起飞。

那个老牧人把牛赶进树林，折了回来，问我去哪里。他给我指了到达山顶的路。

“有蛇吗？”我问。

他说，这里很少有蛇，即使遇见的蛇也没有毒，不咬人，而那对岸山顶上生活的竹叶青蛇，脾气很暴躁，会主动攻击人。

溪流声回荡在山谷，树木、岩石、鸟儿听惯了它的歌，春天里却备感新鲜振奋。空气凉爽清新，一呼一吸间，使人十分舒畅。树叶上挂着晶莹的露珠，用舌尖轻轻舔一下一颗露珠，甜丝丝的。

一块黑色的岩石，上面爬上了绿绿的苔藓和多肉植物，还有一株株不知名的草。据说，植物学家在距离这里几十公里的山上找到一种本地独有的石斛。我不认识石斛，但相信这座山里的岩石上生长着石斛。

树下，野棉花开着粉白的花，让人过目不忘。

我的衣裤蹭到树枝，发出好听的、唰唰的声音。露水打湿了我的裤脚，但我颇觉凉爽。

对岸，远处的山云雾缭绕。云雾仿佛凝固了，但不一会儿，又朝着山下慢慢涌来，不经意间，又往高处飘浮而去。云雾浸润着那里的草木，让其充分吮吸露水，趁着阳光还未把一颗颗露珠蒸发掉。

一条宽阔的羊道通向远处，却不见牧人赶着羊群。在山里，很多人家已经搬离了，留下一条条废弃的羊道，无语诉说着往事。羊道长满了野草，渐渐地，山成了荒野。居住在这里的人，有一天回来定会乡愁浓浓。

山梁上，高山杜鹃绽放的花朵在灌丛里显得耀眼夺目。凑近端详，杜鹃树新生的枝叶，呈暗褐红色，润绿可爱。一丛丛榛子树拥挤着，有的叶子迎风轻摇。

一条隐约的小径现出，又在前方无端消失。阳光照在对岸的山林，光影斑驳，让山林明暗交织，鲜绿、暗绿相得益彰，十分有趣。树林里，鸟儿低吟，蚂蟥蛰伏，牛在啃食。

山之陡峭，草木还未生长的时候，让人唏嘘，尤其是站在危岩下。而此刻，草木葳蕤，山势并不令人唏嘘，是因草木绿意葱茏，遇到危岩陡坡，你可以抓住草木，谨慎地攀爬过去。

山崖开着一簇簇粉红、雪白的花朵。也许，它们是栎叶杜鹃、大白杜鹃。那里，只有风、小鸟、草木的脚步才能抵达，人，却望而生畏。

山梁上，榛子树一片片的，过几年，它们又会朝着周边延伸，开拓出更广阔的领地。

林下，一丛矮矮的蒿草边，六七朵花耀眼夺目，是美女樱。它们是怎么来到了这里？这里每一瓣粉色的花，充满了大自然的秘密。

槲树，还是栎树？它们绿绿的叶缘有齿，楔形，轮生，仿佛在风中旋转。初见这种怪怪的树叶和美女樱，让我不虚此行。

我的背上汗水淋漓，凉凉的，但没有停歇，慢慢往上爬去，来到悬崖下。山崖默默然俯视着河谷，聆听河水潺潺。

我坐在黑石上，把上衣脱下，阳光照耀下来，并不炽热。从这里往北边望去，一个牧人俯卧在一块巨大的黑石上，如我一样寂静晒太阳。他不时朝我远望，附近几头牛悠然吃草。春天，让牛感到暖和。

我身后的山崖，上面生长了稀疏小草。石缝里长出两棵幼小的榛子树。它们的种子是风、雨水、鸟儿带来的。

大概再爬百米远，就到达山顶了。然而，山崖阻止了路。我在石上小憩一会儿，想折回下山了。当我谨慎地爬下危岩的时候，前方一条小径出现了。

沿着那里走去，绕过山崖，我抵达了山顶。那里，生长着马尾松、委陵菜、草莓、蒲公英、龙胆草等。

风，径自吹拂着。

忽然，一只黑尾缀着白斑的鸟儿叫嚷着，从另一边飞来，消失在树林里。一只雉鸡跟着啼鸣起来，一只杜鹃在远处鸣和。

两只鹞鹰在山谷里飞翔、盘旋，渐渐消失在远处。

## 荒野丛林

我们进入森林，沿着一条隐隐约约的蜿蜒小径走去，两边是密匝匝的竹林和树林。有的树木被砍伐后倒在那里，成了黑黝黝的朽木；有的树木只留下黑褐色的、腐朽的树桩，用手轻轻触摸一下，像是一小堆泥沙；有的树木高耸入云，努力朝着天空伸展着枝叶；有的树木光秃秃的，虬枝张牙舞爪，飞扬跋扈；有的树木感受到了三月的暖风，枝上结了花蕾，或是开放着紫红的花朵。

一块灰白色的、巨大的岩石上，几棵粗壮的树木倾斜着生长，光秃秃的树枝挂着薄薄的、绿色的松萝，似乎有了朽意，让人担心一阵劲风吹来，它们会倒下来。那岩石上，流淌着一滴滴的水，水滴浸湿流下的地方铺了一层绿绿的苔藓。一滴滴水落下，在岩石下一处阴湿的地方形成浅浅的水洼，发出叮咚叮咚的清响。

我们的脚步踩上松软的泥土和泥沙状的枯木屑，或是衣服擦了两边的树枝，或是用手拨开竹枝的时候，发出的声音都会异常响。树林里异常寂静，我们驻足聆听，一只鸟儿啼鸣，一阵风掠过树木发出簌簌的声音，都让人有些害怕起来。

我们担心遇到野兽，譬如熊、狼、野猪，于是朝着密林大声吆喝，想让人的声音吓跑它们。然而，那阵阵的吆喝声很快消失在广袤的树林里。

林间小径，时而是松软的泥土，时而是碎石沙砾。我们有时抓住竹枝或树枝谨慎地往上爬去，有时蹲下缓慢地下坡。

绕过一块岩石，走下一段沙砾陡坡，蹚过一脉涓涓的溪流，又爬上一座陡峭的岩石，我们抓住岩石棱角，或是两边的树枝、竹枝，谨慎地攀爬，丝毫不敢松懈，也不敢往后看去。终于，登上岩石，迎来缓坡平路的时候，我们放心地松了一口气。

在几块黑色的石头上，我们在那里坐下歇息，吃了面包，喝了些矿泉水，回望莽莽苍苍的森林，和隐隐约约的林间小径，不禁长吁。

我们的四周依然一片寂静，不过，潺潺声不住响来，像风声阵阵，原来是一条河流，洁白如练，有一截挂在我们穿过的树林上方，从峡谷里奔涌而出。可是刚才我们没有遇见这条清澈的溪流，这使我们感到疑惑不已，难道它的某一段成了地下暗河？

远远望去，峡谷纵深，密林郁郁葱葱，其中的一片片高大的杜鹃树林令人目不暇接。可想而知，每年五六月，天气晴好的时候，漫山遍野的杜鹃花盛开，多么绚烂。

从远处传来鸟儿清脆的啼叫声，森林显得更加静谧。等过一段时日，天气晴和，远处山顶上的积雪在消融，草木纷纷露出一抹抹鹅黄鲜绿的叶子，柳莺、山雀、乌鸫、野鸡、白腹锦鸡都会迎春争鸣。

现在，森林边缘的草丛依然一片枯黄，枯草松软，散发淡淡的气息，一阵阵扑面而来。我们前面迎来了一片疏朗的、光秃秃的树林，林下丰茂的草丛枯黄。我们走过去，那些光秃秃的树木，大多是藤树，树干腿粗，虬枝屈伸，张牙舞爪。

有的藤树形成一道道拱门，我们一边手握着藤条，一边说话，惊叹这么一大片茂密的藤树。当枝叶葱茏的时候，人是不容易穿过藤树林的。

一棵棵参天的红桦木、杜鹃，和其他叫不出名的树木，出现在我们眼前。有的树木枯萎，也许是被雷击的；有的树木紧挨着，激烈地争夺阳光和雨露；有的树木从另外的枯木上生长出来，枝梢露出了点点绿绿的叶芽；有的树木骑在巨大的石头上，树冠如伞，盘根伸向四面八方；有的树木从岩石缝里艰难地生长出来，然而茂盛的枝丫努力朝着天空伸张。

一棵手臂粗的杜鹃树和一棵手腕粗的红桦木，分别从一根枯木桩的两边生长出来。我们凑近端详，啧啧称奇。风、鸟儿、雨水把种子带到这里，然后种子在阳光的催醒下，奋力吸收土壤和枯木的营养，破土而出。

森林里，树木无时无刻不在竞争阳光、雨露，和从地上的土壤里吸取生长所需的各种微量元素。

每一棵树木都是奇迹！

一脉涓涓的溪流从森林边缘流淌，阳光从灰蒙蒙的云雾里照射下来，清澈的溪流泛着耀眼的光亮。

云雀在山冈草坡上空啼啭，林莺、山雀在森林里鸣叫。然后，一阵寂静笼罩大地。

在这个人迹罕至的荒野丛林，人是那样微乎其微的存在。

然而，走过一遭，我们的灵魂受到了大自然的洗礼。

## 安静

马尾松褐色的花柱，犹如一盏盏明灯。小叶杜鹃开放了零星的粉红色的花朵。火绒草、珠光香青、铃铃香青、乳白香青、珠芽蓼的草茎还是短短的。

一条溪流潺潺流淌，响声回荡在山谷两岸。两只乌鸫鸟在追逐嬉戏，发出尖锐的声音。白顶溪鸲在山谷里对着溪流发出了悦耳动听的叫声。山雀、柳莺、林莺、伯劳在山林里演奏各自的乐曲。雄野鸡发出近似咳嗽的声音。朱雀欲说还休，优雅安静。

一群群牛羊往荒村的草坡地进发，传来了牧人的说话声。

广袤的土地大都荒芜了，地边竖起了稻草人。可想而知，山里的野猪凶猛，与人在争粮食。每当黄昏的时候，野猪便从山林里蹿出，拱食洋芋。村人点燃火炮驱赶，可是，它们总是去而复返，村人对此很无奈。

在海拔三千多米的山地，云雀在欢快地鸣啭。春天里，它们从暖和的低洼地迁徙到高山，在这里生活繁衍下一代，寒冷的冬日来临后，又飞回山下。

太阳时而躲在云雾后，时而露出了灿烂的笑脸。

我坐在垭口草地，聆听云雀鸣啭。它们的声音婉转悦耳，它们用动听的歌喉赢得异性的青睐，歌颂美好的爱情。我抬眼望去，却不见它的身影。

牧人说，在高山并非是每个地方都能听见云雀美妙的歌声，有的地方生活着云雀，可是在那里它们从来不会鸣叫，这是因为那里风水不好。

山林里，柳莺、伯劳、山雀、“嘎点”“其阿哦”等鸟儿在竞相鸣唱，很多未曾听见的鸟儿也加入了这场演唱会。但若要见到它们的身影，是很难的事情。

一个牧人吆喝着羊群往西山走去，不时好奇地回望我。在我看来，牧人的生活，是单纯的，又是枯燥的；是自由自在的，又是不自由的。他们放牧着羊群，可是羊群也束缚着他们。不过，一朵云飘过天空，他们的心灵像云朵一样流浪。

忽然，一只雉鸡发出尖叫声，是两只灰色的鹞鹰在树林上空低低地飞翔。也许，它们俯冲要抓住那只雉鸡的时候，雉鸡巧妙地躲过了，多么幸运。

在山林里，每种生物随时随地都会面临危险。雉鸡的天敌除了鹞鹰，还有林中的狐狸、蛇、猫头鹰等。牧人说，夜晚来临后，夜游鸟猫头鹰开始捕食雉鸡，山里人设下的圈套，同样令雉鸡防不胜防。山里人在林间设下圈套捕获雉鸡，这令我感到多么无奈和悲哀。他们是不能教育好的，而那些林业部门的有关人员又在干什么呢？恕我直言，我未曾看见他们从别人手里解救过一只雉鸡。为了自然生态的美好，我倒是希望山民都移民了。

蓝色的天空散着一缕缕浮云，天边的群山青岚笼罩。

我沿着蜿蜒的山道走去，风微微吹着，鸟语声此起彼伏。蚊虫在树木上空飞舞低吟，偶尔撞到了我的那把伞。牧人的吆喝声不时传来，之后，大地复归寂静。

我的脚踩在白色的碎石上，发出沙沙的声响。白净的阳光照耀在我的身上，由于那把伞，我的脸上并不感到炽热。

一只柳莺扑棱棱落在灌木树上，探头探脑，一会儿又静静地飞走了；一只“嘎点”鸟在路边发出“嘎点……嘎点……”的颤音；一只“其阿哦”在密林里鸣叫，一只陌生鸟在发出近似猫叫又似婴儿啼哭声；一只云雀在鸣啭……我闭目聆听，世界除了各种鸟语声，阳光照在人的身上也寂静地发出响声。

那条蜿蜒的公路如一条蛇卷曲着爬上山，两旁的树林里没有了高大的乔木。遥想从前，这里人迹罕至，还处于荒野状态，林木参天，狼、虎、熊等猛兽潜伏，而今参天林木荡然无存，狼、虎、熊没有了踪迹。

在危岩下，一棵高大乔木被砍伐后留下一截树桩，树桩半边也被砍伐，未砍伐掉的那一半生长出了细小的枝叶。它生命的艰辛和渴望新生，令人感动。

望着陡坡危岩，感到人是那么渺小，那么人的哀伤荣辱就更不值一提了。我不适应尔虞我诈的社会，不适应快节奏的现代生活，渴望在人类社会以外，还有更伟大的自然让人感动，接受它无私的洗礼。

走着走着，我觉得行走让我更接近我的向往，去追逐想要的生活不是更好吗？我用手机录下鸟语声声，希望在以后的时间，在鸟儿沉寂的冬日，在别人未曾听见这些陌生鸟语的时候，还可以聆听到它们美妙的歌声。

一群羊在我下方陡坡的树林里漫游，有几只好奇地望着我。我默默地问候这群自由流浪者。那个牧人坐在一棵树下，缄默如一块石头。过一会儿，他起身，去吆喝羊，脚下传来碎石沙沙的声响。

我不敢贸然蹿入树林，那里可能蛰伏有危险的蛇、野猪、狐狸等。雨天，牧人会看见野猪、狐狸跑到路上悠然行走。雨后初晴，蛇会爬出洞穴，在石头上寂静地晒太阳。

北山上空的一朵云，在慢慢飘浮着。西山的云丝悄悄变化着，东山青岚弥漫。这样的天气，山天相接处，朦朦胧胧，看不清那里山的轮廓。

我慢慢登上了山巅，世界在我眼下铺展开来。由于山顶和山下的气候不同，这里的小叶杜鹃花才刚刚露出花苞，到五月中旬才盛开。

山顶有一个小小的村落，传来阵阵狗吠声。那里，土地刚翻耕不久，庄稼依然还未长出来。和很多偏僻的山村一样，土地大都荒芜了。

山顶上气候变化无常，有时六月也会降下鹅毛大雪，山里成了白雪皑皑的世界。八月，燕麦泛青，苦荞泛黄成熟，又是另外一番景象。九月，气温骤降，草开始枯黄，风吹在脸上是刺骨冰冷的，鸟儿沉寂。

蚊虫在飞舞，不知从何处飞来的熊蜂、木蜂在我上空嗡嗡响，又消失了。一只蚂蚁在草地上忙碌地爬行，它似乎很孤独。一会儿，另外一只体形比它小的蚂蚁在附近爬行。一只小鸟在我前面几米远处的树林里鸣叫，林莺、杜鹃、雉鸡、云雀争相歌唱。这些生灵生活在安静的大地，自由歌唱，使大山不再寂寞和荒凉，而是充满了蓬勃生机。

远处，一群群羊在草坡上漫游。我沿着山脊走去，可是树木挡住了路，我不得不改变方向，朝着那群羊走去。

几个孩子陆续爬上山顶，其中年龄最小的那个女孩七八岁。原来，他们是在县城读书，周末放假回家。望着他们下山的背影，我默默祝愿他们。

那个牧人，脸上被太阳晒黑，身着一件旧披毡。他说，山下的几个村落，现在仅剩下几户人家了，其他的都搬走了。从前，这个季节，像今天这样的晴天，牛羊满山坡，牧人很多，有年轻的姑娘和小伙爱上了。自从可以进城打工后，放牧的人少了。我不知道，像他这样过着祖辈们生活过的半农半牧的日子，还能坚守多久呢?

我望着苍茫群山，他用手给我指着，一边讲解有关那座山的传说。大山，不知听见我们在议论没有?

他说，山顶上生长的小叶杜鹃到了五月二十几日就盛开了，那时候是多么好玩。

我问："有竹叶青蛇吗？"

"有的，"他指着下方的杜鹃丛林，"我的一只山羊，今年都被一条竹叶青蛇咬伤了。"

"死了吗？"

"没有。它的脖子肿了一大块。"

我想："挺勇敢的一只山羊呀！"

他说："不用怕竹叶青蛇，人的身上带了铁器，比如镰刀，蛇都会被铁熏倒，咬不了人的。那些牛粪的气味也让蛇害怕的。"

可是，我觉得那是不可能的事情。

周围没有牧人，牧人会孤独吗?

牧人却笑着说："没有呀！习惯了的。"

我们在那里聊了很久，然后他去赶他的一群羊了。

我静卧，晒着太阳。风，带着凉意吹来。

他把羊群赶下来，吹着口哨。那口哨，像把一片树叶放在嘴里，吹出嘹亮悦耳的歌声，又像是一只伯劳鸟在鸣啭。

他把一群羊赶往杜鹃丛林，又把另外一群羊赶往草坡。两群羊最终走到一起。

忽然，他蹲下，仔细瞧着地上。

“不知道是什么野兽的尸体？”我走过去仔细瞧了瞧。

那一具尸体，只剩下骨架和残留的皮毛，看起来像狐狸，又像小熊猫。

牧人摇着头说：“不是的。”

也许是一只狗，或是一只鹰杀死了它。或者，是其他原因？

我想，连牧人也未见过的动物也在这里出现了，说明这里的生态在改善了。

我默默地祈祷，这只陌生动物的灵魂会得到安宁。

牧人吹着叶笛，赶着羊下山了。

他说：“朋友，再见！”

我也准备下山了：“再见！”

我踏着夕阳慢慢下山。山林里只有鸟儿的鸣叫声，我每走一截路，便停下脚步，聆听鸟语声声。

山影罩住我，夕阳慢慢地呼吸着落下山去。

树林里，晚归的鸟儿急切地鸣叫着。

## 山谷里

水渠里，流水裹着泥沙缓缓流着。岸边，三月枣稀疏的枝叶轻轻触摸着流水，悠悠然晃动着，似乎一缕缕微风掠过了那里。

水渠边，草木葱郁，抢着生长绿意。茅梅开着玲珑的、紫红的花，一株株车前草点缀着白白的花穗，一棵棵白杨树高耸入云，暗绿的鱼腥草叶子显得比任何时候更卖力地生长，鲜绿的野菠菜叶子令人垂涎……

几座房子，坐落在林缘坡地。鸟儿啁啾、鸣啭，然而四下探望时，它们却不见踪迹。

一只长腿蚊，寂静停歇草叶上。它伸出的一只细腿，大概长度是其身子的两倍。它在吮吸露珠吗？我用一根细细的草茎轻轻触一下，它抖动了，微微振翅。然而它很懒，不想飞离。我又触了一下，它便振着薄薄的、几乎透明的翅飞去了。

空气湿润清新，泥路湿湿的。一只黑色的飞虫在地上爬着，它的一只腿被一只很小的蚂蚁死咬住。它艰难爬着，拖着小蚂蚁，绕着圈，想甩掉那只可恨的蚂蚁。它绕了三圈，那只蚂蚁依然紧咬着不放。

蚂蚁凶残，我怜悯那只虫子，于是用一根草茎轻轻动了一下蚂蚁。蚂蚁很不情愿又不得不放下猎物，爬到另一边去了。但那只黑色的飞虫，却依然飞不起来，在那里爬着，转着圈。它被蚂蚁咬过的腿似乎受伤了。

我离开那里后一直在想，那只可怜虫，不知最后飞起来没有。

一条溪流从山谷潺潺流淌下来，汇入河流，溪水有些浑浊。溪畔，鲜绿的蕨草像一根根羽毛，毛茛草金色的花朵似乎闪亮着。一只只蓝蝴蝶，时而在空中追逐嬉戏，时而落在草木叶子上欣然吸吮露珠。

溪流北边的山林里，有一个村落，住着几家人。村里不时传来人语、狗吠声，又很快消失了。棠梨树结了暗褐色的果实，在四月初的日子里，那洁白的繁花簇拥枝上，香气袭人。

坡地上种下的洋芋长势喜人，想来过些日子就开花了。地边插着树枝，上面挂着白塑料袋和破旧的衣裤，那是在吓唬野猪，可是久而久之，野猪识破那是假人。

走上山坡，眼前豁然开朗了，山岭、山包、山冈，一派葱茏，远山云雾缭绕。近处，阳光斑驳洒落下来，林木明暗交织，仿佛跳动着轻快的音符。

鸟儿啁啾、低吟、鸣啭，山林是乐园。红嘴蓝鹊、乌鸫、山雀、黄喉鹀、柳莺等，在树林里漫游，不时浅唱低吟。听，有好几种是初次听见，仿佛是远方来客，让你不禁欣欣然东张西望。可它们的秘密踪迹，少有人知道。

一条条溪流，从不同地方奔涌而来，蜿蜒在林下，涓涓、叮咚地汇入谷底的那条河。河流潺潺，不绝于耳。河里一只红尾水鸲，忽而翘起尾羽，忽而张嘴鸣啭。几头牛在岸边啃草，也许罕见了生人，它们不时好奇地望了望我，然后低头啃草。

对岸那个树木掩映的村子，传来几声人语，仿佛雨点落在树叶，打破了寂静。

三月枣纤细的、淡白色的花朵，几乎凋谢了。然而，蹿出了几乎被人忽略了的淡绿色果实的雏形。谁会想象，它们经过阳光的洗礼后，竟会变成那令人垂涎的、鲜艳的果实。

杜鹃花有的凋谢了，残花点点，几近萎黄；有的灿烂夺目，香气浓郁，金色的甲虫停在上面吸吮花蜜。

蕨草飘来有点苦涩的清香气息。从前，这个时候，农妇忙于割蕨草。如今，土地荒芜，不见人影，蕨草肆意蔓延开去。

风，一缕缕掠过。太阳又躲在云后去了，在山顶安静恬淡的一隅，我仰躺下来，打一会儿盹，世间一切烦扰离我而去。

太阳从云后露出了脸。几只蚂蚁爬到我的身上，其中一只爬到我的右手臂，想咬一口。我对着猛一吹，它冷不防飞远了。我相信，这只小小的蚂蚁坠落草丛会安然无恙。

我寂静地躺着，野鸡、白腹锦鸡、草鹀、山雀等鸟儿聒噪的声音，不断从四面八方包围过来，渐渐令人厌倦。于是，我仿佛觉着到了另外一个奇异世界。

谷底，那条洁白如练的河流潺潺声，回荡在两岸，不绝于耳。

我起身往坡下走去，一只穿着黑色连衣裙的蝴蝶随着我翩跹飞舞。珠芽蓼粉红的花穗，火棘树纤细的白花，山杨树扑啦啦的叶子，看上去令人无比愉悦轻松。

我又仰卧在草坡上，静静地晒着日光浴，风丝丝缕缕，鸟鸣不止。

忽然，一阵奇异声传来，像咳嗽不止。我睁开眼，世界刚醒来。它，会是什么野兽、飞禽呢？我起身，聆听，它不住叫嚷，声音尖锐刺耳。

我有些担心，便打开手机，让音乐响起。那只动物又尖叫了几声，然后停止了。大概，人的音乐对它是陌生又恐惧的。

下午，大概有些倦意，并不比上午那样热闹了。太阳时而躲在云后，时而照耀着山。云朵飘浮，这里那里露出淡淡的蓝。

不是晴天，一个人是不敢进山谷的，如遇见独来独往或是受惊的野猪是危险的。

有人问，为什么进山？

山是一本无字的书，一生读不尽。唯有一颗融入自然的心，才会领略其中奥妙。

## 暮春

一丛鲜花，开在黑色的岩石上。笑脸和阳光一样暖和。

谷底，一条碧绿的、浅浅的河流蜿蜒流淌。一只白顶溪鸲飞翔在悬崖上空，传来尖声细语的啼鸣。

白净的阳光犹如牛奶般纯净，照耀在山冈坡地。白杨树鲜绿或绿黄的叶子，落叶松的青绿，显示了暮春独特的景象。

一只背毛深红的鸟儿，在松树下啼鸣，不久飞离落入沟谷里。一两只灰色柳莺栖息在一丛开着白花的野蔷薇上，啁啾啼叫，然后，闪入了桤木林里。

龙胆草，宛如紫蓝色的星光点缀着灰突突的草地，又如朝着蓝天吹着曼妙的乐曲。

半山腰，几棵白杨树，褐红色的新叶还未变绿，微风里轻轻摇曳。如果摘一枚叶子，手里留着生涩的、缥缈的野香。

土地里，地膜覆盖的苞谷抽出了绿芽，几块洋芋地吐露着青绿的茎叶。然而，大多数的土地灰突突的，没有一点点绿意，仿佛焦灼地等着一阵雨。

小叶杜鹃，卵形披针叶上一簇簇粉红的花朵绽放。然而，小乔木杜鹃树，花蕾还未绽放。五六月，一座座山岭的阔叶杜鹃树木开出粉红或雪白的花朵，灿烂了大地，仿佛和蓝天约会，诉说天地间纯净的爱情。

胡颓子树淡绿色的叶子下，吊着一枚枚小漏斗状的花苞，仿佛几天阳光的照耀，便会开出那洁白的、纤细的花朵。

山顶上，草莓卵形叶子刚露出地面不久，好奇地张望着四周。大蓟草，使人以为一朵莲花，朝着四周生长的刺叶，宛如一把把带刺的长矛。

火绒草露出了莲花座的青绿叶子，宛如晶莹的绿玉。

一群白羊，在我下方的坡地上漫游。几个牧人，在那里悠然说着话。

羊群迎来了温暖的阳光，可是鲜绿的草还未遍地生长。羊群盼着遍地草木鲜绿的叶子，草木盼着雨水。

一种叶子对生的锯齿形草，其中一棵开出了一小朵洁白的花，仿佛向世界静静地说："瞧，我沐浴在阳光下，幸福如阳光灿烂。"它显得孤零零的样子。可是，它不断在催促周围还未开放的花苞。

一只云雀孤独地啼叫着，没有伴侣的唱和，没有夏日众鸟啼鸣此起彼伏的盛会。六月，云雀从地上起飞，一边啼啭，一边飞升，不时悬在空中，仿佛表演它的空中绝技，然后，突然俯冲而下。云雀的啼啭，仿佛是禁不住大地草木清香气息的诱惑。

远处，一只苍鹰，在低空盘旋舞蹈。鹰的巢穴，通常筑在悬崖上，它为保护自己的巢穴不被村人破坏，因而不会捕猎附近村子的小牲畜。

戴菊鸟在灌木丛里低吟，它们在杜鹃鸟来临前几周到达山冈，仿佛是杜鹃的探路者。

一位七十多岁的老者，背着枯柴，在地埂上歇息。他说，前段时间，十几只大雁排成人字形，啼鸣着朝北方飞去了。大雁在秋天苦荞飘香收获的时节，又往温暖的南方迁徙。

下山，我走过那个半山腰上的村庄。突然，一只杜鹃鸟在远处啼鸣。我停下，欣喜地聆听起来，问走在我前面的那个小男孩："你听见杜鹃啼鸣了吗？"他顿了顿，一会儿回过头来，望着我笑："听见了。"

去年，我是在四月中旬听见杜鹃啼鸣。今年，春来早，四月初便听见了它。

我想，播种后的苦荞应该抽出嫩绿的叶芽了。秋日，苦荞收获的时节，杜鹃鸟渐渐销声匿迹。

一棵珙桐树，鲜绿的叶子衬着洁白如雪的花朵，仿佛是一对对白色的鸽子扑棱棱凌空飞翔。

柳树的叶子已经变得油绿绿的，垂挂在细长的枝条上，风中婀娜多姿。

蒲公英的白色冠毛，带着一粒粒种子，随风飘落，在孕育新生命。

夕阳下，一抹抹白杨树柔和的鲜绿叶子，那么引人注目。那翠绿色过几日便幻化为油绿了。

天空里，散落着一团团或朵朵白云。在云影笼罩下，大地上树木的绿在光线明暗交织里，多么令人赏心悦目。

## 吉布鹰升

吉布鹰升，中国作家协会会员，在《人民文学》《随笔》《美文》《儿童文学》《中国校园文学》《大益文学》《湖南文学》《创作与评论》《滇池》《广西文学》《山东文学》《星星》《当代中国生态文学读本》《散文诗》《散文选刊》《散文海外版》《微型小说选刊》《小溪流》《文艺报》《绿叶》等刊物发表大量作品。曾获首届中国西部散文奖，2011年冰心儿童文学奖新作奖，2012年孙犁散文奖，第二届全国十佳教师作家奖，第二届丝路散文奖，第五、六届四川少数民族文学奖等。著有《自然课》《彝人族语》《在凉山》《游牧凉山》《有一种感觉叫思念》《智慧心语》等，其中《彝人族语》被国外图书馆收藏。《山林里》入选江苏南京市2017—2018年高一期中统考试卷现代文阅读题。作品入选《2012年中国微型小说年选》《2011年中国微型小说排行榜》《2011年中国微型小说年选》《2015年中国年度儿童文学》《2017年中国随笔精选》等选本。

# 翻译

# 荒岛寻鸟记

［美国］小塞缪尔·斯科维尔

◎董继平　译

几个鸟类爱好者在五月岬相聚，准备前往一个荒岛探索。停留在当地的那天晚上，原住民朋友讲述了种种野生动物故事：鹰、黑蛇、乌鸦、大雕鸮，还有诸多当地人物轶事。等船之际，众人在海滩上搜寻月长石，且屡有收获。抵达荒岛后，各种水鸟到处飞翔：笑鸥、黑剪嘴鸥、黑浮鸥、大黄脚鹬……还有几个清理失事船只的人在此安营扎寨。鲨鱼在海边来来往往，大群苍蝇来袭，而不经意间，上涨的潮汐就把留在岸边的衣服卷走。在一片盐沼中，点缀着一百多个笑鸥废弃的巢穴；越过盐沼，在一片海滩上，挤满了普通燕鸥和黑剪嘴鸥的巢穴，其中有蛋，也有刚刚孵化出来的幼雏，密集得几乎让人无法下脚……在另一片海滩上，还发现了当地罕见的笛鸻蛋……

## 一群探索者在五月岬相聚

在一根细长的天蓝色带子上面，淡紫色和银色的黎明深化成了苹果绿。天空、海洋和大地等待片刻，然后，在大片升起的灰白荒野那边，太阳那橘金色的边缘露了出来，又一个日子开始了。

当我跳进那柔软、刺骨的水中之际，一只幽灵白的银鸥在头上飘浮而过。生活着真美好。那一天，我们多年来一起出行、在野生动物中间有过冒险经历的四个人，在五月岬碰头相聚，前去探索一个可能会发生任何事情的荒岛。

前一天晚上，我们在老朋友沃克·汉德的门廊上度过了一段时光。沃克是原住民，早在威廉·佩恩[①]建立费城之前，或者瑞典人在特拉华河上开始建立那些消失已久的定居点之前，他的祖先就作为捕鲸人来到了这里。这位原住民个子挺直、修长，一头稀疏的黑发，一双煤一般乌黑的眼睛，这样的外貌显示出了他的印第安人血统，因为他的高祖母曾经是伦尼莱纳佩部落的公主。他告诉我们，在五月岬，有很多家庭的祖先都是作为"五月花号"的朝圣者过来的，而且当地这样的家庭比在普利茅斯还多，因为按照他的说法，上述的朝圣者当中所有最好的、最聪明的人登上美洲大陆后，都立即迁移到了五月岬，并成了捕鲸人，靠海讨生活。

在革命[②]期间，英国舰队在五月岬附近的海面下锚停泊，而那些朝圣者当中的一些人的后代采取了行动，挖掘了一条水渠，引来海水灌进百合湖，以至于豪将军[③]手下的士兵根本无法使用原来的湖水作为生活用水。他告诉我们，在后面沙丘上，那个孤独的地方如今依然叫"牛

① 北美殖民地时期的重要政治家、社会活动家，宾夕法尼亚殖民地的开拓者。

② 这里的革命即指美国独立战争。

③ 美国独立战争期间的英军指挥官（1729—1814）。

圈”，他的高祖父曾经把牛群赶到那里隐藏起来，以免英国人找到并作为战利品而宰杀，那里便因此得名。

接着，我们像往常一样，把话题转向了那些真正属于五月岬的野生动物。我们谈到了秋天鸟类的迁徙，那时各种鹰——赤肩鵟、红尾鵟、食雀鹰、纹腹鹰、库氏鹰和鸡鵟大群大群地飞来，捕食那些迁徙的小型鸟类——在这个长长的岬角上，候鸟们往往会停下来休息、觅食，然后继续冒险飞越浩瀚的大西洋，前往南方。目前，有一群所谓的猎人真是令人讨厌，他们从北方来到这里，射杀那些理应受到法律保护却尚未得到保护的鹰。每一年，这些人都会射杀大量的鹰，他们甚至还学会了将其像猎物一样吃掉。

当我们的话题转向蛇，沃克就告诉了我们一个可怕的故事：有一天，他爬到一棵树上去查看一个扑翅䴕的巢穴，却不料一条黑蛇从那个洞孔中猛地蹿了出来，直扑他的面庞，于是，他异常迅速地爬下来，找来一把斧子，砍开那个树洞，杀死了那条黑蛇，发现它那胀鼓鼓的肚子里面装满了扑翅䴕的幼雏。沃克所见过的最大的黑蛇身长达到了两米，当时那条大蛇正在追逐一只刚刚孵化出来的红眼雀，尽管那只幼雏才刚刚出生，却奋力跃出了超过一点八米，努力逃避那个黑色怪物。在沃克的协助之下，那只幼雏最终逃脱了大蛇的血盆大口。

另一个关于蛇的故事，汉德先生则恰到好处地婉拒了由他本人来讲，却让他的母亲——一个可爱的老妇来讲述。他的母亲虽然年满八十四岁，身子却挺直如箭，向我们侃侃而谈：一个邻居听到自家鸡舍里传来了骚动声，便走进去查看，结果却发现一条怪物般的黑蛇置身于鸡群中间。他立即操起一把铁锹，试图将其劈为两半，却未能成功，此时他发现那条大蛇吞下了一把超过六十厘米长的小椅子。关于故事的真伪，我们让他放心，他把讲述这个故事的责任转给他的母亲，干得真不错。

## 五月岬的动物故事和人物轶事

另一个关于鸡舍的故事，涉及汉德先生曾经拥有的一只被驯服的乌鸦，他教会那只乌鸦，要不是那只乌鸦自学的，用高昂、沙哑的声调来叫出这样的字句：“好哇，好哇！”无论什么时候，只要那只乌鸦感到沮丧，它都会把所有的鸡赶出鸡舍，以这样的方式来安慰自己，因此每周有好几次，这位原住民都不得不把那些家禽从其折磨者那里拯救出来。有一天，他突然听到鸡舍里传来一阵巨大的吵闹声，便一如既往地赶过去，准备施以援手。却不料他刚一走进鸡舍，就发现那只乌鸦直挺挺地躺在地上，声嘶力竭地大叫“好哇，好哇！”它的爪子还紧紧抓攫着一只鼬鼠的皮毛，正不顾一切地拼命抵抗那个杀手，试图摆脱对方对自己喉咙的控制。

这位原住民讲的最后一个故事，也涉及他那个频频历险的鸡舍，这次的主角是一只大雕鸮。那只大雕鸮在入侵他的鸡舍时，被他用一支霰弹枪打残并捉住，他后来试图将其驯服，却始终徒劳无功。那只大雕鸮的听力非常神秘可怕，甚至让汉德感到恐怖。他曾经将其关在一个箱子里面，箱子背后有一个钉子孔，有时，在大风从箱子那边吹过来的时候，他会匍匐着爬上去，认为自己没有发出一丝声音，可是当他透过那个钉子孔朝里面窥视，却始终发现那只大雕鸮听见了他的声音，机警地端坐在那里，瞪着圆圆的眼睛，透过洞孔也盯着他。有时，他会把一只死兔子喂给那只大雕鸮，而对方会用钩状的嘴喙将兔子的皮干干净净地剥下来，几乎就像人用刀子剥下来的一样，并吃掉一部分肉，然后把皮还给他，还把剩下的肉藏在稻草下面，以备不时之需。

他的最后一则自然轶事涉及他的一个朋友。那一年冬天，那个朋友在五月岬发现了64条束带蛇，聚集在他的温室的蒸汽管道附近冬眠。这则轶事让我想起我在康涅狄格一桩相似的往事：在一个家庭老农场上，农舍的水源供应来自一眼大泉水，而在去年冬天，泉水却突然变得浑浊、泥泞不堪，于是他掘开那眼泉水寻查原因，才发现有超过100只豹纹蛙埋在泉水底部的泥淖中，它们肯定来自附近的小溪和草甸，聚集在那里冬眠，抱团取暖。

然后，由于这位原住民是五月岬的最佳神枪手之一，我们的话题自然而然就转向了射击。沃克告诉我们两则轶事，听得我们满心愉快。

一则轶事是关于他和一个朋友的经历。当时他们前往一片土地，他们知道那里隐藏着一小群鹧鸪。而正当他们进入那里的时候，他们猛然看见了另外两个枪手已捷足先登。沃克的头脑极为沉着冷静，一个箭步就冲上前去，严厉地呵斥那两个人赶快离开那片土地，还告诉他们说他的意思并不是要保护那些鹧鸪，而是他们闯入了私人的领地，如若不然，外面还有很多枪手就要进来，用枪弹把他们赶走。其实，他到现在都不知道那片土地的主人究竟是谁。

另一个故事则是他在狩猎季节的趣事。他带着自己的狗—— 一只大型的爱尔兰赛特犬出行，在当地的铁路上旅行了几站，一个列车员坚持要他给那只狗买票。最终，沃克看了看铁路规定，发现那种抱在身上的哈巴狗不用买票。于是，第二次搭乘那趟特别的火车时，他费了一些力气，想方设法说服了那只猎犬躺在自己的大腿上，然后拒绝买票。列车员坚持说铁路规定并不包括沃克的赛特犬，但沃克就是坚持不买票。

“它是只狗，而且现在躺在我的大腿上，因此它就是哈巴狗，我不会买票的。”沃克执拗地说。此举让列车员无可奈何，最后不了了之。

然后，话题又转向了五月岬的老人物。这位原住民告诉我们那个年迈的嘲弄者——霍雷斯·海因斯的轶事。说那个老人在临终之际留下遗嘱，让家人把他装进一口铁杉木材做成的棺材，因此他才会“一路噼啪响着下地狱”。如今，他在自家的老农场上一棵巨大的黑胡桃树下，长眠在砖石砌成的坟墓里，墓前还竖有一块大理石板。

然后，他又谈到了比尔·斯诺登的轶事，在往昔的日子里，这位黑人堪称“一仆多主”，是在五月岬执业四个医生——利奇医生、斯洛特医生、费希克医生和布切尔医生的得力助手。比尔拥有老一套的牛皮言论，常常使得他的雇主们总是感到愉快。无论何时，只要比尔被问到天气，他都总是会这样说：“哦，在我看来天气很不错。”而与此同时，他对相同肤色的朋友的习惯性邀请则是：“让我们到杂货店去再喝一杯吧。”比尔曾经对这位原住民保证说，医生们告诉过他，不要如此辛勤地工作，否则他会变成一个根深蒂固的“异教徒”。还有一次，他出现在这位原住民的房门前，说是其中一个医生要举办晚餐聚会，于是派他过来借沃克的汤“注射器”。这位原住民最后一次看见那个老头时，对方的脸肿得很厉害，他吐露说自己的牙齿上有一块“溃疡”，“永远那么厉害地”折磨他。

### 在海滩上搜寻波浪冲来的月长石

那天夜里，当我们离开这位原住民的时候，我们请求他在第二天加入我们的团队，一起去探索荒岛。而他一如既往地推辞，说是明天可能是他生活中最繁忙的一天：他不得不去耙扫花园中的落叶，他答应过要拿一些报纸去给年迈的琼斯医生，还要写一些信，因此他几乎没有机会跟我们一起出行云云。于是我们回到我们投宿的古老的维拉诺瓦旅馆，这家旅馆依然保持着美食和廉价的传统，因此一度闻名于五月岬。然而在第二天早晨，当钟刚敲响七点，我们准备好出发的时候，这位原住民又一如既往地出现在旅馆门廊上，加入了我们的行列。

离开旅馆，我们绕过岬角，来到“月长石海滩”。这是我们给当地一段沙滩所取的名字，因为在前一年冬天，我们在那里发现了一些被海浪冲上来的月长石，或者准确地说，那是些石英晶体。那一天，我们研究了雪鹀——那些大北方奇异的、颜色浅浅的雀鹀，还观察到了鹰、鱼鹰和红头美洲鹫同时出现在天空上。

根据约定，一艘机动船会驶到海滩来接走我们。长长而潇洒的纵帆船，飞快的快速帆船，迅疾而沉默的单桅纵帆船、双桅船、三桅帆船、前桅横帆双桅船——这些船都是可以用于冒险的好船。然而，给我一艘加满足够汽油的机动船，以及一个对自己的船只引擎了如指掌的船长，就可以了。这可能不那么浪漫，然而你可以突突地行驶，奋力前进，每小时可达十六公里，不怕平静的逆风，也不怕背风的海岸。

等船的时候，我们便开始寻找月长石。这是一场迷人的游戏。在海边，每一片波浪把鹅卵石冲到海滩上，又在色彩闪烁的彩虹中退却——伊特鲁里亚红、泰尔红紫、古银、月绿、水蓝、墨紫、蜜黄、深红、紫罗兰色，还有大量我找不出名字的其他色彩。在这些五彩缤纷的颜色中间，面对湿漉漉的月长石那冰白色的闪光，专家会准确无误地辨认出来，而对于外行就困难了。波浪刚一退却，你就不得不从海滩上迅速将其拾起来，要不然，卷土重来的波浪会将它永远埋藏在一大堆其他颜色下面，让你无处寻找。起初，我频繁地拾起那些小块，结果却证明那只是云母晶，然而在搜寻的过程中，我的眼睛渐渐得到了训练，技巧也大有长进，在一大堆混乱的色彩中，我很快就能找到波浪铺展在我面前的一块块月长石。一些潮汐要好于另一些潮汐，似乎会带来更多的宝藏。在一年中的某些季节，或者在大暴雨之后，以前未被触及的岩层似乎就被揭开了。当然，大多数月长石个头既小而且还有瑕疵。在大约十几块月长石中，通常至少有一块具有价值，可以切割、制作成围巾别针或者衬衣袖扣。话说回来，也总有发现某种值得国王赎回的那种皇冠钻石的机会——至少我们如此希望。沃克告诉我们，有一个宝石匠曾经在五月岬度假，在两周的时间内，他沿着海滩寻找具有价值的石头，并从中收获了八百四十美元，听了这话，我们内心的希望之火无疑被点燃了。

终于，那艘机动船出现了，那位船长控制、驾驭、引导着自己的船。他刚一登岸，就用轻蔑而不屑的目光注视着我们收获的宝藏，在下一次波浪退却的时候，他拾起了一块比我所发现的石头足足大两倍的月长石，并冷漠地递给我。这让我欣喜异常，完全沉浸于搜寻的喜悦之中，只是因为鸟类学家、植物学家和收藏家团结一致采取迅速的行动，才使得我终止了搜寻宝藏，跟随他们踏上旅程。尽管如此，我还恋恋不舍，直到他们最终发出了抗议声，催促我赶紧上船，我才登船。小船立即开启，载着我们朝着地平线驶去，而就在水天一线的那边，坐落着一座座荒岛、珍稀的鸟类和陌生的鸟巢。

## 抵达荒岛，各种海鸟到处飞翔

在机动船突突地行驶了几个小时之后，我们弯弯曲曲地穿过纷乱的沙洲和岛屿，来到了一个地方。在那里，水波迎着一片片白棕色的沙子和绿色的平地而露出了青灰色。绿头苍蝇——我们南方海岸的那些害虫形成了大片的云，到处跟着我们飞舞，它们除了长着绿色脑袋、嗜血得多之外，看起来很像是新英格兰的普通马蝇。同行的植物学家颇具统计学天赋，他计算出，要是这种普通的绿头苍蝇体形大得像鹰，那么它一天中每隔五分钟就要杀死一个人，而我对他的说法深信不疑。

黑头、白尾和灰翼尖的笑鸥在头上飞翔。相比大银鸥，它们的体形要小一些，速度也要快一些。我们看见其中一只笑鸥从海湾的水面上抓起一根海藻，又将其抛下来，而就在海藻快要落到水面之前，它又飞下来将其抓住。那些迅疾的海燕——威尔森燕鸥到处飞掠，它们也叫红嘴鸥和“攻击者”，长着分叉的白色尾巴、珍珠灰的翅膀和具有黑冠的脑袋。就在那些平地上，一只只大蓝鹭如同鸵鸟一样迎着地平线高高耸立，当我们在浅水区那边经过的时候，我们看见那一天里的第一只黑剪嘴鸥。对于我，这是一种全新的鸟儿，像所有在探寻生涯中获得了新的鸟儿奇遇的爱鸟者一样，我难掩无法形容的愉快。对于我，这种剪嘴鸥始终是一种特殊的鸟儿，它长着黑色的大翅膀，尾巴上有白色的边，嘴喙呈奇异的橘红色。它如此造型：下颚向前伸出得远比上颚要长，正因为如此奇怪的嘴喙，这种鸟儿才获得了这个名字，当我们观察它飞掠水面，我们还清楚地看到它用那个奇怪的嘴喙舀起了一条小鱼。

更远处，我们在一片沙滩上看见了八只剪嘴鸥，它们犹如狗一样吠叫："嗷、嗷、嗷、嗷。"而有的时候，它们也会这样尖叫："厄普、厄普、厄普。"

在剪嘴鸥那边，我们遇到了一只黑浮鸥，它已经从北方一路南下，来到了这里。接着，当我们绕开一片泥泞的海滩，我们看见了罕见的一幕：在不到四点五米开外，一只雄性冰凫蹲坐在岸上的一片洼地中。如今这只冰凫是一种海鸭，喜欢远离海岸而生活，人们通常都只能通过有效的望远镜去研究它。然而，这只冰凫的距离如此之近，以至于我们都能辨清它身上的每一片羽毛了。就这样，它成了我们对于白色和棕色的一个研究课题。它的脑袋、脖子、胸脯上部和一部分背部为纯白色，而它的翅膀、尾巴和胸脯下部为棕色，它有两片长长的黑色尾羽，眼睛前面有一个黑色斑点，那是雄鸟的标志。当我们那样坐着，近距离研究它的时候，植物学家突然决定拿出照相机，给这只陆地上的海鸭拍照。对于这只饱受我们折磨的水禽来说，这确实也太过分了，于是，它突然溜到水里，深深地潜下去，在三十来米开外才浮出水面。

我们前进的时候，三只大黄脚鹬在头上飞过，于是，收藏家给我们讲起了他在纽芬兰[①]追寻那种珍稀鸟儿的一次旅行，听他的话，他似乎是几乎找到了那种鸟儿。而眼下，一大片黑压压的、身披棕色羽毛的银鸥幼雏，还有脑袋上不曾露出黑色的未成熟的笑鸥，是我们看见的仅有的鸟儿，直到我们最终抵达那个小港口——通往荒岛的唯一入口，我们

① 加拿大东部一省。

才发现其他鸟儿。这个地方看起来足够荒凉，遍布荒芜的沙丘，从那些沙丘上，你完全可以遥望西班牙那边，在那里，一阵阵海浪由远而近，最后隆隆地拍打在荒凉的白色沙滩上。

就在我们登陆的时候，我们发现有几个清理失事船只的人生活在岛上。实际上，他们声称自己是一个救生站的夏季工作人员，但我们更清楚地了解到，他们的房子铺盖着新的木瓦，那是他们从一艘运载木材的三桅帆船的残骸中取来的；那个春天，他们饱享了香蕉，那是他们从一艘运载水果的纵帆船的残骸中取来的；就在那一天，他们正从一艘医院船的残骸中收集医疗用品。总而言之，不包括我们在内，这个岛上就有了八个人和十八兆只绿头苍蝇。

我们环岛而行，发现海滩上点缀着形形色色的遇难船只残骸。此时，鸟类学家发现了两个球形的门把手，一个为白色，另一个为棕色，于是他小心翼翼地将其置于沙滩上的一个洼地中，稍加掩饰，然后就朝着收藏家大叫，说自己发现了一个陌生的巢穴，里面还有两枚奇异的鸟蛋。那个鸟蛋狂热者一听，便兴奋不已，迅速穿过深厚的沙子吃力地赶了过来，但没过多久，收藏家就发现这是个骗局，于是鸟类学家开始拼命奔逃，奔逃之际，上述的那两个门把手在后面呼呼砸向他。与此同时，植物学家也发现了一个铅瓶，其口子也被铅塞住，他跟我争论，打开这只瓶子是否安全。我怀疑，瓶子里面容纳着一个恶魔，而他则害怕里面是氢氟酸，因此我们不敢造次，最后决定把那个神秘的瓶子原封不动地留在那里，继续穿过令人盲目的暑热而前行。

### 潮汐上涨，卷走了植物学家的衣服

到了我们抵达这个岛屿远远一边的时候，天气已经酷热得让人难受了，似乎没人能活得下去。在我们的面前，一片完美的白色沙滩连绵伸展，绿色海浪诱人地拍打在海岸上。我正要脱下衣服到海里游泳降暑，却不料发现一些险恶的黑色背鳍恰好在海浪那边露出来，沿着海滩来来往往地巡游。

“下去吧，”收藏家鼓励着催促我，“它们只是大青鲨而已。我想它们不会伤害你的。”

我勉勉强强地重新穿好衣服，向他保证说，他的想法可能很有趣，但对于我，重要的事情是鲨鱼是怎么想的。后来，我们大家都在我们登陆的那个水道入口中畅游了一番，凉爽的海水让人愉快，可是由于大群绿头苍蝇的袭击，我们不可能在水里待很久——那些苍蝇成群结队地落在我们的头上，在我拼命地游回码头的时候，从头发上差不多是扒下了一捧捧苍蝇。

这个岛屿更远的一端，被一条狭窄的水道入口一分为二，在水道另一边的沙丘中间，我们瞥见了黑剪嘴鸥和燕鸥。在下水渡过水道之前，我用一只手握住手表，用另一只手握住钱包，高高地举过头顶，在其他人的鼓励之下，开始涉水走过去。水几乎深及我的肩头，但我最终还是安全地抵达了对岸，丝毫没有打湿手表和钱包。其他人见状，便立即效仿我的方式，开始行动，除了植物学家——他本性挑剔、讲究，无法容忍穿着湿淋淋的衣服到处行走，即便是炽热的大太阳几分钟之内就可以把衣服晒干，他也无法忍受。于是，他脱掉了除衬衣之外的所有衣物，整齐地堆叠在沙滩上。然后，他穿着唯一一件在微风中拍动的衣服陪伴我们，一路上还不忘对我们浑身湿透的状态打趣地冷嘲热讽，满口揶揄。不过，我们嘲笑他的时候很快到来了，因为他全然忘记了潮汐既不会等人，也不会等他的衣物。一个小时之后，我们就意识到了这一事实，看见这种情形，收藏家突然冲口大笑起来，那笑声如此响亮，以至于他全身瘫软，不得不趴在沙滩上乱踢双腿。同样，鸟类学家也笑得痉挛了起来，因此只能朝着水道入口那边虚弱地挥舞手臂，却说不出话来。随着他暗示的方向，我扭头一看，只见植物学家的两只鞋子整齐地扬帆起航，漂向开阔的大海，其余衣物也紧随其后，稀稀拉拉地形成一大片，在波浪中翻滚，紧随鞋子而去。看着植物学家那沾沾自喜、毫无意识的背影，我像其他人一样感到无助，直到衣物和鞋子都已经漂到水道入口的中央，我们才有气无力地呼喊他注意自己的衣物正在开始冒险性的航行。他这才猛醒过来，甚至没有时间脱下那件干衬衣，便一个猛子扎进水里，去拯救其余衣物，而此时，那些漂走的衣物正好第三次沉没下去，幸好他及时将其抓住。此后，他蛮横无理地指责我们，说这次降临到他身上的天罚，完全是他嘲笑老者和智者的报应。

当植物学家终于穿上衣服，脑子或多或少恢复过来的时候，我们就开始探索这片隐蔽而孤寂的海滩。头上，三四只剪嘴鸥冲着我们吠叫，大群的威尔森燕鸥弥漫在空中，形成了一片云，还发出摩擦、刺耳的叫声。在一个距离水边大约六米远的小土丘上，收藏家发现了第一个燕鸥巢穴，里面容纳着两枚橄榄色的蛋，蛋上有黑色的斑点，那是这种鸟蛋最常见的变异颜色。此后，植物学家发现了第一个剪嘴鸥巢穴，里面容纳着一枚大小与乌鸦蛋相仿的蛋，在回到小木屋的路上，他还不断吹嘘自己的成果，由此，他原本因为衣物漂走而受伤的情感就得到了些许抚慰。

那天夜里，在一座闲置的房子的最好的房间里，收藏家自私而凶恶地偷占了最好的那张床。那张床本来属于我，刚一进去，我就把背包扔在它那下垂的表面上，这是我们大家都公认的占据方式。后来当我进去的时候，却发现收藏家竟然取而代之，还爬到床单下面，装腔作势地睡在那里，见此情形，我决定不去理睬他的这一懦弱行为，转而和原住民来到一间较小、较简陋的房间里面，在那里找到了我们的睡觉之处。然而，收藏家可恶的行为也遭到了报应：他偷去的那个房间纱窗上有一个大洞，成群的蚊子穿过那个洞孔飞进来，那天晚上，收藏家和怂恿他进行偷窃床铺的植物学家到处拍打蚊子，浑身挠痒，度过了一个不眠之夜。

## 盐沼和海滩上，点缀着各种鸟巢

第二天一大早，在蚊子撤退之后，在绿头苍蝇醒来之前，我们就在那条水道入口处浸泡了一下身子，以防昆虫叮咬，然后就动身去造访一片盐沼——这个季节的早些时候，笑鸥就在那里筑巢了。在前往那里的路上，我们在一片平地上遇到了一群半蹼鹬，而一群半蹼滨鹬陪伴着它们。它们的体形与美洲沙锥大小相仿，飞行的时候露出白色的臀部，发出啁啾的音符。然而，它们最具特色的行为跟它们的进食有关：进食的时候，它们会伸出笔直的长喙，深深地埋在那片平地的泥淖之中，然后随着身体发出的一种抽吸运动，全力以赴地觅食，除了丘鹬，那种独特的动作与其他鸟儿的进食方式都大为不同。

盐沼中，我们数点到了一百多个笑鸥废弃的巢穴，其中多半有芦苇作为铺垫的下层平台。我发现的一个巢穴里面还有一只幼雏，收藏家发现的另一个巢穴里面则容纳着两枚蛋。头顶上，那些笑鸥盘旋飞舞，密集得犹如蚊子形成的云，它们飞翔时还发出古怪的笑声。其实一整夜，我们也都在睡梦中听到了它们的笑声。

随后，我们越过盐沼的另一个区域，那里布满了洞孔，洞孔旁边草丛环生，洞孔中则充满了深不可测的流质泥淖，要是你陷进去，便很可能会像陷在流沙中一样被迅速吞没。越过这些洞孔，我们偶然来到了一片海滩，那里的景象让我们震惊不已：海滩上，挤满了普通燕鸥和黑剪嘴鸥的巢穴，密集得都几乎装不下了，你不得不小心翼翼地迈步，避开踩到一枚或另一枚蛋上面。这些巢穴处于各不相同的阶段：一些巢穴中有新鲜的蛋，另一些巢穴中有新生的幼雏，还有一些巢穴中有羽毛几乎快要丰满的幼雏。其中一些燕鸥巢穴由海藻构成，另一些巢穴则不过是沙滩上的凹陷处。我的运气很好，发现了第一个燕鸥巢穴，巢穴里面有3只柔软的、棕色小燕鸥，它们身上有黑色的斑点，小小的嘴喙尖上呈粉红色和黑色。在炽热的阳光下，它们就躺在那里，当我走近的时候，其中的一只幼雏逃走了。在这片海滩上，我们总共数点到九十一枚燕鸥蛋，它们似乎可以分为四种不同的颜色——白色、浅绿色、黄棕色和橄榄色。一些黄棕色的蛋的色调如此之深，以至于看上去几乎成了黑色。收藏家给所有的巢穴仔细地做了科学记录，其中十四个巢穴有三枚蛋，两个巢穴有四枚蛋。为了给他的记录增加一个新的种类，我给一个巢穴小心翼翼地准备了五枚蛋，他尽职尽责地记录了下来，可是，当他发现另一个巢穴容纳着三枚燕鸥蛋和两枚剪嘴鸥蛋，他满怀狐疑，拒绝将其纳入记录。

一些剪嘴鸥的蛋呈亮蓝色，上面优美地点缀着乌贼墨色和淡紫色。其他蛋则只有淡紫色的大斑。所有剪嘴鸥的巢穴都只是沙滩上的凹陷处，面积约为12.5×10厘米，它们的蛋比燕鸥的蛋稍大。其中的一个燕鸥巢穴里面，优美地铺垫着蛏子，容纳着三枚蛋。

另一个有趣的巢穴，是剪嘴鸥的巢穴，里面容纳着三枚蛋，正当我们观察的时候，其中一枚蛋在灼热的阳光下孵化了出来。那只幼小的剪嘴鸥逐渐破壳而出，来到了世界上，它浑身覆盖着湿漉漉的毛，刚一睁开眼睛、展开它那瘦长难看的形态，就叽叽喳喳地高声鸣叫了起来。这只剪嘴鸥幼雏的颜色是一种有些肮脏的白色，上面有暗黑的斑点，身体下侧呈白色，嘴喙根的那一部分为浅红色，尖端的那一部分为黑色，嘴喙尖上有一个白色的斑点。到此时，我们一共数点到了三十九枚剪嘴鸥的蛋。空中充满了盘旋的鸟儿，空气中振颤着它们的鸣叫。在它们中间，有大量的黑浮鸥，这种鸥的鸣叫为啁啾声，而不是普通燕鸥那种磨擦似的唧唧声。尽管很久以前它们在一千六百公里之外的地方筑巢，然而跟其他鸟儿一起，它们显露出筑巢之鸟所有的迹象，在我的面前疯狂地啁啾、盘旋，企图欺骗我去寻找它们的巢穴，直到收藏家告诉我说那是它们在戏弄我、诱骗我，我才没去追逐它们。

## 发现当地罕见的笛鸻蛋

在另一片海滩上，我们发现了小白额燕鸥的样本，它们犹如知更鸟那样啁啾，浑身呈纯白色，嘴喙为黄色，体形比威尔森燕鸥要小三分之一。在它们的那边，我们发现了另一个普通燕鸥的聚居地，在那个聚居地里面，我们数点到了六十二枚蛋。在那里，我突然遭到了一只普通燕鸥不断发起的攻击，那只鸟儿一次又一次径直朝我的眼睛飞过来，在它抵达我之前，要是我不连续地挥舞手臂威胁它、阻挡它的临近，那么它无疑会把嘴喙刺进我的面庞。在九十米的距离上，它几乎不断重复这样的表演，在盘旋、一次次朝着我冲来之际，还邪恶地啁啾鸣叫。

在最后的这个燕鸥聚居地那边，我来到了一个高高的沙丘前面，在它的脚下，发现了一个凹陷处——在灼热的流沙中，容纳着四枚蛋，蛋上面点缀着黑灰色的斑点。我赶紧召唤收藏家、植物学家和原住民过来，他们仔细检查一番之后，一致决定那个陌生未知的巢穴属于小白额燕鸥。在我看来，那些蛋就像是我曾经在加拿大发现的笛鸻蛋，那种鸟浑身呈干沙色，发出一种微微的、笛子般的鸣叫，脖子上有一个环圈，那个环圈跟它的表亲环颈鸻不同，没有合拢。我对笛鸻的联想，却遭到了其他人轻蔑的嘲笑，他们向我保证说，自从奥杜邦[①]时代以来，笛鸻就不曾在新泽西的这一区域筑巢了。然而，我快乐地声明，凭借某种非凡的机遇，我发现的就是笛鸻蛋，正如收藏家后来所说的那样，我是正确的，上述那些蛋如今收藏在费城自然科学院，上面贴着这样的标签："笛鸻，发现于新泽西。"自从那时以来，人们又有好几次发现笛鸻在那个州的南部海岸筑巢。

终于，我们这个探索的日子结束了，我们从那个有清理失事船只的

① 美国著名的画家、博物学家（1785—1851），他绘制的鸟类图鉴被称作"美国国宝"。

人、绿头苍蝇和鲨鱼的孤岛上返回。在七月的那个美好日子，我们收获颇丰，记录到了三十九种已经识别的不同的鸟类，发现了四种不同的鸟巢。

**董继平**

董继平，1962年生于重庆，获得过“国际加拿大研究奖”，参加过美国艾奥瓦大学国际作家班，获“艾奥瓦大学荣誉作家”，担任过美国《国际季刊》编委。译著有外国诗集《帕斯诗选》《勃莱诗选》《默温诗选》《特兰斯特罗默诗选》等二十余部，美国自然随笔集《清新的野外》《自然札记》《鸟的故事》《猎熊记》《秋色》《山野手记》《山野奇境》《山野鸟鸣》《在野生动物中间》《野生动物家园》《荒野漫游记》《探访大灰熊》等十余部，以及美国长篇小说《了不起的盖茨比》，另著有人文建筑随笔集《世界著名建筑的故事》。

# 艺术

# 大卫·安汀：谈话诗的复调性

◎马永波

大卫·安汀（David Antin，1932—　），诗人、批评家和行为艺术家。出生在纽约，毕业于纽约城市学院和纽约大学。曾在纽约大学进行过科学与语言学研究，专业课题为格特鲁德·斯坦的语言结构。编辑和翻译过若干数学著作，1955年开始诗人生涯，1964年起开始从事批评。曾任波士顿当代艺术学院的教育监护人，1968年加入视觉艺术系。在加利福尼亚大学圣迭戈分校曼德维尔艺术馆做了四年的馆长，组织后波普代表人物卡茨、莫利、埃斯蒂斯、韦塞尔曼的作品展，理查·塞拉的装置和琼·乔纳斯的行为艺术作品展等。1972年开始任全职教师，教学领域包括艺术结构、批评史、现代主义、后现代主义及叙述理论。系圣迭戈加利福尼亚大学视觉艺术系退休教授。其著作有《定义》（1967）、《自传》（1967）、《标记行为的代码》（1968）、《沉思》（1971）、《谈话》（1972）、《战争过后》（一部词汇很少的长篇小说，1973）、《边缘谈话》（1976）、《谁在外面听》（1980）、《对话》（1980）、《调音》（1984）、《 1963—1973诗选》（1991）、《先锋意味着什么》（1993）、《与大卫·安汀的一次交谈》（对话者为查尔斯·伯恩斯坦，2002）及《我从来不知道时间是什么》（2005）等。他凭借“谈话”（talk）实验——用录音机录下在特定地点和场合的不经排练的讲话——这种出色的创作口语诗的方式，扩展了当代美国诗歌的疆域。它们将逸闻趣事与诗歌隐喻、哲学和政治辩论、嘲讽的评论并置起来。对安汀来说，单纯地朗读一首诗就像是返回犯罪现场，试图让事情再发生一次，你越是想让诗活过来，它就越是变得僵死。“谈话”恢复了诗歌业已丧失的口语维度，为沟通创造过程和结果之间的鸿沟提供了机会。尽管安汀的很多谈话都没有书面记录，但其一部分已辑为《边缘谈话》和《调音》两卷出版。

安汀与战后美国诗歌的任何特定流派都没有关系，但是他却是战后先锋诗歌的重要推动者，国际性行为诗歌运动的领袖之一。安汀早期的诗歌富于沉思与奇想，深受维特根斯坦哲学的影响，他深信“我们看见的一切始终有可能是别的东西”。这时期的诗歌大多可以称作“维特根斯坦式的意义形成练习”，如《十一月练习》，安汀自己称之为“某种柔软体操和精神练习的交叉”，这组诗的基础文本是每天的报纸和为外国人准备的“英语基本成语”手册。下面是“十一月一日星期天”条目：

（10:35上午）一对苍鹭彼此凝视。它们的瞳孔不动
受精发生了。一只雄蝉在上面发出一阵嗡嗡声
而雌蝉在下面发出回应。受精发生了。
大乌鸦孵化小乌鸦。鱼们滴落精液。
穿背心的小黄蜂变形。地上有脚印。
是鞋子留下的吗？
（11:15上午）上个月他们解雇了几千人。
他们的声音逐渐消失。

（11:21上午）一颗星路过，问某人，谁将保持无名，
为了统治世界应该做什么。无名者说：
“滚开，你是一个省！”

极端的精确性（写作的确切时刻）与这些荒诞的微小叙述的结合——半是禅宗公案，半是无稽之谈，半是语法练习——为后来的语言诗开辟了道路。而安汀的独特之处在于其出人意料的变化。例如，在上面所引的片段中，他所用的模式根本不像达达的无逻辑那么简单。对鸟、昆虫和鱼类受精习惯的描述完全是冷静的，而地上的脚印是鞋子留下的推想是非常有意义的，以至事实上我们会奇怪，为什么它如此值得注意。第二单元却非常不同。几千人的解雇应该由所涉及的个体的痛苦所记录，而不是由被他人感知的他们消失的声音来记录，但是，严格地讲，空空的工厂大院必定是这样一幅衰落的凄凉景象。第三单元是对叙述者的一个玩笑，这个叙述者想象一颗星星具有“统治世界”的专门技能。此外，这个单元表明，崇高的理想总是会成为被人嘲弄的对象（“滚开，你是一个省！”）。

1972年，安汀出版了《谈话》一书，它标志着诗人与过去作品的一次断裂。在此之前，安汀的诗没有给自己提供在他文章中的那种散漫的、哲学性写作的机会；诗歌和文章仍是十分不同的种类。但是随着《谈话》的出版，安汀的诗和文章变得更加接近。谈话是一种更易扩张的工作方式，能使你说出想说的一切。他的即兴“谈话诗”将漫不经心的讲故事、喜剧和社会评论混合在一起。“这种新型的诗歌志在取消思想、说话与文本之间的区别，不折不扣地体现了由金斯堡、奥尔森和奥哈拉这样的战后诗人所系统化的自发性诗学。”[①]《谈话》也表明了与

① Christopher Beach, *The Cambridge Introduction to Twentieth-Century American Poetry*, Cambridge University Press,2003,p.207.

大部分有关诗歌形式的观念的一个更具决定性的破裂。安汀自己曾有过这样的夫子自道：“我对口头与书面的区别非常不满……我倾向于强调现世、偶然、口语、方言，而不是神圣……自我是一个口语社会，在同一层皮肤下，现在在不断地与过去和未来对话。”这些话大致表明了他对一些问题的态度，那就是着手思考是否有比现代主义的抽象化更能在本质层面上反映存在经历的艺术。安汀最初的“谈话”实验是《一次讲座：为两个声音所做的三支乐曲》，他实验了有控制的即兴创作，直接录在磁带上，使用了他自己的声音和他妻子埃莉诺（观念艺术家）的声音。场合和诱因是一个“科学”实验设计文本，有关一个农民宣称自己利用雕刻的鲸鱼骨来探测地下水源的事情。首先由埃莉诺朗读了几页，声音是冷静地叙述的，随后朗读让位给一个无名对话者（安汀的声音）所提出的一系列问题，以及第三个角色（埃莉诺自己的声音）对问题的提问。这个过程表明，故事（探测水源）是不能以任何直接的方式“讲”出来的，而问题（信息通道中的噪音），很快就压倒了整个线性交流。

约瑟夫·纳托利曾经从仿像与实在的互相纠缠与渗透出发，说明了自我、世界及其表征的动态循环，他不赞同鲍德里亚关于仿像已经取代了实在的说法，他说：“我们生活在平行的宇宙或实在之中，没有哪一个可以证明自己比另一个更为‘实在’——我们需要关注其他的声音。对话，或更恰当地说‘对话体的’——它假定的不是文化意义和文化价值的一种丰富的、复杂的和生长中的语境中各种声音之间的距离，而是其相互渗透。”[①]“谈话”涉及自我与他人之间的关系，而这也是存在主义现象学所强烈关注的。胡塞尔认为，同一个世界对于不同的主体来说是不同的。在我的世界里存在的客体也存在于你的世界里。我（自

① 约瑟夫·纳托利：《后现代性导论》致读者，江苏人民出版社，2004年版，第5页。

我）认为展现在我面前的客体如同展现在你（他人）面前的客体一样，但事实上，对同一客体我们有不同的看法，不仅因为我们观照客体的角度不同，也因为我们各自有不同的历史，因此我们会对同一个客体赋予不同的意义。他人用唯我论威胁“我”，因为我们的世界永远不能完全一致，但是他人也是检验我是否拥有“现实”的手段，因为“现实”在很大程度上来说，是观察者之间的一致。胡塞尔使用“移情”和“类比”的行为来勾连自我之间的沟壑——这种行为将自己转换到他人的位置上，站在他们的立场上理解这个世界。而梅洛·庞蒂则认为，“移情”和“类比”也不能确保主体间的交互性，自我与他人之间是不透明的，我永远不能经历发生在他人身上的事情，反之同样如此。因此，完全的主体交互性是不可能的，但是这种主体交互性透明的不可能性却是反对唯我论的保障。而减少自我与他人之间的不透明性，缩小距离的最大可能性就是“对话”。在《边缘谈话》中，安汀清晰地表现出这种开放性的“交流”之于诗歌乃至所有文艺的重要性，而常规的封闭型诗歌中的“我”与想象中的读者“你”的交流更近乎和影子或者幽灵的单向独语：

……作为一个诗人
我越来越讨厌
那种我认为非常做作的语言行为
即钻进一间私室
可以说是
坐在一架打字机前面
因为
在私室里的打字机前什么都不需要
于是什么都是可能的

私室绝不是与任何人或物讲话的地方
而且是那么做作
你坐在打字机前
没有任何讲话的对象
你之所以只是坐在打字机前对无法预测的人敲打出
预想的内容
那些人可以是任何一种人
矮的
圆的
蓝的
虽然通常都不这么说
是一种非常空泛的影子
空泛得很
以至你不需要考虑他的反应[①]

因此，诗人在此不是为了确认自己所提供意义的权威，而是将作者和受众一起带入一种互动碰撞。它不是拔高的自我中心的叙述，它善于接受语言和经验中松散的东西、偶然的东西、无形的东西、不完全的东西。与此相应，它接受随意的非诗歌的言语形式，如信件、杂志、谈话、轶事和新闻报道。我们知道，现代主义抒情诗中，说话人是孤立的，在具体场景之中沉思自己与外部世界的关联，最后得到某种顿悟，诗歌也随之结束。这样的叙事往往是封闭的、自我中心的，围绕着单个意象或有限的意象群，其目的是为了表达绝对的洞见时刻，或凝结为超时间模式的情感。而大卫·安汀的追求正好与现代主义的张力相反，而

① 马永波译：《1970年后的美国诗歌》，北京师范大学出版社，2000年版，第654-655页。

是保持对历史与经验的开放性，注重的是与受众双向交流的进程性与未完成性。“在那样的情况下，为了共同完成任何事情，我们不得不去发现对方的步调，发现自己的步调……我们不得不调整自己以便适应对方，以便与对方大致同步……我所称的‘调谐’正是这种调整。”[①]

我们可以用巴赫金的小说理论来理解这种“谈话诗”。巴赫金认为，所有的语言都表现出向心力和离心力的某种形式的结合。向心力是指语言的黏合性和一致性，它能够使句子形成清晰的一体性特征。而离心力指的是语言的杂语性和不完整状态，它使单一的语言产生多重意义，也使说话者的单语声音变为杂语和双声。诗歌中最常见的意义模糊的“不确定的”语言就体现了语言的离心力作用。这种对语言离心作用的突出，目的是为了对体现向心力作用的社会结构提出质疑。诗歌的向心力作用将诗歌糅合成一个连续体，而离心力作用则让读者将注意力放在构成作品的每一个因素上面，看到不同语言和声音之间因相互作用而产生的矛盾与摩擦。这种对连贯性注意力的干扰和分散，使得诗人与“作者意图”保持一种难以顺利固化的精确距离，从而敞开了阅读的视野，甚至抵抗“阅读”。安汀自己曾经把这种探索称作“过程诗”。这种重在过程的诗歌可以从两个相关观念去理解——首先是“在谈话时思考”，然后是由此推及的“在写作时思考”。安汀认为所有的哲学探索都是建筑在维特根斯坦所谓的“在谈话时思考”上面的，他认为维特根斯坦本质上是个即兴的谈话哲学家，无论他是在座谈会上与同行和朋友谈话，在讲座中与学生们谈话，还是在他写作时与自己交谈。维特根斯坦曾经对人说，他一度尝试按照笔记讲座，但是结果令他作呕；这样产生的思想是“陈腐的”，当他开始朗读那些词语时，它们都像“尸体”一样干瘪无味。

① 史蒂文·康纳：《后现代主义文化》，商务印书馆，2002年版，第127页。

促使这种断裂发生的一个原因是安汀的诗歌朗读经历。他说：

> 在一次朗诵中我读了这些过程诗。我对写作过程非常负责，把事物组合和拆解，就像实验电影摄制人一样。但是当我去朗读时，所有的作品都已完成，我被简化成我已经写完的一个实验戏剧中的一个演员。我不想当演员。我不想阐明我的工作方式。我想工作，做一个诗人，现在。于是，在那次朗读中我开始边读边修改我的诗。改变已经写成的诗，这是个灾难。我试图发明一首诗，我的诗歌类型——一种审问。我开始深入思考，事情好转了一些。我为思考的诗歌负责——不是过去式的思考，而是进行时的思考。现在这似乎是可能的了。但是我的思考方式非常特殊和具体。它不依连续的路径进行。当我遇到障碍和某种阻力时，我经常发现自己在寻找某个具体的例子——一个能照亮它或干扰它的故事，把它踢到另一个空间的故事。于是我发现自己在讲故事，或者，用我的术语来说，在结构叙述，把它当作我思考的一部分。我以前求助过叙述，我的那种片段化的叙述，而不是常规的故事。于是，有两个观念几乎同时涌进我的脑海——有关即席创作和在谈话时思考的观念，以我所能够的任何手段思考，这意味着以讲故事来思考。

因此，安汀的谈话诗的形式完全不同于其他美国当代诗歌，它将自发性与即兴结合在一起。金斯堡与奥哈拉的诗歌处于向一种具有较大自发性的运动之中，亦即不受传统的限制，也较少经由诗人自我意识的过滤，而安汀的文本在写下来之前则仅仅是即兴的说话表演。在常规的诗歌（甚至在实验诗歌中），一个思想或者观察通向的是一个写下的文本，这个文本随后可以被阅读或者出声地复述出来；而对于安汀来说，一个或一组思想引发的是一次活的“谈话”，这个谈话随后可以转抄成书写文本。这个书写文本并非总是和谈话内容一字不差。诗人有时在誊写时会做些改动，但是最终的印刷文本的基础始终是谈话行为。我们可能会认为这些文本不再是常规意义上的“诗歌”，因为在许多方面它们更近似于讲座、滑稽说笑、布道和戏剧独白这样的口头形式。我们越是将安汀的谈话读成即兴的，它们作为“诗歌”就越成问题，因为我们对诗歌通常有这样一种成见，那就是写作者应该有意为之，努力将文本塑造成正规的对象，而不是仅仅记录下一次谈话。但是，即便安汀的谈话诗中的语言不是传统的文学语言，它也绝对不是普通日常谈话的语言。正如对诗歌语言的毕生磨炼使得弗洛斯特和威廉斯能够看似毫不费力地写下诗句，那么，毕生的写作与思考的磨炼则让安汀有能力进行口头的说话表演。而且，安汀的谈话诗构想中包含着对诗歌常规的一种敏锐意识，他的工作既在这种常规之内又是对这种常规的反抗。安汀与“诗歌”的这种关系在1976年的《边缘谈话》中有着清晰的表达，他说：

如果罗伯特·罗厄尔是个诗人
我就不想做诗人
如果罗伯特·弗洛斯特是个诗人
我就不想做诗人
如果苏格拉底是个诗人
我就会考虑考虑

正是清醒意识到自己与美国诗歌传统以及诗学理论框架的关系，安汀的谈话诗成了后现代诗歌中趋向元语言的一个范例：他利用谈话诗来表达他对传统诗歌理念（以弗洛斯特和罗厄尔为代表）的拒绝，对更具实验性和哲学色彩的诗歌理念的赞同。在1976年的《公共场所的一个私人场合》中，安汀指出，诗歌的传统功能在本质上与他的谈话诗没有什么不同：

> 我正在干的 诗人们已经干了很长时间了
> 他们的谈话出于 私人感觉 有时源自一种
> 私人需要 但是他们 是在一个相当特殊的
> 语境中 谈论它的 为了让人人都能偷听到

安汀还将自己的诗歌与其他我们与陌生人分享自己生活的私人细节的场合关联起来，如酒吧侍者和出租车司机。这种比较表明，诗歌远不是与日常生活分离的、经过升华的神圣领域，而是与其他涉及分享“人性某一方面”的沟通形式相类似的东西。这种对诗歌“人性化”的平等主义关怀也是其他与安汀同时代诗人所共有的，如克里利、奥哈拉和金斯堡。但是，对于安汀而言，他与读者之间的直接接触的感觉会使这种“人性化”成为可能，而在印刷成的诗歌文本中却是不可能实现的，这种“人性化”只能发生在活生生的表演或“谈话”之中。奥登曾言，“诗歌不会使任何事情发生”，而安汀则将这句名言嘲讽性地颠倒过来，声称“谈话将使什么事情发生”，那就是使自我在某个特定时刻出现并将自我的某些重要方面（它的记忆、思想、感觉和观察）传达给听者。谈话诗不仅包括随机的谈话，甚至我们能在讲座中听到的特定谈话，而且还包括那些发明和发现的语言行为，大脑通过这些行为探索语言的变形力量，并发现与发明世界与自身。这种主张听起来与后浪漫传统中的诗人对诗的认识并没有本质的不同，比如史蒂文斯，他曾说过，“诗歌是人所创造的他与真实之间关系的证明”“诗歌寻找人与事实的关系”“诗人是人们与世界之间的中间人，也是人们之间的中间人；但不是人们和另一个世界之间的中间人”……

安汀的另一个特点是在用写作本身来思考，他不是写下已知的东西，而是在写作过程中让自己的感觉清晰起来。他这样解释过他的《门迪的定义》[①]一诗的写作动因：

> 有一次，我通读了西蒙娜·薇依的日记和一本保险手册，那里有许多句子的含义我不明白。它们并非特别困难的句子。它们包含的词语往往在文化上很普通，或者甚至是陈词滥调，每个人似乎都理解的抽象术语。“损失”“价值”“力”。但当我注视它们的时候我发现我根本不理解它们。于是我开始把它们写下来，凭借把它们写下来进行思考，我可以浓缩它们，向它们提问并找出它们可能隐藏的意义。我认识到我的不理解可以成为继续下去的一种方式。而当我继续这样的写字行为时，我没有想我是否是在写诗。我在思考。我思考得越多，我不理解的东西就越多。《门迪的定义》的第一部分就是以这种方式写下的。我最初的两本书——《定义》和《标记行为的代码》——也是这样写成的，把不理解当作一组问题来质疑莫名其妙的陈词滥调——各种语言和文化上的承诺。

安汀对词语的深度有着维特根斯坦式的不信任。深度的形成来自单一透视法，它导向二元对立的思维模式。对单点透视的反拨最早起源于毕加索的艺术实践，他在立体主义绘画和雕塑中最早提出“拼贴”和“装配”概念，试图以此来探讨艺术表现形式与现实之间的关系。立体派画家受到塞尚“用圆柱体、球体和圆锥体来处理自然”的思想启示，试图在画中创造结构美。他们努力地消减其作品的描述性和表现性的成分，力求组织起一种几何化倾向的画面结构。虽然其作品仍然保持着一定的具象性，但是从根本上看，他们的目标却与客观再现大相径庭。他

① 安汀的诗歌文本参见马永波翻译的《1950年后的美国诗歌》，河北教育出版社，2003年版。

们从塞尚那里发展出一种所谓“同时性视像”的绘画语言，将物体多个角度的不同视像，结合在画中同一形象之上。例如在毕加索的《亚维农的少女》一画上，正面的脸上却画着侧面的鼻子，而侧面的脸上倒画着正面的眼睛。这是一种在二维平面上表现三维空间的新手法，毕加索似乎是围着形象绕了180度之后，才将诸角度的视像综合为这一形象的。这种画法，彻底打破了自意大利文艺复兴之始、五百年来透视法则对画家的限制，新创出一种以实物来拼贴画面图形的艺术手法和语言，向人们提出了自然与绘画何者是现实，何者是幻觉的问题。

立体派是近五百年来绘画对我们看事物的方式提出的第一次激进的新主张。自文艺复兴以来，几乎所有的绘画都遵照一种常规：单点透视。这是一种描绘显示幻觉的几何学方法，其所依据的事实是，事物离肉眼越远就越小。一旦构造透视镜像的构图已知，就可以在一张平面的白纸上表现事物了，好像它们是在空间里，有正确的尺寸，占据正确的位置。对于15世纪的艺术家来说，透视是哲学家的艺术法宝，他们利用透视能构成一种可测量的精确具体的幻象，因此感到异常兴奋，这种兴奋甚至呈现出数学模型的明晰和决断，因为在此之前，在幻觉方面还没有发明比这更强大的工具来组织视觉经验。

但是，透视预先假定了某种看事物的方式，这种方式与我们实际看东西的方式并不总是相符。从根本上来说，透视是一种抽象形式，它把视觉事实聚在一起，然后加以稳定，并使其成为一个统一的视野，它简化了眼、脑和物体之间的关系。它是一种理想的视图，凭空想象成一个一动不动的独眼龙所见的景象，显而易见，这个独眼龙是超然于所见物之外的。它使观者成了神人，成了一个全世界都汇聚其一身的人，一个无动于衷的旁观者。

尽管透视看起来十分精确，但它只是笼统地概括了经验。它使事物程式化，但其实并不代表着我们看事物的方式。请看一件物体：你的眼睛从来都不是静止不动的。它从一边到另一边不停地闪烁，无意识之中从不静止。你的头颅相对于物体来说也不是静止不动的。每一个动静都会使其位置发生些微改变，从而造成事物外表极其细微的差异。你动得越多，变化和差异也就越大。如果对大脑提出要求，大脑可以孤立一个凝固在空间的给定视图，但大脑对眼睛之外世界的经验更像马赛克，而不像一种透视的结构，那是一种多重关系的马赛克，其中任何一种关系都不是完全固定的。人所见的任何景象都是不同瞥视的综合。因此，现实包括了画家感知现实的努力。观景人和风景是同一视野的两个部分。简言之，现实就是互动。

罗伯特·休斯认为，观者的存在会影响所观察的景色，这个思想在当今几乎大多数科学探索领域都是不言自明的。但是这句话的意思不是“反正一切都是主观的”，因此没法提出任何清楚或真实的论断。它也不是这个意思，即如果我看见椅子下面有只老鼠，我可以仅凭意志力，靠着大脑的建构，想象的虚构，就使其不复存在，在真实的世界中，老鼠的确存在，无论我们是否看见。“观者影响所观景色”意指，我在房间的存在可能会影响这只老鼠。正如一个人类学家在热带雨林的存在，可能会改变他想研究其行为模式的部落人的正常行为。我在与不在房间，老鼠的表现几乎肯定也不一样。它还有一个意思，即我对老鼠的感性认识会受到我到此为止对老鼠的了解或体验到的一切的影响。这一基本模式再加以提炼，就成了粒子物理学和心理学的常识了。到了20世纪，这个思想的科学形式在怀特海和爱因斯坦的作品中得到了长足的发展。[1]

正是为了消除主观固执的思维模式，大卫·安汀借助于过程诗学来揭示文本的自我指涉。大卫·安汀同样对词语意义的差别和微妙内涵不

---

① 罗伯特·休斯：《新的冲击》，百花文艺出版社，2003年版，第11页。

感兴趣，对词语的隐喻性和寓言性更不感兴趣。他对线性韵律和经过调制的和谐节奏也不感兴趣。他感兴趣的是结构和句法层次，利用句法单元（几个关键词在语境中不断的漂移和重复）来结构出复杂文本。对文本的构成性、语言的生成性和文本的修辞性质的暴露，呼应着对意识形态话语的解构。因为所有意识形态话语都力图使自己的日常行为看上去就和自然的事实一样，以使自己成为“第二自然”，使某种行为准则成为一种自然秩序的自明的规律。其实对世界的最自然的评价也有赖于其集团文化的种种习俗准则。因此，暴露本文的符号性质、任意性和历史性，便产生了一种“互文”的写作。“一个本文并不是流露出单独的一种‘神学的’一行词语，而是一个多维的空间，在这个空间里，各种各样的作品——它们都不是原文——搅和在一起。”①

安汀即使在先锋圈子内部也是非常有争议的人物。他的这些三十多年前的实验，现在看起来却是非常先锋，难怪有论家称他为二十世纪八九十年代的语言诗开辟了道路。安汀自己曾这样幽默而不无悲哀地谈到先锋，先锋意味着知道如何在现在处理未来，那不能想象、不能预测的未来。他的写作特点还应包括无标点的口语的使用、文本中交织多个相关主题的复调、叙述、表演性等等。他的谈话诗如此灵活多变，充满不确定性，因此可以用多种方式来阅读：可以作为微型史诗，多切分音的爵士诗，特定行为艺术的记录文献，或者是沉思型的抒情诗。这些描述在某一方面都适合他的作品，而其谈话诗可以纳入的多种不同文类范畴也表明了其复杂性。正如有的论者所指出的，安汀的谈话诗与庞德的《诗章》、惠特曼的《自我之歌》一样，属于不好分类的那一种美国诗歌传统。他的谈话诗在理念上具有强烈的先锋性，但同时也是典型的美

① 乔纳森·卡勒：《巴尔特》，孙乃修译，中国社会科学出版社，1992年版，第4页。

国诗歌，表达出对人类经验范围的巨大开放性。[①]

## 马永波

马永波，文艺学博士后，出版个人专著《以两种速度播放的夏天》《九叶诗派与西方现代主义》《荒凉的白纸》《树篱上的雪》《词语中的旅行》及译著《1940年后的美国诗歌》《1950年后的美国诗歌》《1970年后的美国诗歌》《英国当代诗选》《约翰·阿什贝利诗选》《诗人与画家》《史蒂文斯诗文录》《肖邦在巴黎》等60余部。现任教于南京理工大学。

① Christopher Beach, *The Cambridge Introduction to Twentieth-Century American Poetry*, Cambridge University Press,2003,p.209.

# 米罗：看见白天的星星

◎远　人

## 一

在15到16世纪，国土面积仅五十多万平方公里的西班牙曾以强盛国力成为举世瞩目的世界帝国。当现代来临，西班牙不再能够在政治上呼风唤雨之时，又不可思议地成为20世纪最耀眼的艺术国度，因为它在同时期为人类艺术史奉献出毕加索，奉献出达利，又不甘满足地再奉献出了米罗。这股三星曜日的光芒反驳了拿破仑认为欧洲只到比利牛斯山的轻蔑和羞辱。达利曾不无自负地说道："毕加索是西班牙人，我也是！毕加索是天才，我也是！毕加索举世闻名，我也是！"纵观米罗一生，从未说过类似的豪言壮语，但没有任何东西阻碍他成为与达利和毕加索声名同驰的艺术大师。

比较一下三人的起点不无意思。被世人看成聪明绝顶的毕加索在童年时笨拙得因做不出简单算术题而遭到同学嘲笑，其父却看出儿子的绘画天才而鼓励毕加索走上艺术之路；达利是在画出处女作《加泰隆尼亚的田园与房屋》得到长辈激赏后才决心当一名画家的；米罗不同，因自幼喜爱绘画，乃至在父亲的强烈反对下仍然选择进入美术学校。仅此便能看出，米罗对绘画的热爱，系自发于童年时的炽热向往。

童年的炽热往往难以延长，但炽热一旦和艺术融合，反倒更易成为一生走向。米罗的绘画一生，就充分说明了他对童年、对西班牙、对加泰隆尼亚的不舍之情。不可否认，投身艺术的人，只有在最适合自己的道路上方能彰显才华。没有任何人的经历能被他人一模一样地复制。一个能成就自己的人，是知道自己该走一条什么样的路的。从各方面来看，尤其在想象力的比较上，米罗毫不输于毕加索和达利，在对艺术之根的认识上，甚至比前二人拥有一种更下意识的主动靠近。尤其若干年后，不论米罗在欧洲取得怎样的成就，他仍会每年夏天回到西班牙。就此来说，米罗比毕加索和达利更为重视或珍视自己的来源。一个人的意识来源往往便是童年。和他们相比，米罗的绘画更趋向于一股儿童般的奇思幻想，乃至他的技艺愈精湛、风格愈圆熟，这一奇思幻想就体现得愈明显。

## 二

对米罗来说，童年之根的确重要。其早期作品无不是对生活环境的如实描绘。譬如《苏拉纳村落的教堂》《打麦》《有棕榈树的房子》《农庄》《农妇》等等，都充分展现了米罗生活世界和内心世界的统一。尤其那幅《农妇》画作，能够看出米罗的内心生长。画中一裹头巾的农妇站于画面右侧，左手拿住一只倒垂的兔子后腿，弯起的右肘之上，挽一个空空竹筐。画面左下蹲一只正面写实的猫。整幅画虽然具备米罗将在往后不断发展的奇特风格，那双被画得无比巨大的农妇的脚还是令人惊异，似乎米罗对她的双脚抱以最投入的注视。艺评家杜宾认为那是米罗对“幻想的表达”，在米罗自己的解释里，却富含他深入现实本质的愿望，“正是这双来自泥土的脚，展现出使现实理想化的力量”。米罗的话着实意味深长。至少他发现与土地接触的魅力需要得到官能的感性认识。我们也可以说，那双夸张的脚，同时在表达出米罗对如何扎根泥土的喻示。或许，米罗想说的是所有人的幻想都来源于谁也无法离开的大地。

对米罗来说，他不能离开的便是童年的大地。

扎入大地的对应物一定是根。常识告诉我们，所有在地下的都将萌芽出地面，然后不断往上生长。这恰恰是米罗的艺术方向，他所有的一切都是从地下得以生长，然后拱出地面，进入空间，再不断地往上，直到进入天空。对所有人而言，天空都是无边无际的领域。恰好是无边无际，天空才可以让所有的愿望进入和铺展。只是那些铺展能不能变成最后的绚丽，就看那颗种子的生命力是否足够顽强了。

米罗的生命的确顽强，生理年龄活满了九十岁，艺术年龄则到了永恒。在米罗艺术面前感到眼花缭乱的观众，往往会忽略米罗的所有想象并非无中生有。应该说，在米罗的漫长一生里，他始终知道并把握住的，便是强盛的生命之根和童年之根。

如果说，一棵树不会长出两片相同树叶是人所共识的话，那么就可以说，当一颗种子将长成一棵树时，没有人能预测那棵树会长出什么样的叶子。米罗的艺术苞芽在他来到巴黎后迅速生长，只是没有人能预测他会最终成为什么样子，甚至米罗自己也难以预测。

## 三

1924年，尽管布勒东感到米罗加入超现实运动时“带着骚动的情绪”，但还是认为“这标志超现实主义艺术的重要发展”。布勒东说得十分准确。因为米罗正是在这个时候创作了风格趋于定型的画作《加泰隆尼亚风景（猎人）》，其完成手法践行了超现实主义者强调的对意识深入了解的途径必须借助弗洛伊德所说的潜意识来完成。

每个面对这幅画的人，都像在面对自己从未主动深入过的潜意识。

画名虽说是风景和猎人，但对观众来说，既看不到称得上风景的河流树木，也看不到一个货真价实的猎人。画面以波浪形的深黄与橙黄为上下两个部分，靠右的黄金分割线上，有一个巨大的圆形，一根黑线从圆心右上而出，结束于一个黑色心形。整块近乎艳丽的黄色画布上，到处布满小小的黑色三角形、圆形、圆锥形、弯曲的黑色线条、非常直的交叉十字线，还有微型梯子，画面最上方的图案像蜘蛛，蜘蛛左边的图案像鱼。除了这些，唯一能看明白的，是画面右下端的几个花体字母。简言之，整幅画几乎是米罗用孩子般的无意识在画布上涂写了一些从未被创造过的语言符号。这些符号在数学中可以找到对应，但如此集中在同一幅画面之后，居然变成一种难以言表的崭新语言。除了令人瞠目结舌外，几乎不可能找到清晰的说明途径。

但没有人会否认它的美。

不管多么凌乱，每个看到这幅画的人，不可能不在心里感到莫名涌起的享受之美。就美而言，是人在心里的某种感受。只是人很难确定究竟什么才是美。或许，能唤起人心中一种享受般的舒坦，这种舒坦就可定义为人所感受的美。从画面来看，尽管体现某种神秘，但将每一个部分分割后再看，又没有哪种符号不令人明白易懂地感到愉悦。按米罗传记作者彭罗斯的说法，这幅画的整体给人生活在玫瑰色土地上的温暖之感。

或许除了孩子，很难有哪个成年人会觉得自己“生活在玫瑰色的土地上”。因此可以说，在米罗的画面上，充满了一个孩子才有的新鲜和敏锐。和成年人相比，一个孩子的内心世界更单纯、更奇妙，也更丰富。米罗虽然不是孩子，却不可思议地保持了孩子的感受。对投身艺术的人来说，保存孩子般的感受或许将体现出十分珍贵的敏锐品质。艺术需要敏锐。这些品质直接导致米罗对世界表现独一无二的看法。

其实也难说这幅画就是米罗的独创起点，米罗丰富多产的创作时期却就此拉开了帷幕。仅完成于20年代的作品来看，就包括举世闻名的《小丑狂欢节》《昆虫的对话》《世界的诞生》《投石掷鸟的人》《吠月之犬》《马戏团的马》以及一系列将延续到晚期、都索性命名为《绘画》的作品。这些作品无不充满米罗特有的线条和各种几何图案，似乎他创造的绘画世界就由这些令人惊讶不已的即兴组成。米罗当然不是即兴，更不是无意识，甚至可以说，对每幅画的构思，米罗都经过长时期的思索。认为米罗绘画毫无难度的人，从根本上就没有懂得米罗，甚至早已在生活中失去了自己在童年时对世界的感受。那幅《世界的诞生》奇妙就奇妙在米罗表现出孩童似的幻想。画面上只有一个风筝样的黑色三角形，一根弯曲黄线牵住的红色圆块就像孩童喜欢的气球，画面下面的白色圆块或许就是一个充满幻想的儿童，他的身体被简单的黑色粗线画成一个“几”字形。儿童当然不会知道世界如何诞生，对儿童来说，世界的诞生或许就是风筝与气球带来的欣喜诞生。更可能的，是儿童只有在欣喜时才能意识到周围世界的存在。

## 四

儿童的特征是富于幻想，艺术的本质也不乏幻想。越走向成熟，米罗就越驱赶着幻想，从地面进入到天空。早在20年代，天空中最富幻想质素的星星就已是他的画面元素，直到1940年，米罗才真正动手进行“星座”系列的创作。那一年正是第二次世界大战爆发的第二年，也是法国在德国武装攻击下迅速崩溃的一年。巴黎不能待了，米罗带着未完成的画作，携家避居马约卡岛与蒙脱劳。不论处境如何糟糕，米罗还是在连续两年内完成二十三幅“星座”系列。该系列将其带到毕生最辉煌的艺术巅峰。这些画中流露的诗意使布勒东忍不住称其为“完美的天空”。在西方美术史上，该系列也被视为最顶尖的组画之一。

每幅作品都有一个如幻如梦的画名，譬如《星座（拂晓初醒）》《三更时分的夜莺之歌和清晨的雨》《给情侣们启示未来的美丽之鸟》《湖边女人，一只飞过的天鹅使她光彩照人》《人物、鸟与星星》等。不需要认真来描述其中的某幅画面。在这些看上去相差无几的作品中，都绚丽多彩地呈现出一幅幅无穷图案。图案几乎都是小小的黑色圆形，有时也是红色和蓝色圆形，另外还有五角形、弯月形、扇形，甚至还有一些眼睛样的图案和人脸样的标志。另外还有不计其数的线条蛛丝样地纵横交错，随心所欲地串起那些密密麻麻的黑色圆点，令人感到一股前所未见的情感喷涌。

作品的总题为“星座”，但又不是我们亲眼见过的星空。画面的底色也不是黑夜的表示，而是各种浅蓝和深浅不一的褐色和黄色，所有的黑色斑点在上面交相辉映，组成梦境样的奇观，仿佛一个完全陌生的世界在米罗内心中转化为一幅幅争奇斗艳的图案。在米罗之前，从未有人进行过这样的绘画尝试，被画家强化的语言符号变成我们能感受的有机力量，它们隐蔽在世界的某个角落，被米罗在画布上挖掘出来，唤起读者对生命的种种体验和美好欲求。这种欲求的对应，恰好是我们都曾仰望并被吸引过的满天星斗。

所以，米罗画下的的确是星星。

## 五

对人类来说，没有什么比星空更富吸引力的了。在我们童年，星空唤起我们生命中最初的爱慕，似乎谁都想摘下几颗把玩。当我们长大，知识会告诉我们，星星不过是宇宙间的冰冷石头。它们本身丑陋，也不会自己发光。在各自的轨道运行之时，偶尔它们会相撞、破裂成无数块碎片。那些碎片就是我们命名为的流星。但不论知识多么富于权威，只要我们仰望，我们看见的星星始终在闪光，也始终在夜空交织成人类无法舍弃的梦想。对无数的个人来说，一经长大成熟，几乎就不再有孩童般近乎天真的梦想，甚至还会嘲笑这些自己也有过的梦想。对人类而言，梦想是驱使生命不断发展的第一推动。一旦人类失去梦想，恐怕也就难以在地球上占据生物界的主宰地位，所以无怪康德会说："世界上只有两种东西最能深深震撼我们的心灵，一是我们心中崇高的道德准则，一是我们头顶上灿烂的星空。"

只是康德之言说得过于肃穆。在米罗这里，他描绘的星座似乎无关乎道德准则，而仅仅将其还原为人类创建道德前的最初之梦，所以在他的画面上，星星根本不需要以星星的面目出现。米罗的非凡之处，就在于他将无数星座化为我们内心的种种交织渴欲。渴欲随时能超越白天黑夜，所以米罗不在乎星座出现的时辰——没有哪幅《星座》真的有一个黑夜背景。没有黑夜，就意味只有梦想。恰恰是梦想，永远像星座一样闪耀在人类头顶，成为人类仰望时最不能失去的感性来源。人类中不会每个人都愿意将自己的全部身心去感应和维持这一梦想来源，但投入这一感应的人却是人类最不可缺少的人。当米罗随时随地就能看见那些星星的闪耀之时，就已自觉地将自己放在人类代表的位置，他知道星座对人类的重要性——它深植在人类不可失去的灵魂律动深处，所以除了黑夜，他仿佛在白天也能清楚地看见星星，而他看见并画下的，原本就是人类最单纯的梦、最透明的梦、最没有私心杂念的人类之梦，那也是今天，我们站在大地上依然最渴望的干净之梦和朴素之梦。

## 远人

远人，1970年出生于湖南长沙。中国作协会员。有小说、散文、诗歌、评论等数百件作品散见于《人民文学》《中国作家》《花城》《随笔》等海内外百余家刊物。出版有长篇小说《伤害》《秘道》《预感》，散文集《真实与戏拟》《新疆纪行》，评论集《河床上的大地》《曾与先生相遇》，艺术随笔集《怎样读一幅画》《凡·高和燃烧的向日葵》《有画要说》《画廊札记》，诗集《你交给我一个远方》《我走过一条隐秘的小径》等个人著作16部。现居深圳。

# 特稿

# 现代文学的生态回眸

◎汪树东

从1840年到1976年的中国文学的发生背景，是中华民族面临着西方列强的暴力侵略而奋起自卫并追寻独立富强的现代化之路的历程。在这个历程中，现代化是不言自明的主流意识形态，伴之以集体主义和民族意识，社会主流文化对人与大自然的和谐和矛盾问题并不是太关注，生态意识不足以成为文学创作关注的重点。1917年以前的近代文学且不用说，1949年以前的中国现代文学三十年中，启蒙文学和左翼文学、革命文学一直是主流，对国民性、阶级压迫及阶级翻身、民族救亡等问题的关注乃是核心要义。不过，虽然如此，毕竟还有不少现代作家或是深受华夏文化天人合一传统的深刻浸润，或是深受佛教的众生平等观、护生思想影响，或是出生于农村边远地区从小、耳濡目染大自然的灵性，或是受到域外浪漫主义崇尚自然思想的影响，从而对大自然葆有不凡的兴趣，甚至展开或点到即止或兴会淋漓的生态书写。下文对鲁迅、周作人、郭沫若、冰心、丰子恺、沈从文等现代作家的生态面影略作勾勒，便于读者进一步了解生态文学的历史景深。

## 一

作为现代文学居功至伟的开创者，鲁迅毕生对传统文化的反思、国民性的批判、理想人性的寻觅最感兴趣，最终又备感现实的黑暗和荒诞，以反抗绝望的悲剧精神肩住黑暗的闸门。因此，在《呐喊》《彷徨》《野草》《朝花夕拾》《坟》等中，我们看到的更多是暗陬的老中国儿女们的悲惨人生，是鲁迅“哀其不幸，怒其不争”的爱与恨，而较少涉及人与大自然之间的生态抒情、生态批判或生态守护。不过，细致考察，我们可以发现鲁迅对人和大自然之间的关系还是有所表现的。例如《社戏》中，鲁迅最美好的回忆就是年幼时在人与大自然和谐相处的乡村看社戏的经验。《故乡》中，少年闰土在月夜海边沙地看守西瓜的那幅美丽画面，蕴含着天人合一式的异彩，也是该小说中最明媚的一个片段。《在酒楼上》充斥着五四退潮后的苦闷气息，主人公吕纬甫从一个有志青年变成一个因循苟且的懦弱之人令人感慨万端，其中酒楼下的那几株老梅和一株山茶别有韵味：“几株老梅竟斗雪开着满树的繁花，仿佛毫不以深冬为意；倒塌的亭子边还有一株山茶树，从暗绿的密叶里显出十几朵红花来，赫赫的在雪中明得如火，愤怒而且傲慢，如蔑视游人的甘心于远行。”（鲁迅《彷徨·在酒楼上》）大自然的盎然生机和吕纬甫式青年的委顿消沉构成鲜明的对比，鲁迅对大自然的倾情溢于笔端。至于散文诗《好的故事》里，鲁迅再次从天人合一式的胜景中去寻觅心灵安慰了，“我仿佛记得曾坐小船经过山阴道，两岸边的乌桕，新禾，野花，鸡，狗，丛树和枯树，茅屋，塔，伽蓝，农夫和村妇，村女，晒着的衣裳，和尚，蓑笠，天，云，竹，……都倒影在澄碧的小河中，随着每一打桨，各各夹带了闪烁的日光，并水里的萍藻游鱼，一同荡漾。诸影诸物，无不解散，而且摇动，扩大，互相融合；刚一融合，却又退缩，复近于原形。边缘都参差如夏云头，镶着日光，发出水银色焰。凡是我所经过的河，都是如此。”（鲁迅《野草·好的故事》）此外，在散文《狗·猫·鼠》中，鲁迅也曾妙论迭出：“其实人禽之辨，本不必这样严。在动物界，虽然并不如古人所幻想的那样舒适自由，可是噜苏做作的事总比人间少。它们适性任情，对就对，错就错，不说一句分辩话。虫蛆也许是不干净的，但它们并没有自命清高；鸷禽猛兽以较弱的动物为饵，不妨说是凶残的罢，但它们从来就没有竖过‘公理’‘正义’的旗子，使牺牲者直到被吃的时候为止，还是一味佩服赞叹它们。人呢，能直立了，自然是一大进步；能说话了，自然又是一大进步；能写字作文了，自然又是一大进步。然而也就堕落，因为那时也开始了说空话。说空话尚无不可，甚至于连自己也不知道说着违心之论，则对于只能嗥叫的动物，实在免不得‘颜厚有忸怩’。假使真有一位一视同仁的造物主，高高在上，那么，对于人类的这些小聪明，也许倒以为多事，正如我们在万生园里，看见猴子翻筋斗，母象请安，虽然往往破颜一笑，但同时也觉得不舒服，甚至于感到悲哀，以为这些多余的聪明，倒不如没有的好罢。”（鲁迅《朝花夕拾·狗·猫·鼠》）在此，鲁迅对人类中心主义的自以为是持一种嘲讽的态度，也指出了人类的道德伦理标准并不能运用于大自然身上，更不要说人类训练猴子翻筋斗、母象请安等行为了，根本不值得夸耀，因为它们违反了自然生命的自在本性。这也显示了鲁迅是具有生态意识的作家，是脱离了低级趣味的人。鲁迅还曾给其弟弟周建人编辑并翻译的关于生物科学的文集《进化与退化》一书写过序，其中说：“沙漠之逐渐南徙，营养之已难支持，都是中国人极重要、极切身的问题，倘不解决，所得的将是一个灭亡的结局。可以解中国古史难以探索的原因，可以破中国人最能耐苦的谬说，还不过是副次的收获罢了。林木伐尽，水泽湮枯，将来的一滴水，将和血液等价，倘这事能为现在和将来的青年所记忆，那么，这书所得的酬报，也就非常之大了。”（鲁迅：《二心集·〈进化和退化〉

小引》）由此更可知鲁迅对中国的生态环境还是具有一定的忧患意识的，值得今人好好记取。

周作人在五四新文学的创建过程也曾做出过巨大的贡献，他的《人的文学》《平民文学》等文章影响甚大，他对人道主义、个性主义的张扬都曾深刻地影响当时青年们的人生观。他在骨子里近于道家式的隐士，因此对大自然也比较感兴趣。他的《故乡的野草》《苦雨》《乌篷船》等散文对大自然的描绘也颇具有道家式的生动诗意。不过，在此值得关注的，倒是他的《金鱼》和《谈养鸟》两文表现出来的尊重自然生命的本性、反对人类对自然生命的畸形审美趣味的生态意识。在《金鱼》中，周作人写道："我每见金鱼一团肥红的身体，突出两只眼睛，转动不灵地在水中游泳，总会联想到中国的新嫁娘，身穿红布袄裤，扎着裤腿，拐着一对小脚伶俜地走路。我知道自己有一种毛病，最怕看真的，或是类似的小脚。……小脚女人所引起的另一种感想乃是残废，这是极不愉快的事，正如驼背或脖子上挂着一个大瘤，假如这是天然的，我们不能说是嫌恶，但总之至少不喜欢看总是确实的了。有谁会赏鉴驼背或大瘤？金色突出眼睛，便是这一类的现象。另外有叫作绯鲤的，大约是它的表兄弟罢，一样的穿着大红棉袄，只是不开衩，眼睛也是平平地装在脑袋瓜儿里边，并不比平常的鱼更为鼓出，因此可见金鱼的眼睛是一种残疾，无论碰在水草上时容易戳瞎乌珠，就是平常也一定近视得了不得，要吃馒头末屑也不大方便罢。照中国人喜欢小脚的常例推去，金鱼之爱可以说宜乎众矣，但在不佞实在是两者都不敢爱，我所爱的还只是平常的鱼而已。"众所周知，金鱼就是人类根据自己畸形的审美趣味改造自然生命的典型表现，在周作人看来，这种审美趣味不值得肯定，对自然生命造成的是伤害，对人类自己的本性也是一种伤害。至于《谈养鸟》一文，周作人更是反对笼养鸟："游客中偶然有提着鸟笼的，我看了最不喜欢。我平常有一种偏见，以为作不必要的恶事的人比为生活所迫不得已而作恶者更为可恶，所以我憎恶蓄妾的男子，比那卖女为妾——因贫穷而吃人肉的父母，要加几倍。对于提鸟笼的人的反感也是出于同一渊源。如要吃肉，便吃罢了。（其实飞鸟的肉于养生上也并非必要。）如要赏玩，在它自由飞鸣的时候可以尽量地看或听，何必关在笼里，擎着走呢？我以为这同喜欢缠足一样的是痛苦的赏鉴，是一种变态的残忍的心理。”周作人喜欢自由，崇尚个性，因此把这种价值观扩展到自然生命身上，继承了郑板桥等精神前辈的看法，反对人类剥夺自然生命的自由。

## 二

郭沫若曾以诗集《女神》给五四新诗插上了翱翔天际的想象力之翅膀，他的诗歌充斥着那个狂飙时代的雷鸣之声。尤其值得一提的是，郭沫若深受老庄哲学的影响，加上歌德、惠特曼、尼采等西方诗人的外来冲击，他早年的思想观念颇为接近泛神论，把大自然视为大化流行的有机整体，洋溢着绿色的生态意识。他曾强调哲学家应该“把宇宙全体重新看作个有活动性的有机体”，强调“诗人的宇宙观以泛神论最适宜”。他在《神话的世界》一文中认为20世纪应该是“艺术家赋予与自然以生命，使自然再生的时代”，要求“开释我们想象力的枷锁，使我们对于无知的自然界如亲人，使我们听见群星的欢歌，听见花草的笑语；使我们感觉到日月的光辉如爱人的接吻，窥察得岩石的秘密如看透明的水晶。一切平面都变成立体，一切无情都变成有情。坟墓变成母胎，活尸也才从母胎中再生”。这是何等睿智的看法！1923 年郭沫若在致宗白华的信中还说：“自然界中，天旋地转，云行雨施，漫无目的之可言，而活用永远不熄。自然界中，草木榛榛，禽兽狉狉，亦漫无目的之可言，而生机永远不息。然而自然界中之秩序永远保持着数学的谨严，那又是何等清宁的状态！人能泯却一切的占有欲望而纯任自然，则人类精神自然能澄然清明，而人类的创造本能便能自由发挥而含和光大。”这与老庄的任自然、与物同体、与天地精神独往来的意向是高度一致的，由此可知郭沫若早年的思想里具有深层生态学的理念。在他的诗歌中，《地球，我的母亲》是非常具有生态意识的一首力作。据诗人的回忆，该诗是神来之笔：1919年12月末的一天，在留学日本的郭沫若趁着放假去图书馆看书。突然，一阵诗意袭来，他急忙跑到图书馆后面僻静的石子路上，脱下鞋子，赤着双脚踱来踱去，一会儿又倒在路上与“地球母亲”亲昵。在灵感的迷狂中，《地球，我的母亲》诞生了，一首典型的生态诗歌诞生了。“地球，我的母亲！/天已黎明了，/你把你怀中的儿来摇醒，/我现在正在你背上匍行。//地球，我的母亲！/你背负着我在这乐园中逍遥。/你还在那海洋里面，/奏出些音乐来，安慰我的灵魂。//地球，我的母亲！/我过去，现在，未来，/食的是你，衣的是你，住的是你，/我要怎么样才能够报答你的深恩？//地球，我的母亲！/从今后我不愿常在家中居处，/我要常在这开旷的空气里面，/对于你，表示我的孝心。”在平常人看来，地球并没有生命，仅是人类生存的家园，是人类生存资源的提供者；但在诗人郭沫若看来，地球本身就是一个硕大无朋的生命体，人类不是地球的征服者，而只是地球母亲的儿女，人的一切都来自地球，应该感恩于地球。郭沫若对地球的诗意想象，倒和英国大气学家拉夫洛克（James E.Lovelock）的“该亚假说”不谋而合，两者都把地球看作一个超级有机体。“地球，我的母亲！/我羡慕那一切的草木，我的同胞，你的儿孙，/他们自由地，自主地，随分地，健康地，/享受着他们的赋生。//地球，我的母亲！/我羡慕那一切的动物，尤其是蚯蚓——/我只不羡慕那空中的飞鸟：/他们离了你要在空中飞行。”一旦超越了高高在上的人类中心主义，意识到地球对于人类的生命恩赐者地位，人就能够以平等的态度对待其他自然生命，无论是草木，还是蚯蚓，或者是飞鸟，都是和人类一样具有内在价值的自然生命。对于生生不息的地球、大自然，人的确只能感恩，只能谦卑，只能赤脚亲近。更有意思的是，郭沫若还明确反对神创说："地球，我的母亲！/ 我们都是空桑中生出的伊尹，/ 我不相信那缥缈的天上，/ 还有位什么父亲。"西方人，尤其是基督教传统中的西方人总相信是上帝、天父创造了天地万物，但是在诗人郭沫若看来，是地球母亲生了万物，大自然才是真正的创造者。早年的郭沫若是非常善于捕捉大自然的诗意的，例如《光海》一诗写道："无限的大自然，/ 成了一个光海了。/ 到处都是生命的光波，/ 到处都是新鲜的情调，/ 到处都是诗，/ 到处都是笑：/ 海也在笑，/ 山也在笑，/ 太阳也在笑，/ 地球也在笑，/ 我同阿和，我的嫩苗，/ 同在笑中笑。"把日出时的大自然写得如此生动，显现的还是诗人郭沫若对大自然泛神论式的有机体验。

五四新文学中，冰心始终以纯真的童心与仁爱带给文化大转型时期的青年人以情感的慰藉。不过，在她对童心和仁爱的书写的同时，她始终对大自然表现出婴儿般的融合姿态。例如她的小诗《繁星·十四》中写道："我们都是自然的婴儿，/ 卧在宇宙的摇篮里。"《春水·一〇五》写道："造物者——/ 倘若在永久的生命中 / 只容有一次极乐的应许。/我要至诚地求着：/ "我在母亲的怀里，/ 母亲在小舟里，/ 舟在月明的大海里。"冰心也像郭沫若一样把大自然视为母亲，无疑和老庄哲学、泰戈尔思想的影响有关，也和五四时期对父权制的反抗、对女性尤其母性力量的肯定的时代风潮有关。与之相对，宗白华则通过信仰一诗写出人和天地万物之间的友好情谊，"红日初升时 / 我心中开了信仰之花 / 我信仰太阳 / 如我的父！ / 我信仰月亮 / 如我的母！ / 我信仰众星 / 如我的兄弟！ / 我信仰万花 / 如我的姊妹！ / 我信仰流云 / 如我的友！ / 我信仰音乐 / 如我的爱！ / 我信仰 / 一切都是神！ / 我信仰 / 我也是神！"这也是泛神论式的自然观，是对现代科学所认同的机械论自然观的拒斥。当然，宗白华在此采用的是西方基督教神学式的抒情传统，和方济各的《万物颂》有异曲同工之妙。

郁达夫对大自然也颇有兴趣，其中也显示出了一种富有道家趣味的生态意识。他的《沉沦》《银灰色的死》《南迁》等早期小说多写五四时期觉醒后又无处可走的畸零人的情感经历，但是到了《迟桂花》《东梓关》，归隐田园、归隐自然的道家趣味开始显露。例如《迟桂花》中，郁先生在城市里生活得郁闷至极，到了翁家山，被当地的自然美景所陶醉，被翁则生的妹妹那么纯真的自然人所感化，体验到了生命的净化。小说中写郁先生初到翁家山的当晚看到的景色："月光下的翁家山，又不相同了。从树枝里筛下来的千条万条的银线，像是电影里的白天的外景。不知躲在什么地方的许多秋虫的鸣唱，骤听之下，满以为在下急雨。白天的热度，日落之后，忽然收敛了，于是草木很多的这深山顶上，就也起了一层白茫茫的透明雾障。山上电灯线似乎还没有接上，远近一家一家看得见的几点煤油灯光，仿佛是大海湾里的渔灯野火。一种空山秋夜的沉默的感觉，处处在高压着人，使人肃然会起一种畏敬之思。"若在城市里，人远离大自然，只沉湎于灯红酒绿中，当然不可能体会到大自然的勃勃生机和庄严面相。"早晨的空气，实在澄鲜得可爱。太阳已经升高了，但它的领域，只限于屋檐、树梢、山顶等突出的地方。山路两旁的细草上，露水还没有干，而一味清凉触鼻的绿色草气，和人在桂花香味之中，闻了好像是宿梦也能摇醒的样子。"只要人能够抛却鄙吝之心，融入大自然，就能够真正体会到大自然的浩荡生机。在《故都的秋》《钓台的春昼》《浙东景物纪略》《雁荡山的秋月》等游记散文中，郁达夫更以生花妙笔描绘出了大自然多种绮丽景色，展示了人与大自然之前的生态关联。

徐志摩更是大自然孕育的浪漫主义精灵，在他的精神核心中，天人合一乃是终极的渴望。在散文《我所知道的康桥》中，他曾说："我是一个生命的信仰者，我信生活决不是我们大多数人仅仅从自身经验推得的那样暗惨。我们的病根在‘忘本’。人是自然的产儿，就好比枝头花与鸟是自然的产儿，但我们不幸是文明人，入世深似一天，离自然还远似一天。离开了泥土的花草，离开了水的鱼，能快活吗？从大自然，我们取得我们的生命；从大自然，我们应分取得我们继续的滋养。哪一株婆娑的大木没有盘错的根柢深入在无尽藏的地里？我们是永远不能独立的。有幸福是永远不离母亲抚育的孩子，有健康是永远接近自然的人们。”在徐志摩看来，现代文明的根本病症就在于远离自然，现代人不能自视为大自然的征服者和主宰者，否则就是自断前程，自毁根脉。因此他曾在诗歌《我是个无依无伴的小孩》中哀伤地吟咏道：“所以我是个自然的婴孩，/ 误入了人间峻险的城围；// 我骇诧于市街车马之喧扰，/ 行路人尽戴着忧惨的面罩；// 铅般的烟雾迷障我的心府，/ 在人丛中反感恐惧与寂寥；// 啊！此地不见了清涧与青草，/ 更有谁伴我笑语，疗我饥饷……我是个自然的婴儿，光明知否，/ 但求回复自然的生活优游；// 茂林中有餐不罄的鲜柑野栗，/ 青草里有享不尽的意趣香柔……”徐志摩自认为自己是大自然的婴儿，只有与大自然融合在一起才能生意盎然，离开了大自然，进入现代城市里，就是绝境。徐志摩之所以对康桥如此心心念念，永志不忘，关键在于康桥那极为优美的自然风景，可以说康桥是徐志摩诗歌中的桃花源。徐志摩在《再别康桥》中的吟咏声极为动人：“轻轻的我走了，/ 正如我轻轻的来；/ 我轻轻的招手，/ 作别西天的云彩。// 那河畔的金柳，/ 是夕阳中的新娘；/ 波光里的艳影，/ 在我的心头荡漾。// 软泥上的青荇，/ 油油的在水底招摇；/ 在康桥的柔波里，/ 我甘心做一条水草！”在康桥的柔波里做一条水草，就是人回到大自然怀中，就是婴儿回到母亲怀中。更为动人的是诗人轻轻来去的姿态，这种姿态恰是最具生态意识的生存姿态。人在地球上，在大自然中，就应该如此轻轻地来去，而不是像消费社会培养出来的那些人那样，肆无忌惮地消费，结果导致地球生态的濒危。

## 三

在现代文学中，丰子恺是最具有明确自觉的生态意识的作家之一。他曾鲜明地反对人类中心主义，“人类真是何等野蛮的东西！自己也是生物，却全不顾‘生物道’，一味自利，有我无人。还要一厢情愿，得意扬扬。天下的傲慢与丑恶，无过于人类了！”在以人道主义、个性主义为根底的五四精神的影响下，大部分现代作家都具有较为鲜明的人类中心主义倾向，能够像丰子恺这样如此痛斥人类的野蛮和自私的作家寥若晨星。应该说，丰子恺的这种生态意识是和他明确皈依佛法息息相关的。佛法还让丰子恺能够从更为阔大的视野来审视宇宙万物的意义：“……宇宙万物，各有其自己独立的意义，决不是为吾人而生的。世间的一切规则、习惯，都是人为了生活方便而杜造出来的，美秀的稻麦舒展在阳光之下，分明自有其生的使命，何尝是供人充饥的呢？玲珑而洁白的山羊点缀在青草地上，分明是好生好美的神的手迹，何尝是供人杀食的呢？草屋的烟囱里的青烟，自己表现着美丽的曲线，何尝是烧饭的偶然的结果？池塘里的楼台的倒影，原是来助成这美丽的风景的，何尝是反映的物理的作用？”这对于相信万事万物只有工具价值、只有人类才具有内在价值的人类中心主义是何等的棒喝啊！宇宙万物，各有其自己独立的意义，决不是为了我们而生的，这应该成为生态意识的基本共识。对于现代人痴迷于科学的力量，丰子恺更是嘲讽道：“……科学的抵抗自然的努力，可怜得很；地壳形成的时候偶然微微凹进了一块，科学就须费 数千百人的头脑和气力来营造船舶，才得济渡这凹块。地球行动时微微走近太阳一些，科学就忙煞各种避暑防疫的设备；微微离开太阳一些，又要它忙煞御寒的工作了。假如地球走得高兴，一朝跑出轨道外边去玩玩，使用科学的人类就得全部灭亡，宇宙间更无科学的存在了。科学的抵抗自然，犹之娇儿的占胜两亲。要抱就抱，要携就携，要饼买饼，要糖买糖，都是两亲的恩宠！一旦失却了恩宠而见弃于父母，这娇儿就得死于冻馁，转乎沟壑，再向哪里去撒撒痴呢？科学的号称万能而抵抗自然，正像这小孩的对两亲撒娇撒痴，作威作福，怪可怜的！现代都市中的八十余阶的高层建筑，夸称为“摩天阁”（sky scraper），顾名思义，已是惭愧。一旦失却了自然的恩宠，大地震怒起来，科学只有束手旁观“摩天阁”的倒地和人类的死亡了！”的确，我们不能低估现代科学的力量，但也绝对不要高估其力量，需要在大自然面前保持合理的谦卑姿态，否则狂妄者终究会受到大自然的严厉惩罚。当然，丰子恺的生态意识更重要的一面，表现于受儒家仁爱思想和佛教护生思想影响的对万物的仁爱情怀。他曾说：“我们的爱，会无限地推广。始于家庭，推及朋友，扩大而至一乡，一邑，一国，一族，以及全人类。再进一步可以恩及禽兽草木。因为我们同是天之生物。故宗教家有‘无我’之称。儒者也说：‘圣人无己，靡所不己。’就是说圣人没有自己，但没有一物不是自己。”丰子恺的《护生画集》中有“天地好生”图，其中题记就引用朱熹的话：“天地别无勾当，只以生物为心。如此看来，天地全是一团生意，覆载万物。人若爱惜物命，也是替天行道的善事。”丰子恺对万物的仁爱情怀，表现于他的散文中也是极为生动鲜明的。例如散文《忆儿时》中，丰子恺回忆儿时曾经养蚕、吃螃蟹、钓鱼，深以为乐，但是长大后，受到佛教的启发，才醒悟到这都是杀生取乐，因此“使我永远忏悔”。散文《蝌蚪》更是体现了丰子恺珍爱生命的生态意识。几个小孩捉了蝌蚪，养在瓷盆里，作者感叹道：“我见这洋瓷面盆仿佛是蝌蚪的沙漠。它们不绝地游来游去，是为了找寻食物。它们的久不变成青蛙，是为了不得其生活之所。……它们身上有着泥土水草一般的保护色，它们只合在有滋润的泥、丰肥的青苔的水田里生活滋长。在那里有它们的营养物，有它们的安息所，有它们的游乐处，还有它们的大群的伴侣。现在被这些孩子捉了来，关在这洋瓷面盆里，四周围着坚硬的洋铁，全身浸着淡薄的白水，所接触的不是同运命的受难者，便是冷酷的珐琅质。任凭它们整日急急忙忙游去，终于找不到一种保护它们、慰安它们、生息它们的东西。这在它们是一片渡不尽的大沙漠。它们将以幼虫之身，默默地夭死在这洋瓷面盆里，没有成长变化，而在青草池塘中歌唱跳舞的欢乐希望了。”除了像丰子恺这样具有护生思想的人，还有谁会为几个蝌蚪的苦难遭遇去思考再三呢？还有谁会去倾听几个无法变成青蛙的蝌蚪的哭泣声呢？散文《敬礼》中，丰子恺还对那两只蚂蚁所表现出来的友爱之情、牺牲精神、无助精神表达崇高的敬意。敬畏生命，众生平等，惜生护生，是丰子恺的生态意识的具体践行。

沈从文是不折不扣的自然之子，他对大自然的热爱是发自肺腑的，他创造的边地湘西就是以天人合一为生命理想的化外之地。沈从文视大自然为神，在小说《凤子》中，他曾借小说人物之口说道：“我们这地方的神不像基督教那个上帝那么顽固的。神的意义在我们这里只是‘自然’，一切生成的现象，不是人为的，由他来处置。他常常是合理的，宽容的，美的。”因此，沈从文的皈依对象不是高高在上的各宗教的神、上帝、真主，而是自然。“失去了‘我’后却认识了‘神’，以及神的庄严。墙壁上一方黄色阳光，庭院里一点花草，蓝天中一粒星子，人人都有机会见的事事物物，多用平常感情去接近它。对于我，却因为和‘偶然’某一时的生命同时嵌入我记忆中，印象中，它们的光辉和色泽，就都若有了神性，成为一种神迹了。不仅这些与‘偶然’同时浸入我生命中的东西，含有一种神性，即对于一切自然景物，到我单独默会它们本身的存在和宇宙微妙关系时，也无一不感觉到生命的庄严。一种由生物的美与爱有所启示，在沉静中生长的宗教情绪，无可归纳，我因之一部分生命，竟完全消失在对于一切自然的皈依中。这种简单的情感，很可能是一切生物在生命和谐时所同具的，且必然是比较高级生物所不能少的。”皈依自然后，沈从文发现的是生命的大和谐，是万事万物之间的微妙联系。沈从文也对高高在上的人类中心主义根本不感兴趣，他认为人出于自然，认同诗人的话，“地上一切花果都从阳光取得生命的芳馥，人在自然秩序中，也只是一种生物，还待从阳光中取得营养和教育”。正是因为沈从文能够平等地对待自然万物，积极地融入自然，他常常有天人合一式的高峰体验。例如散文《绿魇》写道：“一片绿色早把我征服了。我的心这个时节就毫无用处，没有取予，缺少爱憎，失去应有的意义。在阳光变化中，我竟有点怀疑，我比其他绿色生物，究竟是否还有什么不同处。很显明，即有点分别，也不会比那生着桃灰色翅膀，颈臂上围条花带子的斑鸠，与树木区别还来得大。我仿佛触着了生命的本体。在阳光下包围于我身边的绿色，也正可用来象征人生，虽同一是个绿色，却有各种层次。绿与绿的重叠，分量比例略微不同时，便产生各种差异。这片绿色既在阳光下不断流动，因此恰如一个伟大乐曲的章节，在时间交替下进行，比乐律更精微处，是它所产生的效果，并不引起人对于生命的痛苦与悦乐，也不表现出人生的绝望和希望。它有的只是一种境界，在这个境界中，似乎人与自然完全趋于谐和，在谐和中又若还具有一分突出自然的明悟。必需稍次一个等级，才能和音乐所煽起的情绪相邻，再次一个等级，才能和诗歌所传递的感觉相邻。然而这个层次的降落原只是一种比拟，因为阳光转斜时，空气已更加温柔，那片绿原中渐渐染上一层薄薄灰雾，远处山头，有由绿色变成黄色的，也有由淡紫色变成深蓝色的。正若一个人从壮年移渡到中年，由中年复转成老年，先是鬓毛微斑，随即满头如雪，生命虽日趋衰老，一时可不曾见出齿牙摇落的日暮景象。其时生命中杂念与妄想，为岁月漂洗而去尽，一种清净纯粹之气，却形于眉宇神情间。人到这个状况下时，自然比诗歌和音乐更见得素朴而完整。”沈从文对大自然的细致的观察力、体验的敏锐度，令人叹为观止。而且更为可贵的是，对于他而言，人与自然的和谐，并不是高头讲章，而是日常实实在在的人生经验，似乎几片流云、一坡绿色、恍惚的夕光就能让他的心灵遁入大自然的秘境，体验到物我融合的天地境界。

正是屡屡有人与自然融合的高峰体验，沈从文对大自然的内在生命颇为了解，他笔下的自然风物才具有出奇的华丽姿态。小说《凤子》第六节对王杉古堡周围的风物如是描绘："秋天节候华丽了这一片大坪，农事收获才告终结，田中各处皆金黄颜色的草积，同用白木做成的临时仓库，这田坪阳光下便如一块东方刺绣。城堡后面所依据的一支山脉，大树千章，葱茏郁合，王杉向天空矗去，远看成一片墨绿。巨松盘旋空际，如龙蛇昂首奋起。古银杏树木叶，已开始变成黄色，艳冶动人，于众树中如穿黄袍之贵人。"沈从文对秋天的生命把握得多么到位；在他笔下，王杉、巨松、银杏都是和人一样具有高贵生命的，沈从文具有众生平等的生态眼光。再看《长河》中的自然风貌："秋成熟一切。大河边触目所见，尽是一年来阳光雨露之力，影响到万汇百物时用各种式样形成的象征。野花多用比春天更美丽炫目的颜色点缀地面各处。沿河的高大白杨树、银杏树，无不为自然装点以动人的色彩，到处是鲜艳与饱满。……银杏白杨树成行高矗，大小叶片在微阳下翻飞，黄绿杂彩相间，如旗纛，如羽葆。又如有所招邀，有所期待。沿河橘子园尤呈奇观，绿叶浓翠，绵延小河两岸，缀系在枝头的果实，丹朱明黄，繁密如天上星子，远望但见一片光明，幻异不可形容。"能够描绘出这等生动明媚的自然景物的作家，对自然的热爱是多么深刻啊！他肯定是被大自然的勃勃生机感动得热泪盈眶。而在《边城》里，沈从文如此描绘主人公翠翠："翠翠在风日里长养着，把皮肤变得黑黑的，触目为青山绿水，一对眸子清明如水晶。自然既长养她且教育她，为人天真活泼，处处俨然如一只小兽物。人又那么乖，如山头黄麂一样，从不想到残忍事情，从不发愁，从不动气。平时在渡船上遇陌生人对她有所注意时，便把光光的眼睛瞅着那陌生人，做成随时皆可举步逃入深山的神气，但明白了人无机心后，就又从从容容地在水边玩耍了。”翠翠就是道家所喜爱的赤子型自然人，她是真正的自然之子。当沈从文深怀怜爱地书写翠翠的人生故事，对翠翠的形象倍加赞赏时，他要表达的只是一种人生理想，乃至一种文化理想，即大自然才是美，才是善的，人的真实出路就在于像翠翠一样返回自然。最终翠翠的爱情波折、人生波折接近于悲剧，也恰恰说明了现实社会的不和谐，说明了远离了自然后淳朴人性无奈地消散了。

除了上述现代作家之外，废名、梁实秋、林语堂、冯至、孙犁等作家都对自然葆有浓厚的兴趣，都曾在相关作品表现出不俗的生态意，暂不一一赘述。现代文学中的这些姿态各异、韵味悠长的生态书写也理应得到当代生态文学作家的重视。

**汪树东**

汪树东，1974年出生，江西上饶人，现为武汉大学文学院教授，博士生导师，主要从事中外文学、生态文学研究。已经出版学术专著《生态意识与中国当代文学》《超越的追寻：中国现代文学的价值分析》《中国现代文学中的自然精神研究》《黑土文学的人性风姿》《中国现代文学中的反现代性研究》。

# 光明

# 年坎（小说）

◎李凤琳

江汉平原是个好地方，水草丰美，人杰地灵，自然风景秀丽。源自西部高原的长江浩浩荡荡，围绕武汉小绕了几圈后，在东北角围成一处富饶的绿洲。京九线蜿蜒穿过，水陆两便，人气鼎盛。此地，又名新洲。

从京港澳高速转入大广高速后沿武英高速在汪集下，这里拥有闻名遐迩的汪集鸡汤、陶河板鸭、仓埠手工油面等特色美食，还有几个与佛教有关的景点，比如，道观河和古河禅寺。

老成叔一家就住在道观河西边五公里以外的成集，家里盖了四层小楼，在村里格外显目。从家门口左拐往东，约一里开外，有一片小树林，春天绿荫蔽日，冬天叶落满地，常有几只流浪狗栖居在树林里，不时传出汪汪汪的打斗撕咬声。

连续晴了半个多月，下午突然就降温了，起了风，冷飕飕的，直往空隙里钻，不时掀起地面的落叶和尘土。天空阴沉沉的，积压的云层有一定的厚度，在局限的空间内压缩后慢慢地膨胀，反弹，像一只倒扣的铁锅，随时就要坠下来。又仿佛要变成一只巨大的鞭炮，一不小心就会落在地上，引起爆炸。

老成叔家在成集镇新丰村的中央地段，离贯穿整个村子的主要公路只有一百米左右。此时，老成叔裹一件军大衣，本来一米八的身材更显得高大威武。他站在自家小楼门口，微眯双眼，看着前方，那里是一口池塘，占地十余亩。以前更大，里面长满荷叶与野蒿，一到夏天就长得遮蔽了池塘，露不出水面。后来村里修整，把塘泥清理了一次，池塘边砌上了砖块，四周铺上了铜钱样中间方口的浅绿地砖，显得干净整洁多了。

老成叔灰白的头发，在风中被吹得东一绺西一绺的，搭在额前。他抬头望望天，又看看东边的马路，一辆小车驶过去，随即扬起一帘尘土，漫天飞舞。

好久不曾下过雨了，地面太干燥，脚步踩在地上就能带起一圈灰尘来，动作稍大一点就会有灰尘扬进鼻孔里，呛得人直咳嗽。

拾起门边的竹篮，慢慢地跨下一级一级台阶，老成叔沿着塘边朝西边走，他眼神不太好，非常小心地低头看地面，一步步地挪。

迎面走来是隔壁华仔娘，左臂上挎一竹篮，满满的，全是碧绿鲜嫩的菠菜，刚刚在塘里洗净，水珠儿还沾在上面，更显得水灵灵的，诱人得很。

老成叔，去菜园子里呀？

嗯，老二一家说是今晚到家，我琢磨着给他们整点青菜配牛肉火锅来吃。他们城里过惯了，贼喜欢吃家里的青菜哩。

你家老二回来过年啦？真好！我家华仔说有事要忙，回不来，唉。

听到华仔娘叹气，老成叔的脸亮了一下，眼里忽然有了光，但随即又暗下去。他意识到有必要回应一句，让华仔娘心里舒坦一点。

我说他婶子，你也不要生闷气了，娃在外面闯事业哩，哪能不忙？

再说这隔得大老远，来回几千公里，折腾回来过年还真的不容易。兴许今年赚足了钱，明年再回来陪你这老娘，给你捎回来一个黄灿灿的大金镯子哩。

是哩，是哩，兴许会的。华仔娘听老成叔这么一说，心宽了很多，脸色明显亮堂多了。

走到塘边的西边尽头，跨过一条小土路，对面一畦绿油油的菜地，跃出眼来，特别让人眼前一亮。

老成叔面露喜色，加快了脚步。

站在菜垄边，老成叔努力地睁大眼睛，从左往右，再从右往左，反复巡视了几遍，心里默数“一、二、三、四、五”，整整五垄哩，红菜薹、菠菜、小白菜、黄芽白、包菜，这菜长得可真让人欢喜。老二一家四口在家里吃半个月也吃不完哇，何况还有牛腿、牛蹄、牛筋、牛骨、牛肉、羊肉、鱼丸、肉丸、绿豆丸、素鸡……那两个孙子虽长得牛高马大的身胚子，但光长个子没长肉，这次，一定要让他们长膘，看看爷爷是怎样喂牛的哩，嘿嘿。

老成叔就这么一想，情不自禁地笑了，乐呵呵地笑歪了嘴角。

咱老二爱吃红菜薹哩，多采几把，天气冷，耐放，想吃随时就可以拿来炒。清荷总说咱家的黄芽白用花生油清炒，清甜爽口，砍一棵可以炒四碗哩。两孙子爱吃肉丸，喝骨头汤，嗯，家里都有，幸好下午早早地就煲上了煤炉子，慢慢熬，把骨头里的骨髓也熬出来，那汤变成奶白奶白的颜色，那个香啊浓啊，美味，城里头可吃不着哩。

老成叔手中的竹篮一会儿就堆成了一座青菜小山，绿的、白的、紫红的，新鲜清亮着，着实透着鲜甜味儿。

在塘边洗净初泥，再清洗一次，回到家用自来水冲一遍，就可以直接拿来炒，或拿来下火锅哩。老成叔心想，现在的生活可真好，要啥有啥，只要身体扛得住，不怕油荤，什么都有得吃的。想当年，我年轻的时候，除了一日三餐清汤寡水和能照得见影子的稀饭，哪有啥油荤星子可见得着哩？所以，虽然长到一米八的个子，体重却不足一百斤，瘦长瘦长的。当兵去了海南三年后回来，倒是长成了结实的身子骨，分配到县城化工厂上班，还干上了保卫科长，吃皇粮，那叫一个脸上有光啊。农村里有一个吃皇粮的，全家人，乃至全族人都荣耀啊。这不，眨眼间就老喽，退休在家，侍弄着这畦菜地，没事就跟它们唠嗑儿，就像跟家人一样，它们能听懂哩，不吵不闹地，安静地听着，一会儿摇头，一会儿点头，真乖巧。可不像我那两孙子，小时候老淘气了，现在长大了，规矩多了，但也跟我生分起来，不太亲热人。还好，反正是老成家的人，好歹总是姓成吧。

老成叔这么一想，心里就又亮堂了几分。

看看这天，越来越阴沉了，浓云一层盖过一层，天边全一个哑白色，不会是要下雪吧？今年可是下过两场大雪了，难道还有第三场雪吗？这可不是好事，往年只有一场雪哩。要是下雪，老二开车回来路上不好走，得开慢点，我孙子怕冷，会不会冻着他俩呢？得在家多生两个煤炉子，室内温度高一点，暖和。孙子们在南方过习惯了，不适应老家的冷天气，要是冻得感冒了可不好。

老成叔一边往家走，一边想着，突然感觉眼前一个黑影堵住了去路。

抬起头来，老伴儿成婶正瞪着他哩。

啥子回事，这是？瞪我干啥？

我不是让你拔几个红萝卜和白萝卜吗？我看你这篮子里怎么尽是一些青菜啊？

哎呀，我还真给忘了，光顾着老二家爱吃这些个青菜，忘了你交代的事儿。好了，好了，我这就转回去菜园子里，再给你拔几个萝卜回来吧。你就别瞪着我了，让人格外心慌。

老成叔将手中的竹篮子往成婶手里一塞，转身就朝回走。这婆子，说是要炖羊肉，用红萝卜来炖，味道鲜美，特别是出锅后的羊肉和萝卜，味道互相渗透着，萝卜有肉味，羊肉也不膻，一嚼，汁味儿满口生香，着实美着哩。那白萝卜呢，个大壮实，缨子青翠，从地里拔出来，那水灵肥美，就像那啥？是不是像女人年轻时白胖的身子啊，老成叔想到这儿，又觉得有点害臊，不经意地自己就嘿嘿地乐了。那牛骨头在炉子上熬了半宿，再将白萝卜切成大块，放进去一起炖，不用半个小时，那牛骨头的浓香和萝卜的清爽，直沁入鼻孔里，实在诱惑人的胃哩。

回到家门口时，天色渐晚，老成叔从怀里摸出手机来看时间，都快晚上六点了，老二一家啥时候才能到哩？这晚上开车，视野不开阔，前方看不清，看不远，得让老二慢点开才安全哩。老成叔一边按手机上的数字键，一个一个地找，老二的手机号有11个数字，他记不清是哪几个，得找出电话本来拨。平时都是老二主动往家打电话，一般是打给老成叔接听，要不就是成婶接听。若不是有些紧要事，老成叔几乎未主动拨打过电话给老二。

回到一楼东边的卧室，老成叔从旧桌子的抽屉里掏出来一个小本子，约一个巴掌大小。塑料青色皮封，都缺了角，翻开内页，纸张泛黄，老成叔也记不清这个小本子有多少年的历史了，反正自从老二20世纪90年代初离家到深圳打拼创业就有二十五年了。那时候不是每家都有电话座机，一个村里只有一台，在村委村主任的办公室里，要是有电话来，主任先接了，跟电话里的人约个时间，然后安排人来家里喊人，按约定的时间再去接听。慢慢地，到了十年前，有条件的家庭就自行安装了座机，每个月付五十元费用，电话费另计。这样一来，老成叔家就不用大老远跑去村委接电话了。直到前五年前那个春节，老成叔收到老二媳妇清荷给买的一台老人机，屏幕和数字键都很大，老花眼能看得清，除了具有收音机的功能，就专门用来拨打电话和接听电话了。这款手机来电话时还有自动报音功能，音量也大，特别适合老成叔这样七十多岁的老年人使用。当时清荷说，若不是爸妈的眼神不好，她都想给他们买智能手机，可以用来视频通话呢，也就是说，一边接听电话，一边还能看到电话里说话的对方，那可不是传说中的电视电话一样神奇？但毕竟是年过古稀的老年人了，眼睛老花了，听力也下降了，对手机的使用也弄不太清楚各种功能了。唉，老了，就是不一样啊，想当年，自己年轻时，样样都是标兵哩。

就这样，老成叔把大门虚掩上，穿过大厅，进到后面内屋，和成婶在厨房里忙到晚上八点，总算将各种事儿安排妥帖后，抓起一把红菜薹清炒用来下饭，胡乱吃了几口。

成婶坐在灶头，两手蜷在袖口里，满头白发缠在头上一条紫色碎花头巾里头，盘成一个发髻，显得清爽，但满脸的皱纹，深深浅浅地，一直爬满腮边，岁月催人老，时光逝去了无情。

她瞅一眼喝茶的老成叔，老头子，你说这老二，现在是不是老实点了？不会再犯浑了吧？可怜咱清荷为了咱这家，亏她识大体，明事理，也是忍了多年。只怪这个浑小子，花花肠子，不争气，总不让人省心，都快五十的人了哩，咋就不长性子呢？

老成叔本来心情挺不错的，想象着老二家四口回来，冷清的家一下子就变得热闹起来，两孙子该长胖了点吧？他拧开保温杯盖，热气袅袅直往外冒，他朝着杯口吹口气，白雾一样的热气就歪向一边了。老成叔喜欢这种苦树茶，是贵州产的，老二每年回来都要带回来几罐孝敬他。老成叔眯着眼，轻轻地小呷一口茶，脸上满是舒坦。可是，当成婶一提到老二那不省心的话题，老成叔脸色瞬息就变了，眼神又黯淡下来。他忽然将打开的保温杯盖拧紧，又松开，却又不喝一口茶，再拧紧杯盖又松开，反复如此。

成婶叹口气，眼睛盯着墙角黑乎乎的烟囱管道，一动不动，没再出声。老两口就这样，在昏黄的灯光下，默然静坐着，心里想着什么。这老二确实让老成叔恼火得很，都七十岁的老子，还要来当着孙子的面教育年近五十的儿子，这确实是令人气恼的事情。更让人气恼的还是老二改不了拈花惹草的毛病，年轻的时候没钱，但总有女孩子喜欢坏小子，这不，有了几个臭铜钱，就更有资本去花天酒地了。俗话说，兔子不吃窝边草，可是这个不争气的老二，居然和以前的老同学勾搭上了，那是他以前的老相好，只可惜当年家里穷，人家愣是没嫁进门，这让老二心里种下一个心结，总想着找机会报复一下。于是，这几年，他想方设法联系到了那个老相好，还把人家上了，结果，那人还真赖上了他，多年来纠缠不休。若不是老二媳妇无意中发现他们开房的证据，大吵大闹，老成叔和成婶还一直蒙在鼓里头，完全不知情。

当然，老成叔不是不讲道理的人，于是，把老二好一顿臭骂，当时老二就低头认错了，表示以后断了联系，不再往来。可是，那女人却不罢不休，三番五次找他，逢年过节就来家里吵，闹得满城风雨，老成叔差点给气炸肺了。为了平复事端，老二只好低头，对她好言相劝，结果两人又粘黏上了。老二媳妇清荷哪里忍得下这口怨气？于是嚷着要离婚，声称老二出轨犯错，净身出户，所有的财产归清荷和两个儿子所有。经这一闹，老二吓得不轻，他这才恍悟，稀里糊涂地居然给那个女人差点毁了这个家。为此，老成叔亲自主持家庭会议，在众多亲人面前，老二自然羞愧得抬不起头来，耷拉着脑袋，哭丧着脸。老成叔义正词严地再次警告他：再不回头，再不改过，将把他逐出家门，让他滚得远远的，全家人都将不认他。

打此以后，老二似乎改过自新，五年过去了，好像风平浪静。

一晃又到了年底，老二携妻带子开着宝马回来了。

他们到家的时候，老成叔和成婶在厨房里靠着灶头取暖，正睡得迷迷糊糊。

听到门外老二在喊开门，老成叔清醒得特别快，非常利索地就起身，疾步穿过大厅，赶紧开了大门。

车上先后下来两个高大的身影，不用说，老成叔就知道那是他的两个孙子，又长高了，身型格外壮硕，一点也不像老二那一米六的身高。

哎呀，我的大孙子啊，你们终于到家了。哈，长得比你爷爷还高出一个头啊！该有一米八出头了吧？

爷爷好！奶奶好！我们回来了。两个孩子下了车后，看到老成叔老两口，表现得不是特别亲热，但又不失礼貌地打了招呼。

当然，老成叔不会计较什么，让他更开心的是，儿子和孙子回老家过年来了，一家子热热闹闹，人气旺着呢。

清荷照例为公婆准备了一些从南方带回的年货，还有一套保暖内衣，以及给婆婆的一件羽绒马甲。她知道，婆婆一向怕冷，这些衣物对她来说非常实用。自然，公婆对清荷的体贴感到特别欣慰和暖心。

由于婆婆不久前因为腰疾做过一次手术，她干不了重活，家里打扫卫生、清洗床单棉被的事，清荷二话不说，就一手揽过来，连续干了三天，总算让原本凌乱不堪的家显得整洁多了。老二还算是懂事多了，一边帮着清荷打打下手，干点零活，一边上厨房整点好吃的。

看着一家子和和美美地相处，老成叔格外开心，眼睛眯成一条缝，脸上一大把褶子挤到了一起。他瞅空就跟老伴夸，咱家老二生性多了咧，你瞧瞧，他不像往年那样开着车到处会朋结友参加聚会，这些天多老实啊，在家待着，做做饭，干干家务，陪着我们唠嗑，这样的日子真是好嘞。

可是，年近大年三十，还是出事了。

这天下午三点，老二神秘地开车外出，临近六点才回来。其间，清荷敏感地意识到不妥，打过八次电话，但老二的手机处于无人接听状态。

于是，清荷又一次发现某个女人在老二的后排座位上留下了可疑的痕迹，貌似将某种脏物刻意留在车上。清荷自然怒不可遏，当即在全家人吃晚饭的时候揭穿这件事。老二当时脸上红一阵白一阵，一句话也不敢多说。他默认的态度，更让清荷觉得自己的忍耐已到了极限，她不想再忍辱求全。于是，她当众宣布：他们的婚姻已经走到了尽头，过完年他们就去办手续。按照当时的口头协议，老二净身出户。

说完，清荷就径直上了四楼卧室，卧床不起。

老二，你不像个东西。

老成叔一边往灶膛里添木柴，一边嘴里嘟囔着，有点含混不清。

老二，你简直就不是个东西。他又补一句。再添了一把柴，把火钳狠狠地戳了一下灶口，火星子直往冒，腾地蹿起一条火舌，像一个突然从灶里蹿出来的妖怪。

吓得炒菜的老成婶惊叫，老头子，你小心点。你把你心里的火都点着了。

我要把这臭小子烧出原形来，看他是什么怪种投胎的。老成叔头也不抬，口气中充满火药味。

唉，你说吧，我们这老二也真鬼迷了心窍，咋就一点也听不进外人的劝说呢？全天下就你一个人被鬼迷了心一样，死活不跟那臭妮子狐狸精分手，纠缠不清，被你媳妇清荷这大过年的当场捉住。还闹这一出，叫我们两张老脸往哪儿搁才好！

老成婶叹口气，漫不经心地又翻了一下锅里的菜。眼睛忽然瞪大了，好好的一锅黄芽白，倒入锅中还是水嫩嫩的，硬是被炒成了蔫不啦唧的黄烟叶。

教子无方，教子无方啊！老成叔佝偻着腰身，灶里的火光跳跃着，映在他黑红的脸膛上，上面全堆满了失望和恼怒。

旁边一个影子坐立不安，双手插在棉袄两侧口袋中，脑袋深埋，从后面看，就像一具无头僵尸。

沉默了半晌，影子忽然开口了。

老爹、老娘，我，我……想去睡觉了。

睡什么睡？你还能安心睡得着？老子这几天都没睡过一次好觉！老实点给老子站着，不准坐，没让你跪下就算好的了。一年到头在外面瞎忙活，难得回来过年一次，尽给娘老子丢脸。人家都说咱老成家出了一个大老板、大企业家，啥子鬼嘛，老子没见你孝敬过一分钱。去年你娘摔了腰，在医院躺半个月，花了四万块，也没见你拿半个子儿出来。要不是老子有医保，你娘死活你管了吗？

老成叔扭头朝影子一吼，像一头暴怒的狮子，嗓音低沉却十分有力量。那影子哆嗦了一下，然后不动了。

老婆子，你看这清荷躺床上几餐没吃过了？你说她真的不饿吗？明天就大年三十了，老这样躺着，也不是个事儿啊。

我这就给她烧个肉丸子汤端上四楼去，再劝劝她，想开点，不能折磨身子骨，苦了谁呢？还不是气坏了自己的身体，自己吃苦头！就算是我这老二不争气，我们回头再好好教育他。

灶屋里只留下老成叔，另一个影子在昏黄的灯光下，依旧一动未动。

你给老子交个底，你说说，接下来你打算怎么办？啊？

老成叔沉思片刻，突然朝那个影子质问。

除了灶里的木柴慢慢地燃尽后，偶尔迸发一点火星子的声响，就只听到老成叔粗重的呼吸，他急躁地把眼睛瞪得老大。

影子沉默，没有任何回应。这让老成叔更加恼火，也挑战了他作为一家之主的权威。

你倒是给老子放个屁，吭一声啊！从小到大，就没让老子省过心，老子这是上辈子欠你的，这一世硬生生被你折腾。你娘和老子，非被你折磨死一个，你才消停是吧？

当年老子就是看准了那臭妮子不是好货色，满口漂亮谎言，骗老子找关系送她去上委培大学，花了老子几年的皇粮钱。读完三年后，她还不是一脚把你给踹掉，然后远走高飞了？这口气，老子窝了十多年，没机会出气。你倒是好，现在还反过来给老子再往气囊里充气，你这是要把老子的肺气炸，送老子上西天吧？你这不争气的东西，没骨气的东西，当年人家嫌你穷，没文化，抛弃你。难道你不记得了吗？你倒是努力给老子争脸啊，南下深圳打拼十多年，你确实运气还不错，赚了几个臭银子，开始嘚瑟了？你媳妇清荷不好吗？有才有貌有文化，还给老子添了两个帅气孙子。你就是不知足，不知耻，放着好好的日子不过，非要去参加同学会，会啥啊？除了捐了一万元以外，还给老子又丢一次脸。那臭妮子也真是贼不要脸，像只疯狗一样，嗅到钱的味道，就真往人怀里钻。老子真是信你个邪了，你还真让人家投怀送抱又好上了。给她钱花光了吧？送人家品牌手机了吧？送白金项链了吧？请人家吃一桌子生猛海鲜了吧？

你真不是个东西。

老子都快黄土埋到脖子的人了，养你这个儿子有啥用？除了当初翻建这座老房子你拿了一笔钱出来外，后来你为老子、为你娘花过半毛钱孝敬一下吗？你专门去孝敬那臭妮子了，不是？你说说，你这榆木脑袋是怎样长的？最基本的真相都看不清？是非黑白也不分？人家是冲你几个臭银子来的。你以为她真的喜欢你，要跟你过日子啊？那当年怎么不嫁进咱老成家的门呢？那死妮子也真是有娘养没娘教的人，不讲脸，不要颜面，自己有老公，有女儿，放着好当当的贤妻良母不做，还做这档子见不得人的事。你说说，这世道究竟是怎么了呢？

这时，灶屋外响起一阵轻微的脚步声。由远及近，很轻，很慢，好像满腹心事一样。

老成叔知道，事儿又严重了，眉头紧皱起来，仿佛要拧成一股麻绳，错综复杂，剪不断、理不清，世界全乱了。

果然，老成婶一低头，慢吞吞地跨进屋来。她的脸色格外凝重，也许腰伤尚未痊愈，她走路总是特别慢悠悠的，还不时用一只手叉住腰身，好像很吃力才能直起腰来。

她手里仍然端着那个碗，里面的东西一样也没少。

清荷啥也没吃，也不肯说话，只顾着流眼泪。你说说，这样下去，咋办啊？唉！

老成婶把碗往灶上重重一搁，发出清脆的碰撞声，那个影子微微震动了一下，很快又平静下来。

外面突然响起一阵鞭炮声，给寂静的夜平添了几许过节的气氛。偶尔有狗叫远远地传过来，又远远地传过去了。隔壁的新房子还在紧赶慢赶着装修，不时响起电钻的声音，轰轰直响，连带房子里的地板都有一种震感，让人格外心烦气躁。

老成叔瞅瞅隔壁的方向，摇摇头，没出声。

今晚你给老子待在屋里，哪里也准去，哪个喊你喝酒，喊你搓麻将你都不能去，听到没？要不，莫怪老子大年三十发威，把你这孽子赶出家门。这次，你是让老子给惹毛了，实在太不像话了。

你真不是个东西。

前天借口同学聚会，把那臭妮子往邻城酒店带，发骚，烧钱是吧？今天下午清荷只是去街上洗个头，你趁这个间隙，又屁颠屁颠往那臭妮子家跑，去孝敬人家娘老子。你还有没有廉耻？这么张扬？你这是吃了迷魂药吧？脑瓜子笨死了不是？我不怪清荷闹，换作哪个做媳妇的能吃得消，咽得下这口怨气？咱亏待了清荷，从外省嫁来我们这里，娘家人隔得远，吃点亏也没人撑着腰。要是我闺女在婆家吃这样的亏，老子还不找上门去，非把那犯错误、屡教不改的小子给直接阉了不可！

哼！你真不是个东西。

只怪老子没把你教育好。你说，老子咋就生养出你这样一个不争气的家伙呢？从小你就打架闹事，天天东家告状西家投诉，到了学校，老师把你几次劝退，老子为你卑躬屈膝，不知道给人家多少次赔不是，给校长送礼道歉。好容易你混了个中专文凭，你开始挣钱了，老子高兴没几天，你又惹出这些个事来了。这是祖上没修德啊，让我老头七十岁了还不得安生。你瞧瞧你都奔五十的人了，儿子都快娶媳妇了，你还做出这等龌龊事来！你对得起你娘，对得起你老子吗？你面对你儿子，你还有颜面吗？今天老子是真的想削你几巴掌，但还是忍住了，要削就削老子自己的老脸，教子无方啊！

老爹，你别说了，我不是个东西。我觉得我就是一畜生，是我自作自受，我对不起你们！让我接受一切惩罚吧。黑暗中那个沉默的影子终究是开了口。

老成叔终于闭口不言，在黑暗中长长地叹了一口气。

过完年，老二一家提前于年初三踏上归途，返程回到南方。老二所做的第一件事，就是换了手机号码。

**李凤琳**

李凤琳，20世纪70年代生，湖北武汉人。深圳市作协会员、光明区作协会员。有散文、小说、诗歌散见于《湖南文学》《宝安日报》《湖南工人报》《大渡河》《晶报》《当代中国生态文学读本》等国内各读本报刊。

# 清荷神韵（外一篇）

◎王池光

蜗居城市一隅，被称为城市里的农村，但居所依山傍水，交通四通八达，可以就近游山玩水，可谓惬意地栖居，幸莫大焉。

在慵懒的日子，无须舟车劳顿，我扛着“长枪短炮”去居所附近的水库垂钓，放眼山沟里、草地上、溪流边，汹涌着一簇簇、一畦畦、一片片烂漫的鲜花野草，太阳随意地洒在广袤的土地上，鲜花野草爆发着，喷射着，争奇斗艳，热烈而奔放。微风飘拂，花草摇曳，神清气爽，那是一种怡然自得的满足。

长期宅在水泥森林的方格子内，不见阳光鲜花和野草，繁杂的事务使人身心疲惫，感觉精神都长了霉。此时，甩落工作带来的压力和一身的疲惫，近距离与大自然亲密接触，当久违的阳光穿越辽阔的天空洒落在身上，静观游鱼往来倏忽，一会儿悬浮水面若隐若现，一会儿钻入草丛寻寻觅觅悠闲自在，发霉的精神微微一颤，顿时让人心旷神怡。

毗邻水库的是一片沼泽地，水草并不茂盛。目睹空荡荡的沼泽地和一些不知名的水草掩映其中，大自然的不协调，总让人感觉好像缺点什么，因而生发一种莫名其妙的遗憾。

在一个草尖上的露珠还未滴落的周末早晨，我去水库垂钓的途中，不自觉地瞥见那一片杂草丛生的沼泽地，悬浮着稀疏的绿叶，好奇心使然，走近一瞧，绿叶青翠欲滴，一粒粒如珍珠般的水珠晶莹剔透，油光锃亮。原来是洗脚上岸的菜农不舍田地抛荒，在荒芜的沼泽地栽上了成片的莲藕，小荷才露尖尖角，青翠的荷叶犹如繁星点缀其间。

然而事与愿违，美好的期待总是掺杂着不和谐的插曲。美中不足的是，刚出淤泥一尘不染，还来不及开盘散叶蜷缩着的荷叶犬牙互错，仔细检查才发现，原来是雨水期水库涨水，游鱼戏水吞噬了嫩绿的荷叶。悉心的菜农打开水库的水闸，降低了水库的水位，防止鱼群蚕食荷叶，以此保障荷叶莲藕正常生长。于是，荷叶雨后春笋般迅速生长，一片片越长越大，一丛丛越长越多，一盘盘冠盖如伞，蔚为壮观，仿佛一夜之间，就将偌大的一片沼泽地铺上了青翠的绿毯，升级为绿浪婆娑荷、花点染的荷塘。

从此，我心中不但有了一份期待，更多了一种牵挂。闲暇时间，或者某个晨曦初露的清晨，或者在一个落日余晖的黄昏，总是不自觉地去寻觅那绿色的幽静一隅。荷叶似乎也有人的灵性，从同一位置先后出土的荷叶生长过程不难看出，先出土的荷叶总是从侧边开盘散叶，有意无意地谦让后出土的荷叶，后出土的荷叶也像蓄意安排一般，从另一侧开盘散叶。有趣的是，先出土的荷叶秆子向一侧倾斜，后出土的荷叶秆子就乖乖地向另一侧倾斜。即使是在同一个立锥之地同时出土的双胞胎，荷叶秆子也是相互谦让，情同兄弟般地携手向上生长。当荷叶差不多覆盖了偌大一片沼泽地的时候，荷花蓓蕾就争先恐后地一个个冒出来了，一朵朵摇曳生姿的花蕾就像水下美人般争奇斗艳开花结果。

红色的荷花姿态娴雅，洁净俏丽；白色的荷花婀娜多姿，不媚不艳；青翠的荷叶水珠欲滴，郁郁葱葱。夕阳斜照，清风徐来，百花齐放，亭亭玉立，清香扑鼻。

“清水出芙蓉，天然去雕饰。”正是荷花的真实写照。荷与众不同，不论是荷花还是荷叶的茎秆，中通外直，显得瘦弱而颀长，一枝独秀悄然绽放。然而，正是这瘦弱而颀长的风骨，体现荷的出淤泥而不染、高风亮节的风格，吸引着我们的眼球，感染着我们，让我们迷醉着，激动着……

荷花很美，从抽芽到孕蕾，不为夸饰，从开花到结果，不为骄奢，只为孕育美好，孕育豁达，孕育淡然；荷花虽不高大伟岸，但从破土而出的那一刻开始，它就顶天立地，宁静而沉默、充实而顽强地生长着。荷花并不取悦人类，却给人们带来愉悦、欢欣和享受；荷花不为张扬，不为美艳，但它的风韵、雅致、飘逸、洒脱，令人肃然。它短暂的生命过程演绎着平实、本真和奉献，但是，我心中在意的，并不仅仅是它的美。

荷花短暂的生命历程，不奢求浓艳，不追求热烈，不强求浮华。当生命炽热灿烂时，仍然低微娇羞默默无闻，点染装饰人类家园。荷花温柔似棉，寂静如水。烈日曝晒不枯萎，风吹雨打不折腰。荷花扎根泥土，吸取大地的营养，奉献美丽和热烈。它是那么依恋水和泥土，即使到了叶落飘零的那一时刻，一片片枯萎的老叶仍然化作肥料融入泥土更护花。

身在静谧的荷塘，一阵又一阵的微风吹皱了浅水，水纹细浪绕着娇羞而矜持的荷花绿叶一圈圈地荡漾，水波潋滟，游鱼戏水，鱼戏莲叶间，使人压力和疲惫顿消。红白相间的荷花绿叶随风摆动，总是以一种惊人的隐忍，轻吟浅唱着不懈的努力，赢得生命的美丽。恰似徐志摩的诗句：最是那一低头的温柔，像一朵水莲花不胜凉风的娇羞。

沐浴在晨曦初露的荷塘，空气里满是荷香。穿行在叶脉和花瓣间，水滴的声响传来，仿佛听到大自然跳动的脉搏。漫步在荷塘边，欣赏茫茫荷叶点缀的满眼翠绿，荷叶夹杂着耀眼鲜艳的荷花，点染身在其中的人们，浑身不乏荷的清香，使人油然而生一种透体的清凉，俨然其中的荷花绿叶，贪婪迷醉在荷叶连连的这样一个世外仙境。

淡雅的荷花、翠绿的荷叶，明净深邃似碧玉妆成、翡翠凝就，生命力可谓强矣。北宋周敦颐著名的《爱莲说》有云："水陆草木之花，可爱者甚蕃。晋陶渊明独爱菊。自李唐来，世人盛爱牡丹。予独爱莲之出淤泥而不染，濯清涟而不妖，中通外直，不蔓不枝，香远益清，亭亭净植，可远观而不可亵玩焉！"

在晨曦初露的早晨，开盘的荷叶撑起一片片绿荫，绿荫下游鱼戏水，那晶莹剔透的露珠，随时要从枝叶间滴落下来。那些初出淤泥一尘不染、还来不及开盘的嫩荷叶，水嫩花飞，含苞欲放，荷花与绿叶争奇斗艳，春风得意地展现自我、炫耀自己，泛着勃勃生机。

时值荷花盛开时期，含苞欲放的蓓蕾迎着初升的太阳升起，朝气蓬勃地醒来，开始缓慢地次第绽放，待到中午时分，盛开的荷花舒展开来，满眼的荷花点缀在碧绿的荷叶之间，俨然一幅美不胜收的画卷。到了傍晚时分，随着暮色降临，荷花悄悄闭合花瓣，犹如睡美人抖动的睫毛，不论是姿还是色，总给人留下美好记忆。

盛夏时节，天气炎热，荷花绿叶开得正欢。旧叶未老，嫩芽吐新，残花未谢，新蕾又绽，一茬又一茬，沼泽变荷塘，锦上再添花，成为人们休闲纳凉的好去处。不堪压抑，回归自然，到野外赏花看草，寻找一脉律动与生机，拂去疲惫的征尘，享受本真的生活，感受不同的风景，心随景迁，物我皆忘，再压抑的心情也会豁然开朗。漫步在荷花碧叶之间，凝视着随风摆动的荷花绿叶犹如睡态娇柔妩媚的睡美人，我心驰神往久久不愿离去……

与荷亲密接触，开诚布公窃窃私语，奢求一份禅心，寻觅那一刻的宁静和安宁，收获一份平稳静谧的心态，不以物喜，不以己悲，天地悠悠，享受平凡人生。

欣赏着荷花碧叶，仔细琢磨，预测这些绿色生命的命运，自嘲似乎多此一举。其实，万物复苏生命轮回，幼芽自然会变成一片片绿叶，织成浓密的华荫，在初夏的季节抵御害虫的侵蚀，浮绿泛金地恭候酷暑的到来。待到秋来更季时，绿意黯然失色，经秋风敲打、挺严寒侵袭，一夜暴风雨后，风停雨住残叶飘零，虽终究摆脱不了叶落归根、尘归泥土的命运，但到底惊艳了生命的美丽。

春夏秋冬四季更替，新陈代谢生命轮回，自然规律无可改变，经历了严寒风霜，走过了阳光明媚，最后捧出累累硕果才善罢甘休。植物是这样，人生亦如此。每个人都渴望成为命运的宠儿，都希望能把握自己的命运，从希望到失望，经历了曲折坎坷；从失望到期待，尝尽人世间的甜酸苦辣；又从期待到收获，生命不息奋斗不懈；唯其如此，才体现生命的本质。

## 土豆花

金秋时节，土豆在故乡的田地里拼命地生长，一垄垄肥硕的土豆耐不住寂寞跃跃欲试，急不可耐地蓬松着肥沃的土壤，呼朋引伴赶趟儿似的，像是要从土壤里钻出来。于是，父母将藏在田地里的土豆，一个个吃力地掏出来，美其名曰挖金元宝。

土豆（又称地蛋、马铃薯）既可加工薯条、薯片等零食，又可以搭配荤菜炒熟端上餐桌。所以，在我们老家，除了大米、红苕等主要粮食作物外，土豆也可以作为食物。不论是土豆炒肉，还是油炸薯条，或者土豆煲汤，都是我和儿子的最爱。为了满足我和儿子的口福，父亲背着一袋土豆，坐上长途客车，千里迢迢到了深圳。父亲迫不及待地按每人一个将土豆洗干净，切成薯条，等我下班回家再将薯条放进锅里焯过，待摊开放凉了半个小时，又放入冰箱冷冻半小时后，一大盘香喷喷的油炸薯条便端上了桌，我和儿子还有妻子风卷残云、狼吞虎咽起来。父亲看着我们一边吃一边笑，满脸的皱纹恰如我记忆中的土豆花，虽不鲜艳，却很起眼，俨然一具古老的艺术雕塑。父亲得意地赞叹，这才是绿色生态食品，地地道道的家乡味道。父亲告诉我们，母亲给土豆施的全是农家肥料，似乎就想证明，那是一种来自故乡的独一无二、不可复制的味道。

时间一晃就过去了半个多月，好东西总是不够分享，一袋土豆很快就吃得差不多了。那天早晨，我贪睡到了上班时间，正急匆匆地准备去上班，突然看见父亲在厨房里一个一个地挑土豆，本来就只剩下几个土豆了，不知父亲挑来挑去的挑什么。原来父亲是怕发了芽的土豆，弄得不好，吃了会中毒，丢了又舍不得，我便让父亲把发了芽的土豆给我留下，准备种在阳台花盆里。

父母称土豆为“金元宝”，源于土豆的来源。记得，许多年前，一辆大卡车装了满满一车土豆，经过老家门口国道的时候，汽车爆胎侧斜差点翻车了，虽然大卡车被公路边的水泥礅挡住了没有侧翻，但车上的土豆还是洒了不少在公路边的草丛里。由于老家地处偏僻的山区国道边，父亲和几位乡亲们与汽车司机忙活了半天，才把草丛中的土豆一个个地重新入袋装车。为了感谢父亲和乡亲们，司机将摔破损的土豆，送给每人一袋，因而土豆引种于四邻八乡，便有了土豆、马铃薯，甚至“金元宝”等五花八门的名称。同时作为仅次于稻米、麦子、红苕和玉米的粮食作物，如遇天道不顺、农事不畅的年成，土豆往往肩负起温饱乡亲们肚子的重任。

由于“土豆”与“丑陋”的家乡话同音，农村家乡人骂傻子、癫子、丑陋的人，或不受大家欢迎的人，就称这个人“土豆”或“丑陋”。至于到底在什么时候称别人“土豆”还是“丑陋”呢，其实谁也弄不明白，大家只是一味习惯这样大呼小叫，但有一点可以肯定，正是这种易种易发，生不择地，量多物贱，形状像个“金元宝”的农作物，在贫穷落后、物质生活匮乏的年代，拯救了许多人饥饿的肚子。如今，众所周知，土豆含有那么丰富的碳水化合物、多种矿物质和维生素，对预防人体疾病，保障身心健康起到了不可估量的作用。

城市居民既想过着繁华的物质生活，又奢望原生态的生存环境。因而城市变成了滋生山水花草欲望的温床，但在钢筋混凝土打造的街区，却缺乏用于种植的土壤。城市里的泥土都被水泥、沥青淹没在城墙脚下。父亲告诉我，将两个发了芽的土豆切成几块，按照绿芽朝上的方法，将大小几块土豆培土在阳台三个花盆里。一生离不开土地的父亲说，土豆没有那么娇贵，具备土壤、阳光、水分，就比较容易成活。只要根长出来，土豆就成活了。因而我甚是期待，每天下班回来，第一件事就是仔细观察那个透明花盆里的土豆块是否有根冒出来。终于，一周后，当我看到第一条像豆芽一样的银白色的根，从那块最大的土豆块一侧生根发芽的时候，不知因为我是农民的儿子，又从没种过田地做过农活，现在在城市的温床同样种出了土豆而欣喜呢，还是因为一颗来自故乡的土豆在城市落地生根而欣慰，总之，我几乎到了欣喜若狂的地步，那种欣喜并不逊于初为人父的兴奋。

说实话，我对自己如此敬畏生命肃然起敬，或许这是岁月的年轮留下的烙印。土豆的根须越长越长，越长越快，越长越多。同时，一个个娇嫩欲滴，一绺绺含苞欲放的土豆芽，像一张张睡眼惺忪的笑脸微微张开。每天下班回家，我就手握书卷坐在阳台上欣赏和陪伴着土豆成长，仿佛我与土豆有一种不解之缘。甚至有时候，我默默地站在阳台上，在羡慕嫉妒蓬勃生长的土豆时浮想联翩，联想到自己的半百人生，不禁悲从中来，泪水忍不住在眼眶里转来转去，虽然随时都会流下来，但我必须强忍着眼泪，不想让任何人看到我就这点出息。我要控制住自己的情感，因此内心的酸楚越来越浓，外表的坚毅越来越强。

土豆慢慢地开枝散叶，青翠的碧绿好像要溢出来似的，栩栩如生。并不宽阔的阳台，因为有了土豆吐绿，清风徐来，苍翠的绿叶随风飘拂，仿佛增添了浓墨的色彩。据说有一种感情，可以跨越种族异物与语言的边界。一个人的喜怒哀乐往往是藏不住的，即使嘴上不说，眼睛也会流露出来。虽然眼睛不说话，但行为动作肢体语言可以表现出来。凝视那一枝一叶，枝叶茂盛，形态各异，有的像一颗五角星，有的呈宽卵形，有的犹如一颗心，同一条枝上的叶子各不相同，总让人想抚摸一下，感触一番肌肤之亲才舒服。叶子越长越密，越长越大，时光轮回，枝节上慢慢地长出了白里透红的花苞，翠绿的茎叶和次第盛开的土豆花，将阳台点缀成了一幅美丽的图画，小小的阳台变成了全家人的乐园。

农事通父亲告诉我，土豆开花不是优良品种，而是退化的土豆，譬如我们老家种植的传统土豆品种就很少开花或不开花。土豆开花就影响产量，因为土豆开花消耗养分，尤其开花结果的土豆，消耗更多养分，导致土豆大量减产。所以，土豆开花，应当及时摘除，才能保证产量。阳台盆景，方寸天地，显然长不出像样的土豆来，不论开花也好，结果也罢，只能顺其自然。于是，阳台上陆续开出了洁白的土豆花。

从一个供人果腹的农作物到赏心悦目的风景，最终变成一幅浓墨重彩的水彩画。虽然土豆转换了角色，仍然没有那份娇媚，但苍翠碧绿的叶子间杂着纯洁素白的土豆花，在城市落地生根，却也多了一份随遇而安。既让我养眼，又牵动我的情思。

由于机缘巧合，一颗来自故乡的土豆，像花一样在城市绽放，让故乡的味道在异乡延续。这是我们断然没有想到的。尽管土豆不是供人欣赏的花，但到了一座陌生的城市，同样努力地像花一样绽放，或许这就是我们所期待的生活。

## 王池光

王池光，出生于荆楚大地湖北鱼米之乡，混迹官场不圆滑，痴迷文字没出息，资深媒体人，签约作家，深圳市光明作家协会理事。作品散见报刊、人民网，荣获“第三届全球华人文学创作邀请赛”散文一等奖等各种征文比赛奖项。酷爱文学，笔耕不辍，著有短中长篇小说《祸首》《梦断72小时》《商道情缘》。现居深圳。

# 内心花园（组诗）

◎符定平

## 内心花园

春风，从梦里翻身坐起
以轻盈的脚步从我眼里逃遁
占领大地。一声鸟鸣把露珠解释
为水，由它们漫山遍野奔跑

我从泥土抽出一根草叶
看到了春天高贵的品质
原野上的花香也渐入佳境，只要呼吸
四周便燃起一片片爱情

于是我内心长出耳朵
倾听，寂静蔓上膝盖
一段孤独时光，留在这里

我到了一辈子不曾到过的远方

候鸟在树林穿行，我看见
云朵在自身光线下赤裸自己
遮住我两眼的光明，我只好站在中间
语言早已松弛为土地——

## 田园深处

大屏嶂有荔林，也有交错的阡陌
一块块水田，也只有在这个时候
才会让天空仔细端详
水比任何时候都要显得安静
草木知秋，正如今日的阳光
永远有无法抵达的地方
我们四个人来得很轻，一只蚂蚁的脚步很轻
花草的呼吸我们听不见
田野想什么，它就呈现什么

小木屋后面，是一片陡峭的田地
入秋以后，气温在不断下降
茅草在一天天萎黄
而菜花正在那里次第盛开
我相信，美好的事物
不一定是秋天的附属
我闻到的秋风中
不一定裹挟着落叶的悲伤

上次，也是在这个临水的位置
我看到荔枝开满山坡
像一把把大地红伞
只是颜色已经很深了，摘荔枝的人
还迟迟没有露面
一些鸭子的羽翅涉水而过时
仍带有蜻蜓点水的嫌疑

小时候，我们经常在这样的田间走动
现在仿佛又走了回去
那些白云，那些溪水，似曾相识
岁月落下泥土，掩盖了童年脚印
只有荒草根部，还藏着曾经的心动
这是一件不可复制的事物
时间久远，大地辽阔
一个人和一粒种子，随风降至
我在有意温故一种花的气息——

## 小舍秋夜

我们驱车经过一大片密林
傍晚之风吹来，仿佛有暗影
山上的草木微微晃动
这条山路并不陌生，我每年都会来
只是在黄昏，我是第一次
什么都没有，除了安静

远山是漆黑的夜，一件深色国画
我们每走一步都会有小的虫鸣
随后到来的暮色，又会深深地
掩埋好这一切

黑夜渐长，几丛杂草也长进小舍
我喜欢它们幽深时的模样
幸好我们来时带着灯火
昏暗的灯光里有一个秋天
有我们一上路就来临的夜晚
有我关心的鸭子蹚过河流
河流的水已经冰凉
也许是多年以后，我们回到土地的体温

此时，友人们在吟诗作画
画下清晰的河流和山脉
画下黄昏的风衣
画下一些明亮的秋虫
我从案台中抽身，站在小舍中央
放眼望去，山势跌宕绵延
应该是看这座山最好的位置
我常常在设想，从这里仰身向上
一生中的高低错落尽收眼底
仿佛一瞬间就从俗世中抽离

我在石阶上坐下

深陷在荔枝林的环抱里
与一个看不见的声音对白
这里的一枝一叶，需要有人留守
需要有人关注粮食和蔬菜的来龙去脉
这只小猫，躲在路旁的草丛中
将整个夜色揽在自己身上
也许它是山上唯一的守夜人——

**符定平**

符定平，1987年生，现供职于深圳市光明区某单位。作品以诗歌为主，散见于《雨花》《青年文学》《北京文学》《湖南文学》《当代中国生态文学读本》等各类报刊。

# 文本与绎读

# 一棵从前的树靠在另一棵树上（组诗）

◎韩宗宝

## 一座砖瓦厂

一座砖瓦厂
一座规模很大的砖瓦厂
在潍河滩上
它像一头巨大的
食量惊人的牛
它吃的不是青草
是我们　越来越少的土地

## 藏

夜深了
捉迷藏的孩子一个一个回家
最后一个没有被找到的孩子

他在草垛里睡着了　大人的吆喝声
去了村外
第二天早上的大雾　藏住了那个孕妇
孕妇　藏住了她肚子中的孩子
一些事情在村子里　越来越藏不住了
太阳爬上了榆树　雾散了
雾散光的时候
一个孩子开始揉着眼睛回家
另一个孩子在隔壁的炕上出生了
他的哭声　藏得太久了
像我的泪水

## 靠在树上的梯子

靠在树上的梯子
从前曾经也是一棵树
靠在这棵树上之前
它就靠在院子的东墙上
平时它一直是靠在那里的
现在有人把它搬了过来
把它靠在了一棵树上
一棵从前的树
默默地靠在了另一棵树上
它们并没有说话
但我还是感觉到了
它们之间
有种无法描述的力量

## 重新做一个铁匠

重新做一个铁匠
打一把好铁锹
去地里挖土
让这把铁锹区别于
它之前的　它之外的
任何一把铁锹
让它挖过的　翻过的泥土
终生以它为荣

## 一把没有钥匙的锁

那天父亲和我提到了
那把没有钥匙的锁
这些年里
很少和父亲闲聊
那天父亲坐在炕上
我站着
说到了天气
说到了过去的一些事情和人物
然后父亲就提到了
一把锁
一把没有钥匙的锁
它成了名副其实的锁
锁着母亲留下的
那个箱子

父亲说那个箱子是空的
母亲留下的其实
只是一把锁
一把没有钥匙的锁
锁着一只空箱子

## 少数

爱少数的人
也做一个少数的人
在拥挤的人间
为少数人
写一本安静的书

## 寂寞

那些疯狂的草是寂寞的
那些平静的庄稼是寂寞的
那块生长它们的土地是寂寞的

那片在风中汹涌着的树林是寂寞的
树林里那棵面目全非的白杨是寂寞的
那片干枯的河床是寂寞的
干枯的河床里那块泛着白光的石头是寂寞的

那些焦灼是寂寞的
那些内心的激荡　那些战栗　那些窒息
是寂寞的

漫长而痛苦的时光中
那些流散在空气中的无望的望
是寂寞的

那个不为人知的人是寂寞的
那个人周围阴晴不定的事物是寂寞的
那一支静静地躺在山坡上的歌是寂寞的

### 陀螺

在无尽的　动荡的时光里
我们应该怎样安顿一棵成熟的庄稼
如何安顿那些收集来的诗篇
如何抚慰一个人孤苦无依的童年

河滩上的草　落入水桶里的月亮
我有时在诗篇里提到了你们
还有那些在时光中始终沉默不语的灵魂
没有人能说出你们心底的秘密

在寂静的词与物之间　在物质的黎明中
我渴望时光疯狂的鞭子不停地抽打我
一只陀螺　一只悲伤的陀螺
时光中那些坚硬的光线　开始摇晃

它们弯曲着　仿佛一个人最后的忧伤

被语言的斧子钉入无边的黑夜和木头当中
现在除了时光　还有什么能教育我
让我燃烧　让我轻蔑　这低贱的人世

## 山坡上的四头牛

山坡上的四头牛在吃草
一头是黄的
一头是白的
一头是花的
一头是黑的

它们默默地低着头吃草
不时地把各自的尾巴　甩来甩去
山坡上的青草　很茂盛　有的已经开花了
草　明显地没过了牛蹄　也没过了四条
实际上并不存在的绳子

四头牛　它们有着同样的舌头和牙齿
但来自四个不同的方向
整整一天　它们在长满了青草的山坡上
各吃各的草
各拉各的屎

山坡上的草还没有吃完它们便离开了
黑牛向北走去
花牛向南走去

白牛向西走去
黄牛向东走去

山坡上的四头牛
它们合力把秋天向后移动了一天
把一个故事的阴影平均地分成了四份
把放牛的我和哑口无言的青草
合理地留在了原地

**鲜花和牛粪**

大家都说赵小暖是我们村的鲜花
如果说赵小暖是我们村的鲜花
那么　刘社会就是我们村的一堆牛粪

赵小暖嫁给刘社会
明摆着
就是一朵鲜花插在了牛粪上

赵小暖身上像鲜花一样香
刘社会身上像牛粪一样臭
虽然这样赵小暖仍然对刘社会很好

这一点让刘社会扬扬得意
他成天游手好闲　在村里晃来晃去
并且把些外村的狐朋狗友　也带到家里

那件事是秋分那天出的
刘社会的哭声突然像破锣一样响遍全村
一个消息不胫而走　赵小暖喝了农药

应该倒在喷雾器里
兑上水、治虫子的一瓶敌敌畏
赵小暖全部喝到自己的肚子里去了

她的肚子里已经有了孩子
难道她要把那个刚刚成形的孩子
像杀虫子一样杀死

赵小暖不但杀死了自己
杀死了肚子里的孩子
也杀死了一个秘密

没有人知道赵小暖死后　刘社会为什么
会哭得　那么厉害　那件事　好像还包含着
更多的事　但都成了谜

如今　当年的鲜花已经埋在黄土之下
当年的牛粪现在沉默寡言
他在潍河滩　种得一手远近闻名的好庄稼

## 我遇到了一头猪

我在河滩上
遇到了一头猪
它笨拙不堪
浑身上下脏兮兮的
它甚至有点
不像一头猪了
我不是那个寻找它的人
那个寻找它的人
一定很着急
一定没有想到
它竟然独自跑到了河滩上
一头在滩河滩上的猪
我看了它一会儿
可是拿它并没有办法
我不知道它是谁家的
也不知它来自哪个村子
它只是一头猪
没有名字
污泥也掩盖了它应有的记号

## 鹧鸪

当秋天深过河水
我要一个人　到南方去

我要到宋朝去
我要到深山里去
我要到一首词里去
听一听　鹧鸪的声音
我要见一见
那个写到了鹧鸪的诗人
我想问问他
为什么一定要在深山里
才能听到
鹧鸪寂静的叫声

## 犀牛

我的视力越来越差了
像犀牛一样
我变得很盲目
对事物和爱情不再加以选择
说起来真的有些荒诞
我的生活中从来没有过一头犀牛
可是我已经习惯
用一头犀牛
强烈地去反对另外一头犀牛
被反对的犀牛　它仿佛就在我的内心
它是一头独角之兽
它是我留给这个世界的
唯一戏剧

## 白鹭

1

这是一只孤单的白鹭　就像河滩上的一幅插图
她用全身洁白的曲线画出带电的圆弧

它押着唐诗的韵脚　仿佛是宋词中的小注
它打西塞山前经过　它从漠漠水田里飞出

一只遗落在人间的　面容清瘦的白鹭
当它的长喙晃动　这人世变得虚幻　轻浮

2

在这样的傍晚　白鹭美得悲伤　美得清苦
美得精巧　静止　如一个休止的音符

它要敲响天空　这面疯狂无比的大鼓
白鹭　鸟中的贵族　任何时候都不同流合污

它不食人间五谷　它的眼中有亲有疏
一只白鹭　用自身的羽毛澄清流言和错误

3

白鹭纯银的眼神冰凉　那细长优美的颈项
勾引起谁心中的旧梦和迷茫

它永远在水一方　像一位伊人身披白霜
它发呆的模样　总是让人生出淡淡的怅惘

它的表情里　仿佛隐藏着若有若无的感伤
它走后形成的空白　让整个河滩都显得空旷

4

一只白鹭　它曾独自地在傍晚的河滩徜徉
现在它正优雅地振翅　从容地飞翔

它消失成暮色里　一个人的苍茫
只剩下大片大片的芦苇　在风中摇晃

我从比镜子更深的地方　取出白银和忧伤
把一只白鹭　镶进语言和梦境的心脏

## 凤凰记

一

并没有过一只凤凰

并没有过两只凤凰

史书上有过凤凰的神话
江湖上有过凤凰的传说

一只是凤　是雄的
另外一只是凰　是雌的

一件用垃圾和废料装置的艺术作品
一首异质混成的互文性质的诗

一只被网住的凤凰
一只落地的凤凰

二

凤凰可以涅槃
也可以明码标价

一只凤凰在火中重生
一个叫凤凰的舞女在洗头房坐台

凤凰从不飞翔凤凰让农民工飞翔
一只凤凰在浴火　另外一只会引起欲火

一只早晨的凤凰百鸟来朝

一只夜晚的凤凰任百姓消费

一只是金凤凰
另一只凤凰日进斗金

三

凤凰从北京去了上海
后来又从上海去了台北

我没有机会和一只凤凰对视
栽下的梧桐树业已被连根拔掉

一只凤凰在夜色里披着灯光
但它不能鸣叫无法鸣叫

我曾想象一只凤凰循着我的笛声而来
但竹笛声被汽笛声淹没

一只凤凰湮没在汗牛充栋的典籍中
另一只凤凰淹没在大众的口水中

四

一只宏观上美丽的凤凰
在微观上惨不忍睹

不是一只凤凰　是两只凤凰
一只是软凤凰另一只是硬凤凰

一只是形而上的凤凰
一只是形而下的凤凰

每个人的心里都有两只凤凰
一只高贵美丽　一只低贱丑陋

像这个加速度的时代
一半是天使　一半是魔鬼

五

凤凰不是一个隐喻
凤凰也不是所谓的图腾

真正的凤凰还未来得及诞生
就已经被人们拆掉

一只凤凰的立场是什么
一只凤凰表达了什么

一只真凤凰门可罗雀四处碰壁
一只假凤凰门庭若市畅通无阻

真凤凰并不存在
而假凤凰确有其人

六

一只没有通过审查制度的凤凰
一只没有票房的凤凰

你可以通过一只凤凰
认识这个礼崩乐坏的时代

你也可以通过一个小时代
认识一只梦中的大凤凰

这众鸟之鸟　众鸟之王
它在众鸟之巅被现实之箭射落

凤凰虚幻的羽毛落了一地
犹如一地鸡毛

## 灯是一个暗示

——献给灯灯

那是一种孤单的气息　灯　你是南方的

你是一株　让人陌生又亲切的植物
你是某种发着清香的花卉　你在南边
你的微笑淡淡的　若有若无　但香气持久
那灯光　是一些雾　晕染着你的面庞

在路上总有些人总有些事　会一一离去
会有另一些在前面　慢慢地依次出现
就像一盏灯　必将照亮那些模糊的事物
一盏灯在黑夜里　它并不是最亮的
但它在跳跃　它单纯而透明　像一蓬向上的青草

空间不是距离　心是最近的地方
灯灯　你的身上弥漫着宁静的抚慰人心的力量
那么慢　所有美好的事物　都是慢的
一个秘密可以在心里放置多久　才会开花
没有灯的夜晚　是多么黑暗

我只能在这里　我不能越过　那片黑暗
一盏灯　站在光明和黑暗的边上　被时间所环绕
一盏没有名字的灯　就像一只没有名字的苹果
灯是一个暗示　我在木门上挂上了一朵玫瑰
我需要自己一个人静静地待一会儿

灯照亮了陈旧的事物　并留下温暖的阴影
现在我多么想　尽快地离开白天
多么想离开黑暗　在灯的旁边

在一把空着的椅子上　简单地坐下来
接过你递过来的杯　或者握住你微凉的手

## 你的温柔是天生的

——献给小美

你的温柔是天生的　你的哀怨也是
一只颜色金黄的小老虎　身世比秋天还深
你独自离开了那里　一个你厌倦的乐园
你突然的哭泣　是无声的　没有惊动什么

在这样的一个晚上　读着你的诗
我竟然也哭了　毫无缘由　我静默地看着外面
我不知道　这些泪水是从哪里来的
夏天开始的时候　你还那么青涩

桌子上的孤单是一样的　有些透明
你看得　那么清楚　可你还是有些恍惚
不断纠正你的内心的　肯定是水
往事在旋转　像木马一样快乐　无知

你那么静　坐着　你只是坐着就很美
小美　请你在你的温柔里加一些风
请你在风里加上一些　可有可无的笛音
请你在笛音里加上一些细碎的灯光

那个夏天　已经过去了　你说

可是夏天里的暖还在燃烧　就像你看到的雪
那些余热　有些冷　让你的心驯服
沐着新鲜的晨光　你如一只小兽　平静又安详

## 给阿华

如你所说
风吹着这浮世
吹着这浮生
吹着余生的广阔与狭窄

别无选择
我们都是这样活着
不由自主
经历并承受

面对这悲欣交集的人世
面对突如其来的变故
你想了些什么
那些空白　没有谁能填补

这个阴郁的秋天
除了黎明前的群星
除了在夜里生长的树木
谁能真正安抚我们

在一个人白天写下的诗句中

究竟有多少黑暗和泪水
他倾其一生搬运货物
而一辆车把他无情搬走

没有更多的人
也不会再有更少的人
和我们站在一起领受孤独
和这痛彻灵魂的悲伤

有多脆弱就有多坚强
理所当然
这颗千疮百孔的心
依然是勇敢的

如果你想
如果你愿意
你其实真的可以哭出声来
不必介意世界怎么看你

## 向日葵

——献给文森特·凡·高

这是全世界的向日葵
凡·高　我的长相难看的
瘦哥哥　今天
你不仅仅是我一个人的

你不仅仅属于荷兰
也不仅仅属于法国
你是人类的　你的悲伤
传染了几乎所有阅读你的人

凡·高　你若干年前在阿尔
画下的这几朵　简单的
向日葵　它们看上去
是最明亮最美好的植物

向日葵　向日葵
像太阳一样不停地燃烧
可是它们内部的汁液
却是那么贫穷而且黑暗

### 虚无的镜子

——献给豪尔赫·路易斯·博尔赫斯

博尔赫斯　我总是
在你的小说里迷路
你总把我　引向
一些无关紧要的交叉小径

我似乎也厌倦了人世
沿着不可能的镜子
我反复地进入一个
神秘而充满了奥义的迷宫

博尔赫斯　我最尊敬的盲者
你总是喜欢　戴着文字的面具
玩泥巴一样　虚构
这个可有可无的世界

晚年你已经看不到什么了
可是你心里比任何人
都明白　虽然你自己一生
也没有找到　那个用来回忆的罗盘

一个国家的图书馆长
你向往中国却从没有来过
正如我热爱你　却从来没有去过
你的布宜诺斯艾利斯

博尔赫斯　你是书籍的镜子中
一个很深的梦境
你微笑着利用语言和文字
建立了一个新的　前所未有的乌托邦

博尔赫斯　可能我所认识的
是另一个你　也可能根本不认识你
一切都是虚无的　镜子也是
如果有两个你　也就是有无数个

## 软时间

——献给萨尔瓦多·达利

用一只软绵绵的钟表
质疑并消解了事物内部的生硬
记忆和时间一直在延续
达利　你的这只钟表是世界上
最柔软　最杰出的机械

柔软的钟表　超出思想的时间
接近腐烂的驴子和无名尸体
聚集在一起的蚂蚁
自行车上的蜗牛可能具有的速度
达利　你用画布打开了无限

很多年来你执迷于虚妄的几何图形
你在主观和客观之间
画一些偏执而奇怪的曲线
你用自己的形式和证据
狠狠抽打那些中空的机械装置

拐杖　面包　燃烧在空间中的女人
最不真实的事物　在你眼里
才是最真实的　多么混乱而和谐
那一团意识的矛盾之火
始终纠缠并隔在你的心脏和呼吸之间

说到人类的潜意识和梦境中的欲望
西格蒙德·弗洛伊德先生
他是你精神上的父亲　而你像一个幽灵
在柔软的时间中反复地眺望自身
那微开的抽屉里　装有暧昧的色情和贞洁

达利　你是天才和人间的半神
你弯曲的胡须
一直震撼着我　让我怀疑眼睛是不是错了
我一直惊讶于
你精确的怪诞和荒谬

你画中所有物体都不是本来的
却比实际的事物还要真实
达利　通过你那些超出经验的门和走廊
我可以短暂地抽身离开
这个纷扰的世界　进入另一个深渊

达利　在两件和多件不合时宜的事物间
你总能找到关键　你不断地为普通的上衣
制造出一个一个特别而恰当的衣领
达利　你的软时间多么悠闲　松弛
就像一只傲慢而又无礼的蜗牛

## 橡皮

——给罗伯·格里耶

这是你的成名作和处女作
去年我还在一艘船上　一页一页地
慢慢翻阅它
今年　今年的二月
你就坚决地离开了我们

你从遥远的法国离开我们
你的很多中国读者
都在怀念着你
亲爱的
罗伯·格里耶

那个撒谎的人
那个欲念浮动的人
并不是你
你不会发出
那使人疯狂的噪音

你是不朽的　和那个女人一样
你教我们
把有些东西　用力地擦掉
我多么渴望把小说写得
像你一样恍惚

你为小说增加的那些新元素
有许多人不喜欢
可这并不影响
有一小部分人　疯狂地热爱你
愉快地　服从于你的指引

用看不见的橡皮　把线索擦去
破坏并中断　作品的虚构和连贯
你不想　让任何人　窥视到
你的内心和秘密　你的想法让你独立于
芜杂的事物和这个世界之外

没有明确的主题　没有具体的情节
人物几乎没有思想　在你的书中
你从不流露出
哪怕一点　自己的倾向和感情
你只是客观而冷静地　呈现

罗伯·格里耶　2008年2月18日凌晨
一个欧洲的当地时间
你在卡昂　悄然地离开了我们
离开了你的小说　因为那该死的心脏病
时空的界限　这一次　被永远取消了

文坛的一个坏孩子　你终生都选择了孤独

却过于滑稽地　被众人奉若神明
在你眼里　世界是没有意义的
它也并不是荒谬的　它只是
存在着　如此而已

你死后的这几天　我们的生活
还是　像从前一样　没有什么变化
这正是事物的真实面貌　你所刻画的
客观存在的内心世界　依然
淹没于日常的琐碎之中　这让我难过

你说要把人与物区分开来
要着重于　对物质世界的描写
你说小说的任务　不在塑造人物形象
不在表达思想感情　政治观念　道德立场
而在于能否写出　一个实在而直观的世界

去年在马里昂巴德　很多人嫉妒你
这是正常的　因为他们不懂
你慢条斯理地　说起了你的橡皮
那是1950年　你从安的列斯群岛
返回法国　你在船上平静地　写完了它

一个发生于24小时之内的
枪击与死亡之间的　侦探故事
在此后的半个多世纪　持续不断地

把很多人引入迷途　也把很多人引到
一片前所未有的　开阔地

**树林**

村子的前面曾经有过一片树林
树林里的树以杨树居多
杂以槐树和各种灌木
每天树林里都会有鸟飞进飞出
鸟以麻雀居多　也有喜鹊

树林边就是我经常说的那条河
它日夜不停地流淌　看上去很平静
树林里的树也日夜不停地长着
但我们能看到河水的流动
很难看出树木的生长

它们长得太缓慢了
那时候我们天天在林子里疯玩
对树林的存在熟视无睹　浑然不觉
我们从未想过　像一个人一样
树林有一天也会彻底消失

所有的鸟都去了别的地方
那条河还在　不过流量越来越小
风还是照旧吹过这里
但经过时不再受到任何的阻挡

也不会再发出呜呜的声音

## 水渠

我们像修道路一样
在乡村的大地上修水渠
我们扛着铁锹　带着干粮
行进在修水渠的路上

我们像一群纯洁的修女
要用掉多少信仰和土
用掉多少个白天和黑夜
才能修好一条水渠

我渴望跟随一条真正的水渠
穿过广阔的田野越走越远
水渠两边有良田万亩
它周围的村庄人丁兴旺

劳动多么美好　多么自然
尽管我们不知道
一条修好的水渠到底能用多久
它最远能够到达哪里

## 灰瓦罐之诗

也许它应该是一个瓦盆
这是我写作的局限

我想我曾反复敲打过它
一个日常的器具摆设在生活中
盛水或者米
有时是几只新鲜的鸡蛋
有时空空荡荡

这只灰色的瓦罐
它的前身是河底的淤泥
被挖掘出来经过一双灵性之手的制作
经了火成为瓦罐　泥成形了
它从此区别于之前曾经和它在河底
紧紧挨着的那些泥　它们还是泥
还在黑暗里继续待着

它后来被一个流着泪水的男孩
高举过头摔碎在地上
它碎在村庄标志性的十字路口的中央
一只完整的瓦罐成了无数的碎片
它破碎的声音
淹没在混乱嘈杂高低不平的哭声里
几乎没有人听见它的破碎

那是一场葬礼　摔瓦罐是一种仪式
一只灰色的瓦罐
它原本是干净质朴的泥土
它不是唯一一只灰色的瓦罐

但它是被选中的一只　现在它碎了
重新回到饥饿的泥土中间
成为土地坚硬而沉默的舌头

## 广 场

我要说的其实不是广场
而是广场上的阴影
那个下午　我随着人流
进入深秋的广场
我第一眼就看到了它
可我却无法走近它
隔着围栏和一个年轻的士兵
我远远地仰视它
在热烈的阳光里
它不声不响地站立着
沉默 坦然 高不可问
我注视着它 内心思索良久
但找不出一个比喻
足以形容它
没有任何比喻配得上它
它是广场上独一无二的存在
来自祖国和世界各地的人们
到达这里　很少是为了它
大多是为广场对面的城楼
那个下午　我看到
它长长的阴影里

密密麻麻地填满了人
他们在它形成的阴影里
或站或坐躲避着
来自太阳的强光
成为广场上醒目的风景
它只是用来乘凉的普通建筑
那个下午路过广场上
它所投下的阴影
以及它阴影里的人们时
我心情复杂地回望它
因为逆光因为风的缘故
我的眼睛突然有些模糊

## 野长城

散落在山顶的巨石
风穿过高低不平的垛口
顺着山势起伏渐渐消失

呼吸加重万物从四周涌来
有的隆起已经塌陷
时光的疮痍让足音变轻

杂草和乱石间
零星怒放的野花在摇曳
我不知道它们的名字

那条青灰色的城墙
在傍晚是多余的
但它的存在让落日浑圆

在这个荒凉的地方
我看见一只蝎子向着天空
慢慢举起它孤独的尾巴

## 火山

印象中人们一直都叫它火山
但没有任何人看到过它的火

多年以来它只是保持着山的形态
就像一挺陈列在战争之外的哑了火的机枪

它平静的眼神是冰冷的白天
它哑默的身体则是沉寂的黑夜

它内心深处醒着的珍宝和弹药
是它永远的伤和不肯示人的秘密

我曾经目睹过一座火山的爆发
我惊异于那种巨大的天崩地裂般的能量

是的，一座众人眼中的死火山
不管休眠了多久终归会突然重新复活

它井喷一般高傲的活，宣告了
一些低微卑贱事物的死

仿佛一个披头散发的发了疯的女人
它不管不顾地完全敞开自己

它的爆发毫无征兆犹如王者归来
那些滚烫的血浆灿烂明亮夺目

它鲜活妖娆赤裸的胴体是具象的
犹如一朵盛开的令人惊心动魄的罂粟

没有人知道从活到死，从死到活
它究竟经历了什么它煎熬忍受了多久

那些疾病、隐痛、块垒、眼泪
统统化为蔚为壮观的带电的高温熔岩

它们将在历史的某一刻成为标本
成为人们认识爱情或者一座火山的途径

为了给一座火山命名，为了考古
为了用火山的名字给自己取暖

我独自走进过一座休眠的火山

我想象一座火山它喷发时的样子

我在纸上在遥远的世界地图上
和一座在千里之外喷发的火山四目对视过

当它悲从中来当它掩面痛哭的时候
我也禁不住流下了虚妄而抽象的热泪

## 记忆或者种土豆

那是很多年前的事了
父亲带着我
去种土豆
我用筐挎着
切好的土豆块
每一块　都有一个具体的芽
切面上沾着我们家灶里的
已经变凉了的灰
父亲挑着两只水桶
提着小半袋化肥
那时天色已经暗了
我和父亲
在村庄外面的土地里
把一块块的土豆
种在黑暗里
我和父亲
也在那一片黑暗里

不知是谁
把我们种在那一年
种在那一天
种在那个傍晚
那些当时种的土豆
早已经收过了
那年的雨水充足
它们长得个大
我说不清
是父亲　是姐姐
还是我吃掉了它们
它们没有一个具体的名字
我们只是叫它们土豆
没有人给它们编过号
土豆A　B　C　或者　土豆1　2　3
我想　是土豆这个词
这个称呼　这个巨大的黑暗
吞没了那些一个一个的
个体的　具体的土豆
它们被土豆这个词
埋没了
我记着我种下的第一块土豆
和最后一块土豆
那个下午
后来的那个收获的下午
我还记住了一个

我不小心挖破了的土豆
可是　除了我
没有任何人
会记着它们
会知道它们
我为此　感到异常难过
我不知道
父亲是不是记住了
经过他那双手种下的某一棵土豆
有一天　我意外地发现
土地一直默默地
收留着那些
我和父亲遗漏在土里的土豆
它们已经发出了
让人心疼的芽

## 岁末

1

你从外面进来
带着你的美
和外面的寒气

天气越来越冷了
雪

迟迟未下

2

我没有悲伤
也没有沿着一条小路去找你
我没有流泪

我没有秘密　没有说出秘密
我还是健康的
我很难原谅自己

一条河流
它的血　几乎要流尽了

那些白石头
露出来

3

那时
我们手牵着手
在田野上走

阳光那么好
你牵着我　我牵着你

迈着大步走呀走

因为回忆
日子变得可以忍受

4

我说了很多
其实什么也没有说

我想说的
我要说的
一句也没有说出

一条没有水的河流
一个空房间

5

我已经看见它了
它的广阔的前额

我停下来
我知道我接近它了

6

你宁静地站在门口
我突然有些忧伤

只有过去
没有未来

是结束的时候了
平静地接受
从来没有这样平静

7

时光跑掉了
鞋子和理想也跑掉了
人们都去了远方

远方一无所有
内心
空空荡荡

8

我抚摸着自己的脸
试图把爱抹平

你曾经多么爱我
像我爱你一样

你眼神里的温柔
那些烟　已经消失
神会宽恕我们

9

往事清凉
如这无边的月色

我的心在夜晚悄悄地穿过一片树林
远远地和你打一个招呼
你看不到我

树的叶子早就落光了
泥土里有
它们微弱的叫声

10

我已经忘记你的模样了
我使劲地想

我变得更加贫穷
你不在　我就脏了
我不在意那些人

衣服很快就褪色了
露出白和窟窿

那越来越深的是什么呢
那么轻

11

落雪之前
我还可以停顿一下

从镜子里　打量一下自己
我紧紧地盯着我
仿佛一个陌生的人

12

我真的爱过你呢
你呢　你爱过我吗
那以后你心里是怎样想的

你想了些什么

我拆不开

13

我应该原谅你
也原谅自己
像原谅一株植物的正常死亡

永生实在是一种折磨

14

我又看到了那片黑暗
像一块石头
渐渐地没入土里

再次低下头时
我依然是战栗的
但我不能怀疑
不能

15

那些晴朗的天气
将一直晴朗

它已经成了记忆
它并没有死
还是活着的

是的　你深情的眼睛
一直没有挪动地方

16

在树下　那片斜着的阴影里
我的脸有些热
有些红　你喜欢我害羞的样子

而我愿意看到你兴奋的样子
愿意被你搂抱着
愿意你深深地吻我

你的力量　你短促的呼吸
你喘着气笑

17

我眯着眼睛睡觉
似乎又看到你

从我这里开心地

拿你所要的那些东西
我有些累了

我看到了暗淡和茫然

18

一切不会再有人记起
时光将忍受这些苦
像土地忍受叶子

你还是爱着
没有人知道你爱的是什么
也没有人知道
你的深情有多深

他在岁末忍受着时光
时光也忍受着他

19

他不是在餐桌上长大的
他是在路上长大

他走着走着就停了下来
像一座钟表　他慢慢地回头

仿佛看到了什么

20

在岁末
他一个人待着
雪还没有下

他的生命那么慢
他觉得仿佛还在早年
仿佛还是个孩子

他深思默想　抬起头来时
外面已经开始闪耀傍晚
那灰色　莫名的美

21

我必须接受这样一个冬天
必须习惯一个人过冬

慢慢地消磨
看不见的时光

像一块多年前的石头
陷在沉默的雪里

22

隔着一万年那么长的昨天
彼此触摸不到
看不到　也伤害不到

河上结了冰
仿佛厚厚的痂
走上去很硬

23

这是最好的结局
黑暗和孤独多么坚硬

我应该　让雪抚摸我　说服我
熨平这坑坑洼洼的内心

怀抱坚冰和玻璃　迎着猛烈的
大风　去墓地看望母亲

24

一个人的死　以及岁末的寒冷
巩固了这片土地

我凝视着自己　眼里的
悲伤　已经完全不同

是那些持续不断的雪
让黑暗在夜里
发出了温暖的回声

**韩宗宝**

韩宗宝，1973年生于山东诸城。中国作家协会会员，山东省青年作家协会副主席，山东省作家协会签约作家。曾参加诗刊社第25届青春诗会、全国青创会、人民文学新浪潮笔会。著有诗集《一个人的苍茫》《韩宗宝的诗》《时光笔记》等六部，现居青岛。

# 灵魂的底色，时间的意味

## ——读韩宗宝《一棵从前的树靠在另一棵树上》

◎辛泊平

节日的烟花早已成为灰烬，超负荷的车站和列车终于卸下重载。人们又开始进入日常的工作和生活，车站成为大多数人的背景，站台再次成为远方。每一座城市，每一个乡村重新回到节日之前的节奏。日子日复一日。

儿时的记忆，节日永远是过不够的，因为节日意味着一种热闹，一种身体的假期，一种物质的期待，甚至是想象的狂欢。然而，中年人的节日，因了必须承担那形而下的责任，总有点说不出的尴尬。对我来说，每一个春节都是一次身体的透支和心灵的煎熬。以节日之名，我必须遵从伦理的秩序，在人世中完成我必须扮演的角色。于是，我不得不奔波于城乡之间，不得不把完整的时间切割成均匀的几份，留给家乡，留给亲人，留给我现在居住的城市。就是这样，在迎来送往中，我分身乏术，只能用一个肉体和面容去面对不同的人，面对不同的事。在这个每年大致相同的程序中，我必须举止得体，必须交出自己。没有人知道，一年一度，在列车上的那段时刻，虽然有喧嚣，有拥挤，但处于陌生人中间，没有亲朋好友的问候和关注，我的心反而安静。

对我来说，节日属于集体的尘世；节日不属于个体的阅读和写作。

然而，阅读与写作依然存在，依然继续。只是，在节日里，它们的面容模糊而又可疑。白日里，随便一场聚会就可以击退它，一点点酒精就能轻易绞杀它。直到午夜来临，一个人躺在黑暗中，它们才会再次锋利起来，直扎灵魂。那个瞬间，对阅读与写作的渴望，化为黑暗中无边的焦虑。

每一年节日结束，我其实并没有做什么，却身心俱疲。而这种疲惫，竟然还会延续多日。明明有阅读和写作的想法，但开卷、落笔都没有热情，还是那种醉酒一样的慵懒，还是那种无所事事的迷失。于是，就那样放纵这种感觉，心中空荡荡，有一种负罪感，也有一种自甘堕落的满不在乎。而日子竟也就那样一天天过去了。一种矛盾的生命状态，让人莫名空虚。然而，身体和感觉就是那样，我想结束它，却心有余而力不足。

比如这个假期，我只是读了三本书，其中两本还是重读：写了几首短诗，基本都是在微信上完成。三本书分别是陀思妥耶夫斯基的《鬼》，司汤达的《红与黑》，勒庞的《乌合之众》，其中，《鬼》是我一直想读却一直买不到的，这是第一次阅读，所以还有一点初读的警觉与新鲜。必须说，这本书似乎与节日的氛围极不相符，它太阴冷了，太驳杂了，泥沙俱下，矛盾重重，但却让我在飘浮的状态下感受到了灵魂的重量和生命的挣扎。对现实的怀疑与对抗，似乎是每一个人都必须直面的困境。正如假日的我们。另外两部都是重读，内容与感受倒不重要，重要的是，这种没有障碍的阅读多少能让我保持一种阅读的状态，以此来满足那脆弱的自我期许。

至于诗歌，那可怜的几首，多数和节日的状态与心理有关，瞬间的感受和瞬间的情绪。很无奈，很颓废，也很自我。技巧还在其次，只要有文字还能从自己手中出来，对自己就是一个交代。这是一种很微妙的自欺心理，似乎上不得台面，似乎只能如此。

所以，对阅读与写作来说，节日真的是不折不扣的灾难。

这样说，我当然不是反对节日，更没有否定伦理的意思。我只是想表达一种人生的尴尬。对于中年人而言，这种状态其实并不是个案，而是普遍的感受。也正因如此，中年的写作才会变得格外醒目，格外具有时间的意味。

现在，节日的灰烬都已成为记忆了。那种心不在焉的状态必须结束，我必须回到正常的阅读与写作的轨道上来。这不是任务，而是生命的需要。于是，我有必要打乱时间的物理节奏，重新回到假日前开始阅读的诗篇——韩宗宝的组诗《一棵从前的树靠在另一棵树上》。

从一个时间节点开始，那么，就还从时间继续吧。节日就是那么短短的几天，但却有一种度日如年的感觉。眼前的时间总是那么沉重，而一生的时间总是那么轻盈。这真是一种令人沮丧的发现。拿到这一组诗的时候，我曾深深感慨——时间真的经不住过。因为，再次集中阅读韩宗宝的诗歌，我真的有一种恍然如梦的感觉。我不禁问自己，诗歌论坛之后，或者博客之后，在微信大行其道的当下，有多少年没有读韩宗宝了。

作为70后重要的诗人，韩宗宝成名很早。然而，在微信时代，因为没有联系，这个曾经的朋友竟然没有一点消息。关于诗歌与诗人的消息，这些年最热闹的，无非是大大小小的诗歌活动，大大小小的诗歌评奖，大大小小的诗歌争论，具体到有影响有价值的诗歌文本，似乎并没有出现在人们的视野中。这真的让人感慨不已。

而要谈论韩宗宝，必须回到诗歌论坛风起云涌的时代。那时候，我们虽未谋面，但一度“相交过密”。有那么一段时间，我们同时在刘春兄的“扬子鳄诗歌论坛”玩儿，在那里贴诗，在那里互动，在那里担任论坛的副版主。那是一段特别开心的日子。大家的写作理念与写作风格虽不相同，但对诗歌的理解与感受却有相似之处。

也就是在那个时候，我读了韩宗宝的许多诗歌。那时候，韩宗宝的诗歌有一个明确的写作原点，那就是他的家乡——潍河滩。围绕这个原点，他写出了具有个人坐标性质的乡愁，而这个个性化的乡愁，也打动了同样具有乡村生活背景的我。为此，在2011年岁末，我写了这样的文字——

不期而遇的感受，往昔的一个场景出现，时间突然空旷，然后是莫名的忧伤，不仅仅是感叹昔日不再，也不是刻意要和当下强硬地对峙。它只是电影里随意的闪回，不需要准备，不需要积蓄，它的出现近乎神秘。然而，它又是一个可以被记录的精神瞬间。当昔日的一花一木从缠绕的回忆中如婴儿般神秘降临，天空出现让人眩晕的云朵，然而，那种印象却格外清晰。然后，便是这种不存在于当下的印象擦伤灵魂，眼眶湿润或者内心五味俱全。这是一种复杂的感受，似乎就是印证童年和少年的经历是写作永不枯竭的源泉一样。然而，并非所有的人都那么幸运，可以完整地记录那转瞬即逝的记忆碎片，更多在现实中挣扎与生存的人，可能只能在那个有别于当下的瞬间手足无措。然而，我们不能据此就拒绝那种梦幻般印象的意义。我们还会在阅读中和它遭遇，自觉的或者下意识的，这些都不重要，重要的是，借此我们可以在人生的某个阶段回顾过去，重回永不复返的人生场景。阅读70后山东诗人韩宗宝，我常常陷于蝴蝶翩飞于春日午后的怅惘，因为他文字中怀旧的忧伤。

一直都在阅读韩宗宝，喜欢他诗歌的沉静，也喜欢他在论坛上的谦逊。在这个流行噱头、张扬无度的时代，这样的作品和诗人容易被大众忽略，我不知道，这是诗人的悲哀还是时代的悲哀。但是，我在关注着，以自己的方式。在阅读韩宗宝的过程中，我常常会想起艾青那句诗——“为什么我的眼里常含泪水？因为我对这土地爱得深沉”。因为，我从中似乎读到了韩宗宝的身影。“我是在公路旁低着头看蚂蚁的那个人/现在我的头已经抬了起来/我知道沿着公路一直走我就可以离开自己/可是不知为什么我竟然哭了//我的泪水打湿了一本1987年版的法国小说/我突然那么伤心 双目失明的时候/我也没有那么伤心过 我不知道我怎么了/然后我听到了一辆车和另一辆车相撞的声音”（《公路》），没有现实的大喜大悲，但诗人哭了，他不是表演，也没有要向谁证明什么，泪水只是一种自然的现象。

在这个近乎无事的时刻，你可以说诗人是因为蚂蚁而想到了人忙碌而又徒劳的一生，你可以说诗人是看到了一场公路的车祸，因为人的生死无常而感怀。可是，这样表述，你并不能说服自己。因为，诗人的现实是平安的，甚至是悠闲的，如果他愿意，他可以一直走就离开自己，离开那个突然悲伤的男人，我们看到的一切都表明，他没有哭泣的理由。然而，诗人却哭了，哭得那样决然，那样疼痛，那样一泻千里。最后听到的声音，你可以理解为诗人真实的现场，更可以理解为诗人内心世界两个自我的摩擦和两种意义的磋商和互否。

是的，作为有过军旅生活的韩宗宝，他似乎缺少一种男子汉的阳刚之气，他的泪腺似乎特别发达，他的情感似乎特别细腻，故乡的一缕风过，故乡的一行飞鸟，故乡的一片云朵，故乡的一筐土豆，都可以让他柔肠千结，都可以让他鼻酸动容。这是一种情怀，一种不需要训练的天性。在竞争的世界里，泪水是软弱的象征，是弱者最后的屏障。然而，当我们放下那些经验的圭臬，深入内心，则发现，那些所谓的钢铁励志，其实更多属于教条，属于形而上，对于复杂的心灵，它是旁观者。心灵世界是自足的，虽然它不能完全游离于物化的世界，但它可以从另一个维度上自成一体，在刻板、冷漠甚至蛮横的发展指标下，为人类开辟出一片沉静的天空。而在那片天空下，泪水就是灵性的飞翔，是情感伦理上的意义。正如刘鹗说过：“……人品之高下，以其哭泣之多寡为衡。盖哭泣者，灵性之现象也。”

韩宗宝当然不是大观园里的怡红公子，他是现代诗人，他的泪水和柔软不是因为那些如水一样清纯的女子，而是因为一种古老的乡愁。在古典诗词中，乡愁是一种永恒的思绪，它绵绵不绝，历久弥新。然而，在一切都在提速的当下，那种伤感而又甜蜜的乡愁已经成为奢侈品。人们没有时间停下来观照自我，更没有理由回望故乡。在酒绿灯红的喧嚣中，乡愁显得暧昧不堪。乡村早已不是昔日的田园牧歌，许多时候、许多地方，乡村它不过是城市拙劣的模仿。所以，当那些因为闲暇到打造的田园农庄度假的人动情吟咏时，我们没有共鸣，而是油然而生的反感。因为，那不是源于灵魂，而是因为感官。在我看来，只有灵魂有根的人才会唱出当下的乡愁——不做作、不矫揉，而是出自天然，出自灵魂。

韩宗宝的潍河滩，就是他灵魂的根，是他灵魂的栖居地。城市化进程中，那些通过各种方式涌进城市的人，往往羞于承认自己的乡村背景，他们煞费心机地擦去脚上的泥土、身上的泥土，目的只有一个，那就是换取那些“城市人”的平视和接受。这当然是一种价值置换，是骨子里的自卑，它源自传统的观念，更源自物欲横流、道德缺席的现实。而韩宗宝，却那样虔诚、深情地歌唱他的故土，歌唱劳作，歌唱那些平凡的人，歌唱那里青涩的爱情和深沉的亲情，礼赞那片土地上闪耀着的时间碎片和人性之光。在钢筋水泥的城市里，韩宗宝这种诉诸情感的声音，便是另一种价值坐标，它规避物欲，直指灵魂，是对浮躁年代里无家可归的灵魂一种善良的抚慰，它彰显了诗歌这门古老艺术的阴柔之美。

“如果没有什么意外/我肯定会在潍河滩上/平静地度过幸福而散淡的晚年//晴朗的天气/如果不在墙根下晒太阳/就会拄一根拙笨的木头//到潍河边去看水/看那些长着四个鼻孔的潍河鲤鱼/累了就到河边的白杨树林//听风吹动树叶的声音/经过那一片没有人的土地时/风会絮絮叨叨地//跟我说一些可说可不说的话/我应该走得更慢一些让风能够吹透/我脸上那些平静的微笑和皱纹。”（《晚年》）是的，这是一种迷人的人生晚景，和日月一样的节拍，和季节一样的速度，不紧不慢，不慌不忙，恬淡自在，悠然自足，此中味道，是酒，是茶，是清冽的泉水。它是经过红尘洗礼之后的心境，是放下我执之时的淡然。而拥有这种诗意人生的诗人，就是我们常说的灵魂的赤子。是的，古老乡愁的挽留者，都市中的灵魂赤子，我愿意这样称呼我的诗人朋友——韩宗宝。

一晃近十年过去。我不知道，潍河滩是否还是韩宗宝的心灵地标，他是否还有那样浓烈而又深邃的乡愁。带着这种疑问和期待，我进入了韩宗宝这一组大诗。

一座砖瓦厂
一座规模很大的砖瓦厂
在潍河滩上
它像一头巨大的
食量惊人的牛
它吃的不是青草
是我们　越来越少的土地

——《一座砖瓦厂》

《一座砖瓦厂》是组诗的第一首，仅仅从题目看，似乎与我的期待有了一定距离。然而，当我读进去，却在诗的第三行发现了那个熟悉的词语——滩河滩。在读到这个词语的瞬间，我竟然有一点激动，仿佛遇见故人，而故人的面容依旧。这是一种特殊的文字体验。从某种意义上说，我们都希望看到朋友的写作呈现多元的姿态，但内心深处，却始终绕不过一种情结，那就是，它们可以有形式的变化，但灵魂最好保持本来的底色。这首小诗让我放下心来。有“滩河滩”这个词根，我相信，我的朋友还是十年前的那个人。正如这首小诗，他写的是砖瓦厂，但这座砖瓦厂却无法给滩河滩带来希望，而是滩河滩的吞噬者。它吞噬土地，吞噬庄稼，也吞噬着一个以滩河滩为灵魂故乡的诗人的心灵。在砖瓦厂的挤压下，滩河滩不再具有安放心灵的功能，而是呈现出一种让人痛心的趋向。然而，这是当下乡村的普遍状态，在物质化的时代，土地在农人眼中已经失去了不可或缺的重要性，取而代之的是金钱，是楼房，是所有可以转化为价值的心机和欲望。可以这样说，这一首小诗，不是对滩河滩的咏叹，而是凭吊。诗人没有写滩河滩的过去，那种伤感与沉痛却弥漫在诗行里，让人感慨，让人怅然。

现实的滩河滩残缺不堪，但在诗人的灵魂中，滩河滩依然葱茏如故，依然有温暖的人间烟火，依然有让人无法忘记的回忆。在这个世界里，有捉迷藏的孩子，有草垛，有让乡间往事变得迷离的冲突，有一个孩子成长的痕迹和泪水。这些东西砖瓦厂无法吞噬，更无法消化，它属于个人，属于一个人的时间。在这个时间谱系里，诗人不是异乡人，更不是旁观者，他是主人，可以从容地坐在那里，慢慢地打量人世，谋划人生。于是，他看到——

靠在树上的梯子
从前曾经也是一棵树
靠在这棵树上之前
它就靠在院子的东墙上
平时它一直是靠在那里的
现在有人把它搬了过来
把它靠在了一棵树上
一棵从前的树
默默地靠在了另一棵树上
它们并没有说话
但我还是感觉到了
它们之间
有种无法描述的力量

——《靠在树上的梯子》

一架梯子靠在树上，而它也曾经是一棵树。只是，现在它以另外一种形态与树靠在一起。它们之间是沉默的，诗人却可以从这沉默中听到它们以共有的乡音在交谈。它们之间不是对峙，更不是互否，而是一种别有深意的相互打开与相互呈现。它们形式有别，却有相同的纹理和根须。因为，它们都是时间的承受者，都是人间的见证者，都是世界的参与者。在哲学层面上，它们这种同质而又异形的姿态，恰恰是物质的本来面目。借此，诗人发现了时间，感受到了时间的轨迹与物质的意义。

在普通的事物中发现奇迹，在沉默的事物中感受时间，这是一种人生的智慧，更是一种中年的情怀。在孩子眼中，奇迹应该在童话中，在转瞬即逝的流星上。这是一种不谙世事的人生期许。它美好，却无法持久。现实生活的沉重很快就会粉碎这种梦境一般的奇迹。人到中年，丰富的人生阅历会让人最终懂得，所有的存在都是奇迹。奇迹并不是可望不可即的海市蜃楼，它无处不在。只要我们擦去世故的尘埃，用孩子一样的眼睛去看，用孩子一样的心灵去感受，那么，一颗石子是奇迹，一滴雨水是奇迹，甚至，一把没有钥匙的锁头也是奇迹。因为，它们都是时间的表现形式，都包藏着一种生命经历，一种关于生命的猜想与确认。而那种形式和经历，我们也许有过，也许从来不知道。这一切，共同构成了世界的多样性与多义性，生命因之而多彩，心灵因之而多汁。人生的百味，皆从中来——

那天父亲和我提到了
那把没有钥匙的锁
这些年里
很少和父亲闲聊
那天父亲坐在炕上
我站着
说到了天气
说到了过去的一些事情和人物
然后父亲就提到了
一把锁
一把没有钥匙的锁
它成了名副其实的锁
锁着母亲留下的
那个箱子
父亲说那个箱子是空的
母亲留下的其实
只是一把锁

一把没有钥匙的锁
锁着一只空箱子

——《一把没有钥匙的锁》

我不知道有多少人有过这样的经历。盘点日常的杂物，有一些东西记忆深刻，有一些东西来路不明。然而，我们却无法割舍其中的任何一个，即使那个东西早已无用。因为，在陪伴我们多年以后，那些事物也拥有了我们的气味，它已成为我们的一部分。正因如此，在诗人笔下，母亲留下的没有钥匙的锁，才会被父亲深情地说起。这种深沉的人生体验，绝不是年轻人能理解得了的。它必须有时间的长度和人生的厚度。一只空箱子，一把没有钥匙的锁，在现实生活中，它们可能是可有可无的物件。然而，对于一个人而言，它可能就是一段难以忘怀的经历，一个让人伤怀的故事。借助这个物件，父亲与我，可以感受到时光中的亲情与流逝中的物证。

时光无始无终，然而，诗人因为发现了时间隐于世间万物中的秘密，他获得了在平常事物中确认时光流转与人生意义的能力，并在这种发现中对时间与生命有了接近“大道”的人生体悟与时间概念。

山坡上的四头牛在吃草
一头是黄的
一头是白的
一头是花的
一头是黑的

它们默默地低着头吃草
不时地把各自的尾巴　甩来甩去

山坡上的青草　很茂盛　有的已经开花了
草　明显地没过了牛蹄　也没过了四条
实际上并不存在的绳子

四头牛　它们有着同样的舌头和牙齿
但来自四个不同的方向
整整一天　它们在长满了青草的山坡上
各吃各的草
各拉各的屎

山坡上的草还没有吃完它们便离开了
黑牛向北走去
花牛向南走去
白牛向西走去
黄牛向东走去

山坡上的四头牛
它们合力把秋天向后移动了一天
把一个故事的阴影平均地分成了四份
把放牛的我和哑口无言的青草
合理地留在了原地

——《山坡上的四头牛》

从表面看，这是一首平淡无奇的诗作，四头牛吃草，甩尾巴，拉屎，然后离开。没有冲突，没有逆转。然而，诗人却从这闲散的日常状态中发现了时间的结构方式。物理的时间是线性的，这是一种常识。然而，在物理时间之外，人们还有一种通过不同感受而衍生的心理时间。在这个时间谱系里，时间有了肉体，时间有了呼吸和体温。它不但可以改变走向，还可以改变速度。正如这首诗表现的那样，同一个空间里，因为四头颜色不同、归宿不同的牛，而有了四个不同的空间维度和时间格局。这不仅是一个简单的人间场景，它是万物的运行规则和生命映照。在这个规则中，看似没有关联的事物其实有着深刻的联系，不同的个体组成一个整体，一个整体之中又包容了不同个体的差异。一个事物因另一个事物的存在而有了独立性。而那个原本连绵不断的时间，在这种没有目的性的组合中，呈现了它随物赋形的瞬间性和及时性的特征。

对于时间的重新确认与理解，让韩宗宝的诗歌中充满了中年的开阔与气象。他不再拘泥于事物之形，而是能从那不同的形体中发现生命的秘密与时间的模样。在他笔下，河滩上的猪不再是某一家的财富，而成了一种自然的物象；鹧鸪不再只是古典诗词中的经典意象，而是可以穿越时光的一种力量；犀牛不再只是动物的一种，而是内心深处的欲望与迷茫；而白鹭，则成为梦境和语言，从不同的角度诠释了生命的存在方式和审美属性。可以这样说，这种我观万物、万物有我的人生态度来自诗人对时间与生命的深刻读解，更来自古老的东方哲学。

当然，诗人并没有因为这种哲学的发现而远离黏稠而又沉重的生活现场，更没有因此而坠入玄学和虚无。对于生存之重和生命之痛，他依然保持着敏锐而又深切的观察和体验。

在无尽的 动荡的时光里
我们应该怎样安顿一棵成熟的庄稼
如何安顿那些收集来的诗篇
如何抚慰一个人孤苦无依的童年

河滩上的草　落入水桶里的月亮
我有时在诗篇里提到了你们
还有那些在时光中始终沉默不语的灵魂
没有人能说出你们心底的秘密

在寂静的词与物之间　在物质的黎明中
我渴望时光疯狂的鞭子不停地抽打我
一只陀螺　一只悲伤的陀螺
时光中那些坚硬的光线　开始摇晃

它们弯曲着　仿佛一个人最后的忧伤
被语言的斧子钉入无边的黑夜和木头当中
现在除了时光　还有什么能教育我
让我燃烧　让我轻蔑　这低贱的人世

——《陀螺》

在这首诗中，时间呈现出阴暗的色彩，它动荡不安，辽阔无边，疯狂旋转。这不是时间的变异，而是它的另一种真实。在这样的时间里，肉体大于灵魂，矛盾大于和谐。所以，时间之下，一个人的童年孤苦无依，一个人的成年局促逼仄。你不得不低下曾经高昂的头颅，躲避时光中坚硬的光线，在肉体遭受凌辱的道路上，向时间妥协。

当然，这种时间并没有独立于整体的时间之外，它也是物理时间与心理时间的彼此融合。“天地不仁，以万物为刍狗”，时间之于所有的生命，结果都是一样的。但不同的生命个体，却可以从不同的过程感受到时间的不同品行。这也是生命的权利。正是在这个认知基础上，诗人打开了多维度的时间，并在这多维度时间中辨认生命的高贵与卑微，心灵的安然与躁动，世界的温暖与冷峻。

在《凤凰》中，诗人更是运用双线的结构方式，向读者呈现了一个时空交叉、命运互文的人生存在与艺术构建。在这首诗中，凤凰既可以是由垃圾构成的具有象征意味的艺术品，也可以是一个以出卖色相为生的名叫凤凰的女孩子。这两个存在，似乎并不在一个讨论的平面上，诗人却在时间中发现了进入这两种存在的共同切口。在同一个时间段，作为艺术品的凤凰成为一种话题和时尚，作为风尘女子的凤凰，却在底层挣扎。一个是抽象的符号，一个是具体的苦难。然而，在被动地被赋予某种意义的层面上，两者却殊途同归——

凤凰不是一个隐喻
凤凰也不是所谓的图腾

真正的凤凰还未来得及诞生
就已经被人们所拆掉

一只凤凰的立场是什么
一只凤凰表达了什么

一只真凤凰门可罗雀四处碰壁
一只假凤凰门庭若市畅通无阻

真凤凰并不存在
而假凤凰确有其人

——《凤凰·五》

这是一种让人悲伤的人间喜剧。我们用垃圾制成艺术，然后膜拜它；我们用生存折磨生命，然后鄙薄她。这不是时间的作品，而是人类的杰作。在这个对抗时间的游戏中，自命不凡的人们以艺术之名给卑微的物质加冕，却忽略了给被侮辱、被伤害的生命以切身的关怀。这不仅仅是缺少生命关怀的礼崩乐坏，更是人类对生命与时间的理解出了偏差。人们忘了，时间之下，没有永恒。不论我们有多么浪漫的想象，都抵不过时间的摧残——

一只没有通过审查制度的凤凰
一只没有票房的凤凰

你可以通过一只凤凰
认识这个礼崩乐坏的时代

你也可以通过一个小时代
认识一只梦中的大凤凰

这众鸟之鸟　众鸟之王
它在众鸟之巅被现实之箭射落

凤凰虚幻的羽毛落了一地
犹如一地鸡毛

——《凤凰·六》

既然这样，我们为何不从那种虚无的意义追求中走出来，对现实的苦难多一些关怀、多一些改变。这也是时间告诉我们的，人道是对天道刻骨铭心的理解，人道是对时间最为暖心的回应。诗人如是说。

应该说，在一个物欲横流的时代，谈论时间与生命是危险的，也是孤独的。在世俗的伦理中，物质是确定价值的标准，时间只是生产价值的条件。它不具备独立的意义。这当然是一种狭隘而又世俗的认知。对此，韩宗宝是清楚的。所以，他感受到了天地万物的寂寞——

那些疯狂的草是寂寞的
那些平静的庄稼是寂寞的
那块生长它们的土地是寂寞的

那片在风中汹涌着的树林是寂寞的
树林里那棵面目全非的白杨是寂寞的
那片干枯的河床是寂寞的
干枯的河床里那块泛着白光的石头是寂寞的

那些焦灼是寂寞的
那些内心的激荡　那些战栗　那些窒息
是寂寞的

漫长而痛苦的时光中
那些流散在空气中的无望的望
是寂寞的

那个不为人知的人是寂寞的
那个人周围阴晴不定的事物是寂寞的
那一支静静地躺在山坡上的歌是寂寞的

——《寂寞》

这是诗人的寂寞，是智者的寂寞。这种寂寞来自一种生命的觉悟，来自一种对时间意义的理解，来自一种不同于时代追求的自我确定。诗人是人群中的孤独者，诗歌是诗人对抗世俗异化的武器。这种孤独无法言说，这种武器有时还会伤到自己。然而，在这条上帝的窄门中，没有回头的可能。因为，灵魂一旦被唤醒，就注定不会再次沉睡。它会永远睁着好奇的眼睛打量尘世，它会永远打开耳朵倾听时光。在打量世界、倾听时光的过程中，诗人愿意做一个铁匠，“让它挖过的　翻过的泥土/终生以它为荣”（《重新做一个铁匠》）；他希望他能爱少数的人，做少数的人，把自己的诗唱给听得懂的少数人，用一生为少数人的世界和时间“写一本安静的书”（《少数》）。因为，野长城已经为落日留下了影子，火山已经为历史留下了坐标；还因为，达利已经发现了钟表上的时间变软，博尔赫斯已经在明亮的镜子中发现了黑暗。时间在不同的地方不同人的眼中呈现出不同的样子，但它仍然隐匿于万物之中，隐匿于心灵深处，穿过所有的物质，并以物质的样子呈现它的无始无终与虚无。也正是在这种变幻流动的时间中，家乡有了心灵的坐标意义，乡愁有了永恒的意味。

用几天的时间读韩宗宝，我把过去的印象与当下的感觉放在一起，似乎有点异样，但又觉得并不冲突。这就印证了我先前的判断，多少年过去，韩宗宝的写作风格虽有些许变化，但灵魂的底色并未改变。他依然是惦念故乡、怀着乡愁的那一个，他依然饱含深情，依然在用灵魂歌唱。只不过，他的生命更加开阔了，思考更加深邃了。他开始关注更为本质也更为古老的哲学命题，并在对现实与灵魂的关照之中，打开了一扇进入时光肌理与生命内核的大门。

2019年3月6日夜

## 辛泊平

辛泊平，20世纪70年代生人，毕业于河北师范大学中文系，在《诗刊》《人民文学》《青年文学》等海内外百余家报刊发表作品并入选数十种选本。著有诗歌评论集《读一首诗，让时光安静》《与诗相遇》，随笔集《怎样看一部电影》等。曾获中国年度诗歌评论奖、河北省文艺评论奖。河北青年诗人学会副会长，河北省诗歌研究中心特约研究员。现居秦皇岛市。